騎士&魔法
Knight's & Magic 2
艾爾筆記上的字跡顯得一絲不苟，
他一一羅列出學到的知識和點子。
天酒之瓢
Hisago Amazake-no
插畫／黒銀

雙胞胎阿奇德和亞黛爾楚，
高興地用小小的拳頭輕觸老大粗壯的拳頭。
這幅畫面溫暖了維修班每個人的心靈。

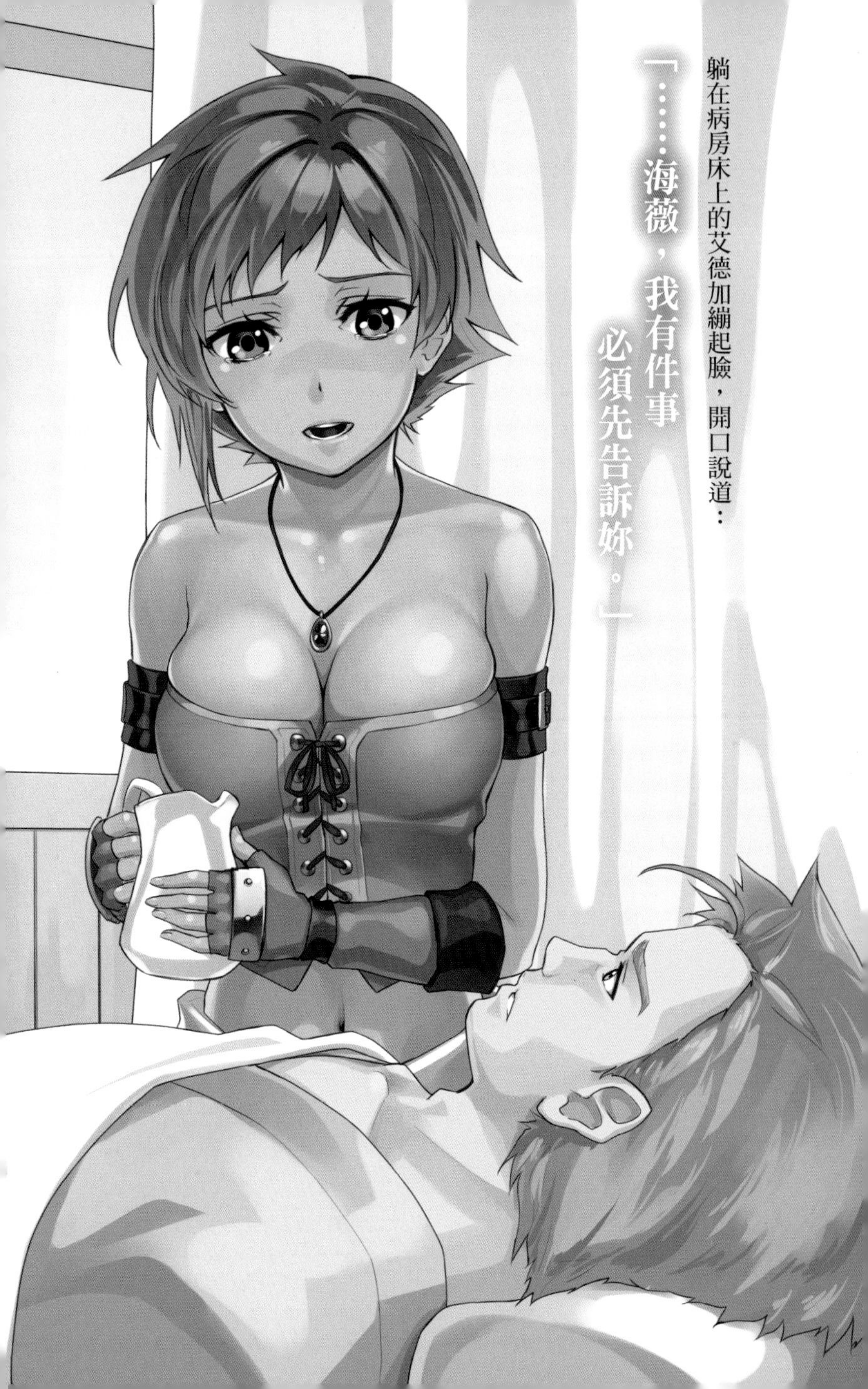
躺在病房床上的艾德加繃起臉，開口說道：
「……海薇，我有件事必須先告訴妳。」

古耶爾 Guyale

——主要搭乘者／迪特里希・庫尼茲

spec

總高度／ 10.4m

啟動重量／ 18.7t

裝備／長劍 ×4

魔導兵裝「風之刃」

explanation

隸屬萊西亞拉騎操士學園的訓練用幻晶騎士。學生們將這台過繼而來的舊型機親手加以改裝。雖然是二刀流、不持盾的格鬥戰用機體，但舊型機的悲哀之處就在於機體魔力輸出不足，這點甚至可說是致命傷，因此很難說是發揮了完整的性能。在陸皇事變後遭到徹底摧毀，而在修理時重新設計成新型規格。從此改善了魔力輸出的問題，蛻變為擁有可怕能力的機體。

厄爾坎伯 Earlecumber

—主要搭乘者／艾德加・C・布蘭雪

spec

總高度／ 10.1m

啟動重量／ 18.4t

裝備／長劍、盾

魔導兵裝「雷杖阿奎巴斯」

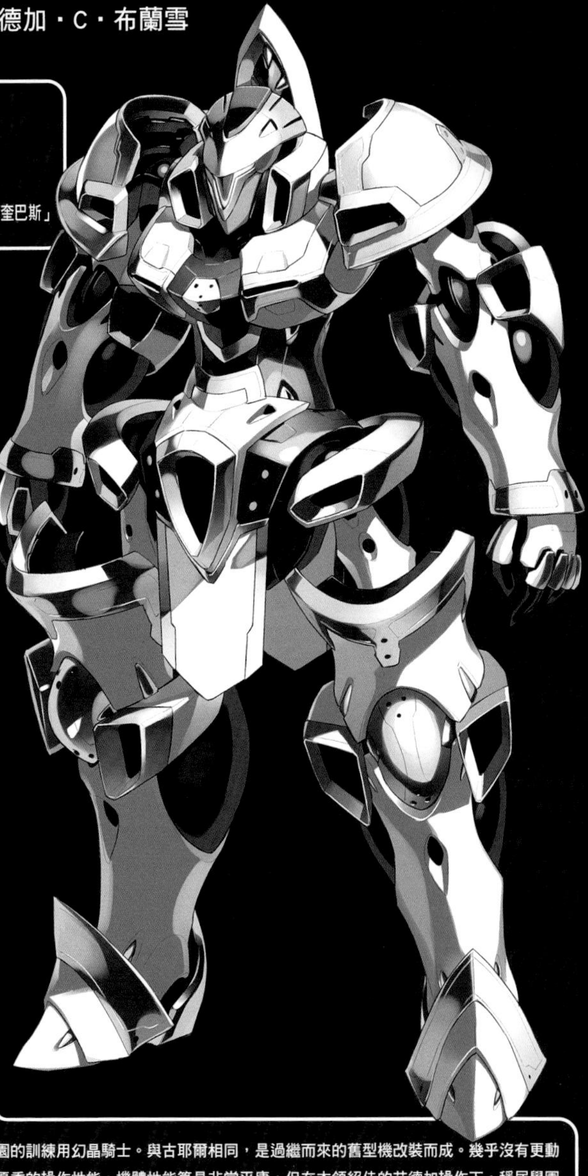

explanation

隸屬萊西亞拉騎操士學園的訓練用幻晶騎士。與古耶爾相同，是過繼而來的舊型機改裝而成。幾乎沒有更動原本的機體，具備十分優秀的操作性能。機體性能算是非常平庸，但在本領絕佳的艾德加操作下，穩居學園內最強騎士的位子，也因此即將踏上無數慘烈的戰場。

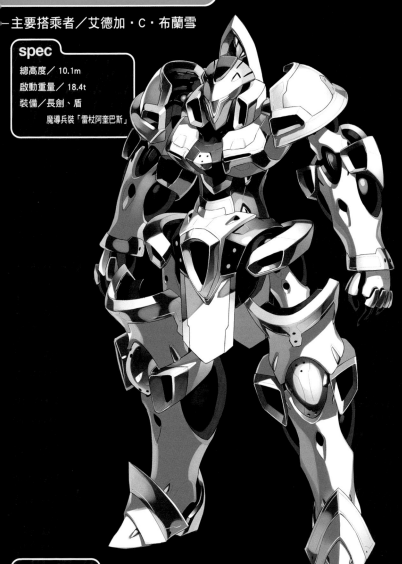

加達托亞 Karrdator

——主要搭乘者／弗雷梅維拉王國一般騎士

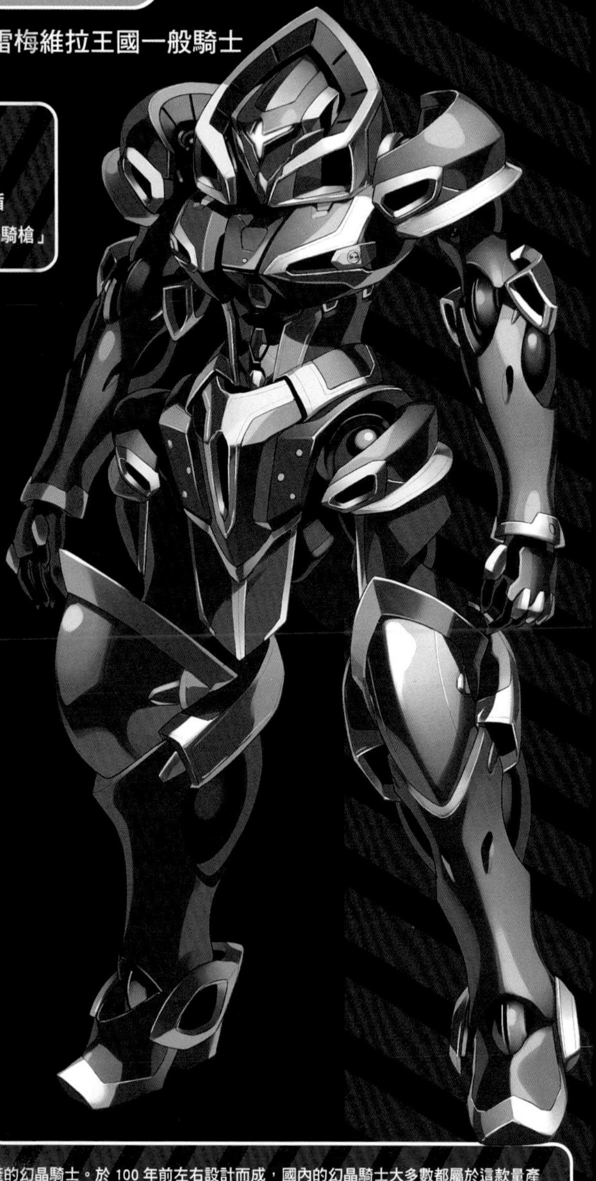

spec

總高度／ 10.0m

啟動重量／ 18.0t

裝備／長劍、長矛、盾
魔導兵裝「火焰騎槍」

explanation

弗雷梅維拉王國制式量產的幻晶騎士。於 100 年前左右設計而成，國內的幻晶騎士大多數都屬於這款量產機型，因此在這個國家成了幻晶騎士的代名詞。為了更靈活地應對王國內不同種類的魔獸，故意將性能調整成平均值，所以沒有典型的特徵。唯一值得一提的，就是極其優良的操作性能。

特列斯塔爾 Tellestarle

—主要搭乘者／海薇・奧柏里

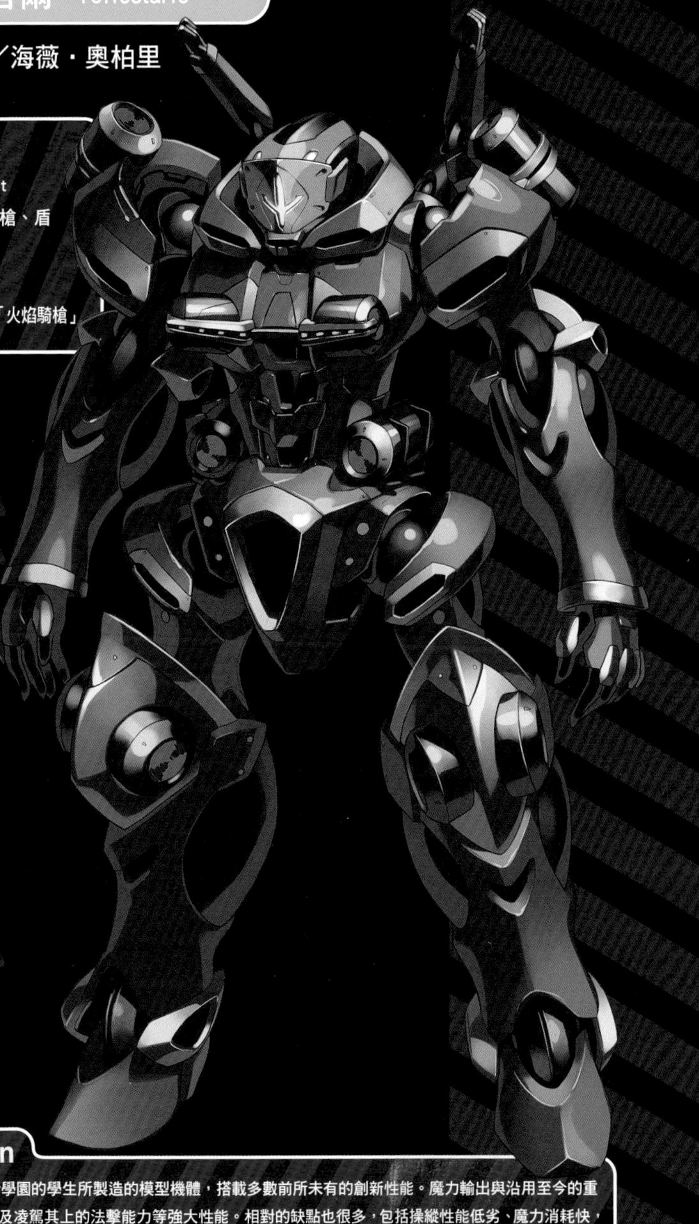

spec

總高度／ 9.8m

啟動重量／ 18.9t

裝備／長劍、斧槍、盾
輔助腕及
背面武裝
魔導兵裝「火焰騎槍」

explanation

由萊西亞拉騎操士學園的學生所製造的模型機體，搭載多數前所未有的創新性能。魔力輸出與沿用至今的重量機不相上下，以及凌駕其上的法擊能力等強大性能。相對的缺點也很多，包括操縱性能低劣、魔力消耗快，以及連續運轉時間短等等。其先進性被視為次世代的雛形，受到廣大期待，亦成為某次事件的起因。

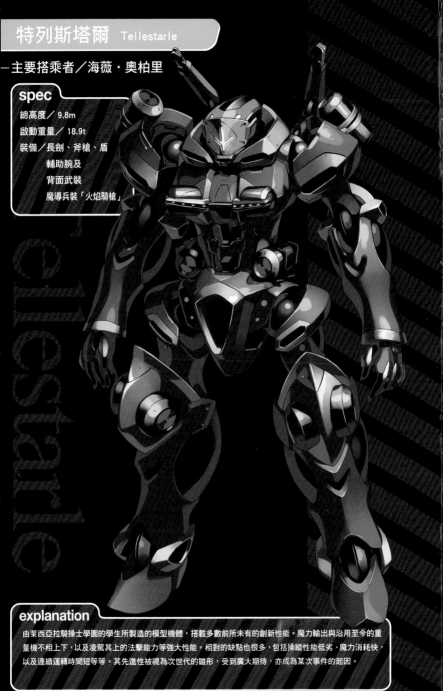

騎士&魔法 2

Knight's & Magic

INTRODUCTION

超脫常軌

這個故事的主角——艾爾涅斯帝
那不侷限於常識的行動獲得許多人的喜愛。
在第二集中，艾爾依然故我。
他毫無顧忌的行動不只驚動學園，更發展為震撼國家的大事件。
很多大人被迫奉陪12歲少年「只是興趣」的突發奇想。
可是，那卻大大超出興趣的範圍，引發國家層級的大問題。
這列名為艾爾的失控列車究竟會衝向何方？他的去向令人移不開眼光。
沒錯，他的存在本身也許就是「超脫常軌」的。

輕小說

L

騎士＆魔法

2

天酒之瓢

插畫/ 黑銀

譯者/ 郭蕙寧

illustration 黒銀

騎士&魔法 2

Knight's & Magic

CONTENTS

序幕　晉見國王陛下

在「澤特蘭德大陸」東方，於險峻的歐比涅山地山腳處，有一個名為「弗雷梅維拉王國」的國家。這個世界有著獨特的超自然力量——「魔法」，並存在著許多能使用「魔法」的野獸——「魔獸」，該國扮演抵擋有眾多「魔獸」潛伏的「博庫斯大樹海」的屏障。人民稱之為「騎士之國」。

時值西方曆一二七七年，冬季已過，此時正是生生不息、春意盎然之際，在一片欣欣向榮的春天時，那件事發生了。

當時師團級魔獸「陸皇龜」來襲，越過弗雷梅維拉王國東部的國境防衛線。這起重大的事件，後稱為「陸皇事變」。

那隻魔獸以摧毀國內交通要衝之勢逼進，弗雷梅維拉王國面臨國家存亡的危機。當此之際，勇敢挺身而出對抗無比強大魔獸的就是「揚圖寧守護騎士團」與「萊西亞拉騎操士學園」的學生騎士們。他們不顧自身危險，極力奮戰，儘管出現大量犧牲者，終於還是戰勝敵人，為國家帶來和平——

散發莊嚴肅穆氣息的歐比涅山地，就佇立在弗雷梅維拉王國的王都「坎庫寧」後方。

位在街道中心的王城「雪勒貝爾城」周圍生氣勃勃，充滿了吵嚷的氣氛。四處都有吟遊詩人唱誦逸聞，酒館裡的人們以此助興，大白天就暢飲著美酒。商人們更抓住機會開門營業，招攬生意的吆喝聲此起彼落。所有人不分彼此開懷歡笑。

這場喧鬧的起因，在於正在王城為揚圖寧守護騎士團和萊西亞拉騎操士學園高等部的騎操士們舉辦的授勳典禮。聽過那場大戰內容的人們莫不恐懼得發抖，極力讚揚趕走魔獸的騎士，同時也對這場盛事樂在其中。

一個略顯老邁的男性帶著一個小孩子，一老一小地走在嘈雜擁擠的王都街道上。他們分別是萊西亞拉騎操士學園的學園長「勞里・埃切貝里亞」和他的孫子「艾爾涅斯帝・埃切貝里亞」。

路上人滿為患。嬌小的艾爾一手緊抓勞里的衣服以免走散，另一手則拿著以薄餅皮包覆大量水果、類似可麗餅的點心。

「爺爺要不要也來一點呢？」

「唔。我就不用了，艾爾全部吃掉吧。」

艾爾點頭回應，在人群中靈活地大口咬下點心。那是從路邊隨處可見的攤位上買來的。

（人真多……難得爺爺約我出來，沒想到會變成這樣。）

祖孫倆會像這樣身處充滿狂歡氣氛的王都，起因於國王本人的親自邀請。一問之下，這才知道勞里和國王是老同學。因為這份交情，勞里過去曾擔任國王的顧問一職，而這段友誼一直維持到他成了學園長的今天。國王知道他和「陸皇事變」中大顯身手的紅色騎士的真實身分「艾爾涅斯帝・埃切貝里亞」有血緣關係，才會把兩人找來。

聽到這件事的艾爾，這一路上都有些提心吊膽，畢竟國王都開了金口指名要找他，不可能只問了事情經過就放人。他嘆了口含有水果甜味的氣息，一邊逆向穿越擁擠的人潮，一邊朝著王城前進。

雪勒貝爾城的正門前空前熱鬧，但到城堡的中庭一帶就冷清多了。穿過人群，終於抵達那兒的兩人看見了前來迎接的士兵。士兵領著他們，來到城內一處像會議室的地方，他在留下「請在此稍候」的指示後便離開了。現在只剩勞里和艾爾祖孫倆孤零零待在寬敞的室內，遠方傳來像是授勳典禮的人群歡呼聲。

「艾爾啊，你在緊張嗎？」

「當然了。我根本沒想過會有機會晉見陛下呢。」

「哎呀，我還以為憑艾爾的膽識不會在乎這點小事。」

「您這麼說好像有點過分呢，爺爺。」

等一下就要晉見國王，兩人卻仍若無其事地相互調侃，看來他們的膽子也挺大的。不久，士兵又再次出現，宣布等待的人已到來。

他們轉過身肅立。門打開後，幾個人走了進來。最前方的正是弗雷梅維拉王國內無人不知無人不曉的國王「安布羅斯・塔哈沃・弗雷梅維拉」本人。儘管已過壯年，他全身仍散發著讓人感覺不到年紀的威儀，身後跟著兩名有貴族派頭的男性。安布羅斯一進門，便在與勞里四目相接的瞬間揚起嘴角。

「有勞兩位，讓你們久等了。好久不見，勞里。」

「好久不見了，陛下。我才要感謝您百忙之中抽空接見我們。」

「不必介意，安排這次會面畢竟是出於朕的好奇心。那麼，他就是那位紅色騎士……嗎？」

安布羅斯及隨侍在後的貴族將視線移向勞里身旁。報告書上記載的情報，就只有『年僅十二歲的小孩子駕駛幻晶騎士，與陸皇龜交手』而已，因此他們原本認為來的會是個不符合年紀的魁梧男子。

可實際上——眼前卻是個身高比一般十二歲孩子更為嬌小，幾乎讓人錯認為少女的少年。他的外貌柔和，圓潤臉孔上一雙意志堅定的明亮眼眸眨了眨，剪齊至下巴附近的銀紫色頭髮圍繞在臉龐四周，讓幾個在國政場合上歷經大風大浪的他們僵住了臉。然而，國王畢竟不可小覷。他一開始驚訝地挑起一邊眉毛，但又很快換上一副興致盎然的表情。

「哦，我看了報告書，還以為是男孩所為，沒想到是女孩啊。」

「不是的，陛下。雖然我的容貌如此，但我的確是個男孩子。恕我沒有及早自我介紹。初次見面，我是勞里・埃切貝里亞之孫，艾爾涅斯帝。今日有幸獲得陛下召見，實不勝喜悅。」

「哦，聽說是十二歲的孩子，但頗有大將之風嘛。太過拘束也不好說話吧，放輕鬆。」

「是，那我就恭敬不如從命。」

見艾爾如此直率地回答，安布羅斯身後的兩人表情從驚訝轉為目瞪口呆。他們實在很難評斷艾爾究竟是器量過人，還是單純的不懂拘謹。

「朕就開門見山說了。今天特意邀請你們來不為別的，是為了陸皇事變的善後收拾。朕聽說了你這次的表現，但也不能公開表揚。」

安布羅斯說著，不客氣地打量起艾爾。

「朕也聽說你同意了這件事。不過啊，朕覺得也不可隨便對待有能力和陸皇龜戰鬥的能幹騎士，才想私底下給你公平的獎勵。雖說如此，要給一個還尚未成年的孩子什麼樣的獎勵，朕也很頭痛啊。」

安布羅斯解釋道，臉上浮現和藹的笑容——不過，那再怎麼看都是「不懷好意」的笑臉。一度「遭到否決」的東西之後又想拿出來，簡直像在試探一樣。艾爾表現出一如往常的態度，心中的警戒心卻在緩緩升高。

「無論是要拔擢你為騎士還是給予身分，你的年紀都是個問題。這你明白嗎？」

「是，我明白這樣的處置對尚未成年的十二歲孩子來說太過了。」

「嗯，看來你腦筋動得挺快的。哎，所以……你想要什麼？朕認為這種事問本人還是更直截了當。若你要的是與這次功績相當的東西，就作為獎勵賞你吧。」

安布羅斯太過露骨的說明反倒讓艾爾一臉錯愕。他接受這個提議，腦袋開始以最高速運轉。

（我看……這應該不是出於單純的好意吧。陛下想看我是不是個會因為獎勵而上鉤的人？現在才說要給我獎勵，果然很可疑。）

這就是『天上掉下來的禮物』或者『不勞而獲』吧。然而，天下沒有白吃的午餐。這點不管在前世還是今生都是不變的社會共識吧。

（話是這麼說，也不可能辜負國王陛下的一番好意……得說些什麼才行。）

可是，要想出一個所謂適合「討伐陸皇龜的貢獻」的報酬很難。換算成金錢的話是多少？要物品的話又要多少？除了地位以外沒有其他想要的東西嗎？並不是艾爾開不了口，而是他真的不理解那些功績的價值。乾脆把自己還是小孩的事當成擋箭牌，提出無理要求算了？——想到這裡，他打消了念頭。

（慢著，我不認為那是會對小孩子露出的表情。）

在艾爾的記憶中，對安布羅斯露出的表情有印象。翻出早已逐漸風化的前世記憶，乍看之下和藹可親的表情，卻是伺機尋找話裡的大小破綻——是「業務員的表情」。裡面肯定有鬼。

（乾脆要一架幻晶騎士看看？當成參考標準或許正好。從實際上的功勞來看好像也行得通。嗚呵呵呵。）

就在艾爾滿不在乎地輸給欲望，正準備回答的那瞬間，有個強烈的想法掠過腦海中。

（……不對，不對，這是千載難逢的好機會。不知道以後還有沒有這種直接向陛下請願的機會。那我應該請求非得拜託陛下才能得到的東西嗎？……對，那才是我目前最為需要、而且是最難到手的東西!!）

時光僅流逝須臾，這時艾爾從沉思中回神。如果不行的話就算了，再想一個就好——他帶著如此樂觀的念頭，以不在乎的口吻提議道：

「那麼，懇請陛下，我現在最想要的東西是知識……『魔力轉換爐的製造方法』的知識。」

現場空氣猶如凍結一般靜止。聽到這過於異想天開的願望，連安布羅斯都露出意外的表情。這也難怪，就一個十二歲孩子的願望來說，這未免太奇怪了。不只他，原本態度一派悠哉的勞里也繃起臉，其餘兩人則像搞不清楚狀況的樣子目瞪口呆。

他們把艾爾當成孩子來看，若只是「意料之外」的要求，他們也不至於如此失態吧。然而，艾爾要求的是個人「不可能」要求的東西。這答案太出人意料，儘管安布羅斯為人機智，這下也難免反應不過來，因而產生一段奇妙的沉默。其中最先動作的是他背後一名貴族——「克努特・迪斯寇德」公爵。

「你……你這傢伙知道自己在說什麼……」

「安靜。」

在慌亂之中險些意氣用事的克努特，被回過神的安布羅斯打斷。之前有些輕鬆的氣氛頓時一變。面對渾身散發一國之長威嚴的國王，在場所有人隨即肅立。

「……艾爾涅斯帝啊，你說魔力轉換爐的製法嗎？這可真教人意外，想得到那個方法，確實只有拜託朕才能到手，不過一般人可不會想要那種東西。我理所當然地需要確認——你知道這種事又想做什麼？」

國王瞇起眼，無言地加強給艾爾的壓力。艾爾的背後流下冷汗，但他仍堅定地回視。

「先不論是非對錯……說說看你的理由。為什麼想要那種東西？」

「是，我……雖然在萊西亞拉以騎士為目標學習，但我原本就很想要專屬於自己的幻晶騎士。」

「哦，專屬自己的幻晶騎士啊。還真是了不起的願望。若是如此，還並非不能理解，現在要求這個不就好了嗎？這或許能實現哦。」

聽安布羅斯這麼說，艾爾緩緩搖頭。

「我以前確實只要得到幻晶騎士就好了，但現在不一樣。我……我希望『憑自己的雙手做出』專屬於自己的、最棒的幻晶騎士。」

又蹦出一個超出想像範圍的答案，讓國王啞口無言。此時，他腦中浮現報告書上的某句話。

（『獨力改變魔導演算機的魔法術式』嗎？此人莫非是認真的？不是在開玩笑，而是當真如此希望？……他有那樣的能力？）

面對沉默的安布羅斯，艾爾接著說明：

「我是為此而在萊西亞拉騎操士學園追求各方面的知識。獲得魔法知識，學習幻晶騎士的構造及其操作方式。我早已徹底調查過構成機身的技術了，然而，我還缺乏一個關鍵的零件。對，就是魔力轉換爐。如陛下所知，其製法並未向一般民眾公開。因此若是提到獎賞，希望可以教授我製法。只要知道製法，剩下就是製作了。」

勞里也提心吊膽地看著向國王解釋的孫子。他是知道艾爾熱衷於幻晶騎士，卻沒想過他會如此不顧一切地在這種場合提出要求。事已至此，想要開口幫腔也很難吧。他瞥了國王一眼，見安布羅斯板著臉，沉重地開口：

「……總之，你的理由是？」

「因為我有興趣。」

在場所有人都像看見了什麼極為異常的東西，表情難以言喻。在這段無人開口的沉默中，突然隱約聽見忍笑聲，令所有人驚訝得往那邊看去。只見安布羅斯先是默默抖著肩膀，隨即忍不住爆笑出聲。

「多麼……哈！多麼荒唐！偏偏要說興趣！哈哈哈！這可真是有趣！居然出於興趣探詢國家機密！你真是十二歲的孩子？呵哈哈！這真是傑作。朕好久沒遇到像你這麼有趣的人啦！」

身後的兩名貴族目瞪口呆地看著國王捧腹大笑。與國王交情長久的勞里，看得出他是當真覺得有趣，這才鬆了口氣。

「好，就答應你的願望吧!!」

「什……陛下，萬萬不可！那可不能教給這種來路不明的孩子啊！」

「朕知道他的來路，他可是吾友的孫子啊。話雖如此，你們的擔憂也是自然……是吧？艾爾涅斯帝。」

艾爾說明完後便靜靜地觀察事態發展。聽安布羅斯這麼說，突然繃起臉。

「朕確實答應你的請求。不過啊，那本來是不公開的秘密。只是討伐陸皇龜這種『程度』的功勞，未免有欠公平。」

艾爾的表情轉為懷疑。先答應他，又說他的實際功績不足，不禁令人懷疑他的用意。安布羅斯看出艾爾臉上閃過疑惑，露出愉快的笑容。

「不用擔心，君無戲言。朕和你保證，等到你累積相應的功勞之際，就傳授予你知識。」

安布羅斯和艾爾的視線剎那間交錯在一起。

（這固然可以解釋成以獎勵當誘餌，接著要我做白工……不過，可說是意外的收穫吧。先不管條件，畢竟這可是得知最重要機密的機會。）

這樣的獎賞對艾爾來說足以勝過數以萬計的金錢。那張微笑著的可愛表情上燃起高漲的渴望與熱情。安布羅斯見了他的表情，更確信自己的想法沒錯。

「呵呵，這樣說想必顯得有些空泛。朕會指定方法。剛才你說要做幻晶騎士？那麼，就讓朕瞧瞧你的能耐──證明你能運用魔力轉換爐的製法吧。」

「證明……請問我該怎麼做呢？」

「不用說，實際製作幻晶騎士就好了。除了爐，做出你認為最棒的幻晶騎士的外殼讓朕看看。若是朕滿意了，就會實現這次的諾言。」

聽了這話的艾爾，表情變得活像發現獵物的肉食動物。國王提出他所需的最後一個零件作為交換條件，而且這對他來說是早晚都會實現的未來。他當然二話不說，毫不猶豫地接受。

「領命。我一定會準備好陛下看了滿意的幻晶騎士。」

與艾爾涅斯帝的謁見結束後不久，安布羅斯來到一間既非謁見廳也非會議室的國王私室。室內還有另一人——那是勞里。

「呵呵，好久沒有過如此充實的日子了。勞里啊，你這孫子真有趣。」

一想起剛才的事，含著酒的安布羅斯便露出微笑。

「哎，我是完全交給女兒帶的啦。那孩子從以前就喜歡幻晶騎士，但沒想到他會做到這地步。我也沒掌握情況，捏了把冷汗呢。」

「朕聽說有個十二歲的孩子和陸皇龜打了一場才把他叫來看看，但這不可能，他已經不能說是孩子了吧。」

「唉呀，我孫子的確還在上學沒錯啊。」

「雖說孩子要胸懷大志，但有誰會說出如此奇特的願望？朕這輩子聽了這麼多人的願望，不過今天那個可是『極品』啊！」

兩人互相碰杯，興高采烈地繼續談話。

「因為太有趣，朕不小心做了愉快的約定。」

「因為是我的孫子嘛。今後我也會好好培養他成長茁壯，不負陛下期待。」

「噢。對了，朕曾經因為他太有能力而擔心他的未來發展呢。實際見過面，才覺得這是多慮了。」

或許又回想起來那時的光景吧，安布羅斯從喉嚨深處發出一陣低笑。

「哎呀，能讓陛下這麼看好，我孫子還滿有志氣的呢。」

「呵呵呵，朕不是因為他是你孫子才感興趣的，但朕很好奇他會做出什麼驚人之舉。做出更好的幻晶騎士——這根本是天方夜譚，但他卻毫不猶豫點頭答應了。」

說著，安布羅斯心中出現某種類似確信的預感。

「大概用不著多久，他就會將成果帶到朕面前吧。」

「……居然輕易做出那種約定。得勸諫陛下稍微克制消遣的心態啊。」

方才謁見時隨侍在後的其中一名貴族——克努特・迪斯寇德公爵對另一人「喬基姆・塞拉帝」侯爵抱怨。

「公爵，不要亂說話。」

「陛下的肚量沒有小到無法接受忠告。還是說，您也認為將國家機密告訴那樣來路不明的小孩無所謂？」

「這我倒不認為……正因如此，陛下也加上了附帶條件。即使是萊西亞拉學園長的孫子，要做出新的幻晶騎士也非易事。」

「我不是在問事情的難易度如何，是說那種約定本身就有問題！」

克努特忿忿不平，踏著沉重的步伐穿過走廊。跟在他身後的喬基姆腦中浮現他孩子們的身影。對揚圖寧守護騎士團長菲利浦‧赫爾哈根的報告進行補充的就是他女兒——斯特凡妮婭。報告的內容也包括他的那對私生兒女與艾爾在一起的事。說到底，艾爾也算是他認識的人。

現在可能有必要蒐集一些情報，或下達某些指示給他的私生子。在陷入沉思的喬基姆身旁，克努特的表情漸趨嚴厲。

「就算是個孩子……置之不理或許有危險。」

這句低語沒有傳入任何人耳中，悄然無聲地溶入周遭的空氣裡。

第三章 新型機製作篇

Knight's & Magic

第十話　各自開始吧

萊西亞拉騎操士學園，乃是弗雷梅維拉王國規模最大的教育機構。有騎操士學系課程，且運用幻晶騎士的學園自然也有維修幻晶騎士的設施。其中包括加工金屬骨骼、外裝等金屬零件的鍛造場和連接結晶肌肉，組裝全身部位的作業場，這許許多多的設施被統稱為「工房」。

因為要處理身長約十公尺的人型兵器——幻晶騎士，工房內部相當寬敞。設在盡頭的維修台外形有如一張巨大的椅子，上頭坐著一架幻晶騎士，腳邊有一大群學生進行作業。沒有外裝的幻晶騎士手臂被放到貨車上搬運，一旁響起將巨大鎧甲敲打成形的鐵鎚聲。喧鬧聲四起，甚至有人吵了起來。

有個踩著沉重腳步的大塊頭穿過手忙腳亂的學生之間。不對，說是大塊頭可能有語病。他的個頭比同齡男性還矮了一些，體格卻相當結實，粗壯度幾乎有一般人的一倍，整個人向周圍散發強烈的存在感。這般身材並非脂肪，而是由渾身強韌且厚實的肌肉撐起來的。垂在背後、編得細細的頭髮和嘴邊氣派的鬍子則宣示他的出身——鋼鐵與鍛造的民族「矮人族」。

他一走近爭執的學生，就默默掄起比人類的腳還粗壯的手臂痛扁下去。雖說手下留情了，但被矮人族猛烈的拳頭這麼一砸，還是讓兩人痛得滿地打滾。

「真是，每個傢伙都在這種忙得要命的時候給我找麻煩!!有空廢話不如給我動手!!」

「咳！老……老大！對不起，我們馬上回去工作!!」

矮人族要是認真起來，空手就能粉碎岩石。這可不是開玩笑的。不能再惹「老大」——即統率騎操士學系鍛造師科學生的「達維・霍普肯」不高興了。吵個沒完的兩人連忙回到崗位。

「還吵，我們有一半的騎士都被毀啦！真是夠了。」

與陸皇龜戰鬥而嚴重毀損的幻晶騎士都被送到這兒來。原本應該從修理開始，但因為大半機體都被毀得僅剩中樞部位和骨骼，校方當下一致同意，決定從頭打造新的機體。

只要有維修班學生們的知識和技術，重新打造機體確實不算難事。不過這可不是一、兩架的問題，一次來了這麼多訂單，使得工作量大增，結果還得向並非同學科出身的鍛造師借來人手，可以說是全員傾巢而出。

儘管要重新打造的機體很多，但眼下還是由倖存零件較多的機體優先修繕。至於花費工時多、損傷嚴重的則留到後面。

「……這個，要留到最後了吧。」

老大在某架機體前停下腳步。雖然運來的每架殘骸都損壞得非常嚴重，但那架機體甚至連金屬骨骼都已分解，只剩下散落的零件，模樣分外淒慘。壞成這副德性還能保留住魔力轉換爐和魔導演算機，反而只能說是奇蹟了。

「不過仔細瞧瞧，還真是壞得有夠徹底。是魔力耗盡而自行毀壞的嗎？居然從骨架開始崩解。」

老大從剛才就嚴肅地瞪著殘骸不放。一旁聽他喃喃自語的學生不解地偏著頭，不明白老大為何驚訝。

「啊？這種事沒什麼稀罕的吧？魔力轉換爐被壓壞也沒辦法……咦？」

開口的那位學生突然懷疑起自己說的話，目不轉睛地盯著殘骸。儘管魔力轉換爐保留下來，卻用光了魔力，使得骨架自行崩解。看到不合常理的情況，他才理解老大的疑惑，隨即又產生新的疑問，納悶地說：

「啊……該不會是銀線神經斷了吧？壞的方式還真特別呢。」

「噢，沒錯。壞的方式的確非常特別。」

老大凝視著殘骸中相當於腳的部位。卸下裝甲後露出的結晶肌肉上交錯著裂痕，從中斷裂。對他們這些負責好幾次機體維修的鍛造師來說，這看來是很熟悉的症狀：肌肉在使用期間超過耐受度，引起疲勞斷裂。幻晶騎士並非生物，結晶肌肉隨著使用日久累積疲勞，早晚會發生疲勞斷裂。這件事本身不稀奇，然而——

「這些傢伙在出發前全身零件才換新過，居然會突然疲勞斷裂？到底是怎麼操作的。不對勁，這傢伙壞的方式不太對勁。」

老大板起隱藏在鬍鬚底下的臉沉吟道。眼前的殘骸令他直覺有異，這個機體的損壞方式明顯與他們所知的任何情況都不相同。

維修班的工作並不是只有修理機體。構造上如果有可以改善的部分，執行對策的也是他們。為此，也要盡可能掌握機體的潛在問題。

「機體名稱是古耶爾，騎操士是迪那傢伙啊……他到底幹了什麼好事？」

老大扯開嗓門大喊，要人把眼前這殘骸的騎操士找來。

弗雷梅維拉的王都坎庫寧有個名為貴族街的區域。多數在自己領地內擁有宅邸的貴族們，在王都蓋的房子皆聚集於此。「塞拉帝侯爵家」的宅邸也在這裡。「阿奇德・歐塔」和「亞黛爾楚・歐塔」雙胞胎在他們的異母姊姊「斯特凡妮婭・塞拉帝」帶領下，踏上這個久違的地方。

有點上了年紀的管家領著三人前往喬基姆・塞拉帝侯爵的書房。書房裡的擺設有著沉穩的色調，或許反映了主人的個性，隱約散發著穩重的氣息。

姑且不論三天兩頭就能見面的蒂法，雙胞胎睽違數年才得以見到父親大人，緊張的神色顯而易見。喬基姆在他們進來後仍繼續整理文件，片刻之後才開口：

「辛苦了，蒂法。你們兩個也好久不見了啊。看你們這麼健康真是太好了。伊爾瑪也好嗎？」

「是，好久不見，父親。媽媽她也從沒生病，過得很有精神。」

就親子間的對話而言有些拘謹，這不只是禮儀的問題。雙胞胎身為侯爵的私生子，加上正室與他們不睦，所以幾乎不與本家來往，也很少有機會和父親喬基姆說話，雙方都不習慣這樣的場面。

「父親，我帶了他們倆過來，您有什麼事呢？」

蒂法敏銳地察覺到這股尷尬的氣氛。他們還沒建立出對話的方式，所以她的目的就是先提起正事，好讓雙方打開話匣子。

「對了……我聽蒂法說，阿奇德、亞黛爾楚，你們有個朋友叫艾爾涅斯帝・埃切貝里亞是吧？」

他們想都沒想過會從喬基姆口中聽到這個名字。不只雙胞胎，連蒂法都露出驚訝的表情。

「他為人如何？把你們知道的告訴我就好，說吧。」

父親的口吻不由分說。奇德、亞蒂忍住困惑，看了彼此一眼，然後各自描述心裡的印象：童年玩伴，同時也是教魔法的師父；只看魔法能力的話，在國內也算頂尖人才；還有就是熱衷於幻晶騎士等等。

就是只聽一半，這些內容也是非常驚人，但喬基姆並沒有否定，只是靜靜傾聽。兩人心裡的困惑愈來愈深，因為他們不明白父親為什麼會對艾爾感興趣。喬基姆大概從他們臉上看出那樣的疑惑了，於是稍微想了想，解釋道：

「他的名字在陸皇龜一戰中被列為功臣。這次雖然什麼賞賜都沒有，不過我們有提到，要視他今後的功績多少給些獎勵。」

「咦？這麼說，艾爾也會得到正當的評價嗎!?」

「別急，不是說馬上就下裁斷，終究要看他以後的表現。」

在「陸皇事變」冒險犯難的艾爾，在事件結束後卻沒得到獎勵和肯定。這一點雖然得到他本人諒解，他也很乾脆地放棄了，可他們兩人卻嚥不下這口氣。

（有在看的人，眼睛還是雪亮的嘛。）

或許因為如此，跟之前比起來一直不太擅長應付父親的奇德也感覺兩人之間的距離一下子拉近了。喬基姆為人嚴肅，卻並非不通情理。

「可是父親，您說視功績而定，那我們該怎麼做才好呢？」

「這不難。如果他今後有做出什麼成果，你們就先通知我。懂了嗎？」

「好的，父親！」

奇德、亞蒂臉上高興的表情顯而易見，到訪時的緊張氣氛也緩和下來了。和艾爾交情頗深的他們早就確信他總有一天必定會闖出一番「大事業」。到時候只要告訴父親，艾爾的實力就會受到肯定。這對以往只能依賴艾爾的他們來說，算是一種報恩。

蒂法也露出柔和的笑容。她也不認同艾爾的功績遭到埋沒一事，求之不得的心情是一樣的。

喬基姆表面上不動聲色，靜靜望著喜形於色的孩子們。

「陸皇事變」後的這一個禮拜，萊西亞拉騎操士學園停課了。

由於事件發生時，正巧和野外演習的時期重疊，因此有很多中等部學生受傷，高等部的準騎操士中甚至出現死者，因此校方也需要善後處理的時間。

在這段突然得到的假期裡，平安無事的學生們各隨己意度過。有人去探望外地的父母；有人閒閒沒事地宅在宿舍；還有人趁著機會難得大玩特玩。而說到艾爾涅斯帝是怎麼過的——

埃切貝里亞家的宅邸位於「萊西亞拉學園市」一隅。宅邸的某間房間裡，艾爾在書桌前聚精會神地寫著東西。夕陽餘暉透進窗內，房裡只流淌著筆尖接觸紙張的輕微聲響。

「……嗯——這樣大致的構造就完成了吧。」

正好告一段落，他將在筆記上來回遊走的筆放進墨水瓶裡。艾爾滿足地伸了個大懶腰，順便轉轉僵硬的肩膀，整個人靠到椅背上。

筆記上的字跡一絲不苟，羅列出他上課學到的構造理論、觀察別人操縱的心得，最重要的是他基於自己操縱時的經驗想出的許多點子，甚至包含前世記憶的紀錄。這份筆記說不定可以用「恐怖的異界知識之書」來稱呼。最後一頁畫著剛剛完稿、可謂集大成之作的機械身影。

「只要有了這個，和他們兩人的約定總會有辦法達成吧……剩下的就是跟陛下的約定了。」

他喃喃自語著盤起手臂，恢復原本沉思的表情。他煩惱的是前幾天與國王的約定。「製作最棒的幻晶騎士」──約定內容和艾爾的終極目標一致，現狀卻沒有進展。

「問題堆積如山。要做幻晶騎士也是困難重重呢……做幻晶騎士……幻晶騎士……」

那股誘惑就在他鬆懈下來的瞬間趁虛而入、滲進腦中一角，彷彿將墨汁倒入淡水中一般迅速侵蝕他的思考。要是不出聲，大腦好像就會這樣被占據了。沒多久，受不了誘惑的他終於忍不住將之化為言語，脫口而出：

「啊嗚，幻晶騎士，好想搭幻晶騎士……」

壞就壞在不該聯想到相關的事情。然而愈是不去想它，就愈像生了根似地離不開腦中。再說，光是能駕駛真正的幻晶騎士，就已經算是他用光好運了。閉上眼，那一切至今仍歷歷在目──鋼鐵雙足回應他的操縱，強勁步伐傳來的震動；揮舞數公尺長巨劍的手臂摩擦聲；每當發出前進指令時襲來的慣性；與強大巨獸的戰鬥。這些親身體驗的記憶全化為幻覺襲向艾爾。

「嗚嗚，還想再操縱，只操作那一下下根本不過癮……」

話是這麼說，幻晶騎士可不是能隨時駕著亂跑的東西。畢竟艾爾的身分只是個中等部學生。想到這現實，他無力地趴到桌上。

「不行……這樣下去使不上力。這時候就要出門散散心。」

他打起精神，一做好外出準備便立刻跑到街上。

不久之後，他現身在同樣位於萊西亞拉學園市的鍛鐵店「泰莫寧工房」，來看看童年玩伴之一的矮人族少年「巴特森・泰莫寧」。

巴特森身為一介街坊鍛造屋之子，原本應該繼承家業，可自從有了艾爾這個太喜歡幻晶騎士的奇妙玩伴，不知不覺間也朝著成為整備幻晶騎士的鍛造師——騎操鍛造師之路邁進了。

有了這般來龍去脈，最近的他們就像幻晶騎士的粉絲團一般。

「……事情經過就是如此。我將建造一架更好的幻晶騎士進呈陛下。」

「什麼叫『進呈陛下』啊！突然就向國王陛下請願是怎麼回事!?真的不知道怎麼說你欸，應該有所謂的循序漸進吧……」

深信完成之日總會來到的艾爾愉快地說了起來，巴特森卻只是隨口敷衍過去。以為他去了野外演習，結果是跟陸皇龜互扁一頓；以為他平安回來了，又和國王做出這麼離譜的約定。艾爾的行動多半無法預測。巴特森大大嘆了口氣，實在懶得再一一吐槽了。

「……唉，算啦。這也很符合你的作風。那要怎麼辦？你對新的幻晶騎士有底嗎？」

「沒有。」

「喂。」

艾爾斬釘截鐵的回答讓巴特森不由得滑了一跤。看他那麼自信滿滿的樣子，還以為一定有什麼辦法。

「如果問我要做什麼樣的東西，我是有很多方案，但還有在哪裡做的問題沒解決呢。要不要在你家做？」

「當然不行啊！」

「幻晶騎士」身長約十公尺，是由金屬、結晶與魔導組裝而成的巨人兵器。在煩惱技術及材料之前，要先準備好製作用的大型設施。這絕對不是那種能在街坊鍛鐵店製作的東西。

「請你通融一下。我們不是志同道合的夥伴嗎？」

「管你夥伴還是朋友，不行就是不行啦！」

正當兩人嘰哩呱啦吵得不亦樂乎的時候，巴特森房間的門突然被大力打開。兩人不約而同嚇了一跳，轉頭便看到巴特森的父親。

長年以來做鍛造師工作的他，同樣也有矮人族的特徵。強健的體魄，渾身結實的肌肉，現在又板起原本就很有魄力的大鬍子臉，看上去簡直就像惡鬼。全身散發出的危險氣息讓他們後退好幾步。

「你們兩個……我不是說過不要吵，會妨礙工作嗎！要吵不要在家鬧，給我到外面吵!!」

兩人不等他吼完，就從窗戶跳了出去。也不管巴特森的房間在他家二樓，跳得毫不遲疑。先跳出來的艾爾俐落著地，用吸收大氣衝擊的魔法接住之後跳下來的巴特森。動作莫名熟練，大概是他們以前做過好幾次了吧。

「唔，被趕出來了。怎麼辦？巴特森。」

「老爸很凶啊，沒辦法。啊，不然去騎操士學系的工房如何？」

艾爾不明白巴特森這個提議的理由，不解地偏著頭。

「前陣子的戰鬥不是弄壞一大堆幻晶騎士嗎？現在應該正在修理，請他們讓我們參觀就好了。」

「原來如此，真是個好主意。既然決定了就走吧！」

艾爾打起精神，拔腿奔向萊西亞拉騎操士學園，巴特森連忙追了上去。

過了正午時分的萊西亞拉學園市。抵達學園的兩人正要穿過校門，就聽到背後有人叫住他們。

「嘿，找到囉。」

「抓到艾爾了——!!」

現身扣住艾爾兩隻手臂的是奇德和亞蒂。因為兩人都比艾爾高，讓兩臂被抓住的他身體浮了起來。

「呃——奇德、亞蒂？到底怎麼了？這麼突然。」

「沒有啦，怎麼說呢，我就猜艾爾可能會在這裡。」

「既然猜中了就得抓住才行呢！那麼，接下來要去哪？」

兩人似乎就只是出於好玩才抓住自己。艾爾搖晃著浮在半空中的雙腳，沮喪地嘆了口氣。

「……我想現在騎操士學系的工房正在修理壞掉的幻晶騎士，所以打算去參觀。」

「這樣啊。那馬上到工房去吧！」

「你們兩個，要去是可以，不過差不多該把我放下來了吧。」

就這樣，四個人一同朝騎操士學系的工房前進。他們雖然是中等部一年級學生，但早就摸透了高等部校舍的構造，沒多久就到了目的地。

他們偷偷探頭觀察工房內部情況。鐵鎚的敲打聲、起重機吊起零件的滑輪聲、怒吼聲，以及幻晶騎士的運轉聲。內部充滿了喧囂。艾爾非常想湊上前看，但鍛造師專注得令人畏懼的樣子還是讓他不好意思打擾。因此一行人慢慢移動到沒有進行作業的地方。

於是，他們順理成章地來到「損傷過於嚴重，延後處理的機體」旁邊。

在工房盡頭整備幻晶騎士的巨大椅子上，坐著一個用起重機從頂棚吊起，只能以殘骸來形容的金屬塊。大概是幻晶騎士的軀幹部位吧。由於外裝凹陷，裡面的骨骼也都扭曲了。先不說艾爾和巴特森，雙胞胎一時間無法理解那是什麼東西。幸好有附著的一點紅色塗漆當作線索，他們這才想到那個機件的原形。

「這個就是……呃，該不會是艾爾駕駛的叫古耶爾的傢伙？」

奇德觀察艾爾仰望著殘骸的側臉，一邊嘀咕著問。

「對。我對這個裝甲和損壞方式有印象。壞得真徹底……難怪會延後修理。」

「真厲害啊，是做了什麼事，才會讓它壞成這樣？」

無視整個人傻眼的巴特森，亞蒂盯著破壞得體無完膚的殘骸，好似入迷了。眼前的物體毋需言語，就能說明與陸皇龜一役有多麼慘烈，連不曾駕駛過幻晶騎士的雙胞胎也能輕易想像。

過去聽艾爾說起這件事的時候，無論奇德還是亞蒂都自認為明白他面臨了多大的危險。然而，實際看到展現在眼前的殘骸，超乎想像的光景令他們說不出話來。巨大的金屬塊有如捏麵人般扭曲得不成人形。造成這一切的力量究竟有多麼強大，對抗那股力量又是多麼危險——

奇德握緊拳頭直到泛白，亞蒂則是眼角微微泛淚。一個不小心，艾爾搞不好就死在那個戰場上了。想到這裡，讓他們一瞬間背脊發冷。就算不知情，但在摯友面臨那麼大的危險時，自己卻什麼也沒做，這股對自己的氣憤徹底打垮了他們。

「……美。」

此時，艾爾發出的低語聲傳進悶悶不樂的兩人耳中。他們從後悔的海洋中浮起，緩緩轉向艾爾。

「壞掉的機體也很美……」

艾爾呼地嘆了口氣，那張側臉宛如著魔般陶醉不已。他沒發現四周氣氛驟然冷了下來，接著說：

「沒錯，有形之物崩潰瓦解，只剩殘骸，這就是所謂的『閒寂幽雅』。這充滿寂寥與衰敗氣息的造型……真美……」

雙胞胎的視線僅交錯了一瞬間，第一百三十二回歐塔兄妹會議隨即有了共識——他們無言地決定對艾爾發動攻擊。

「!?好……好鬨(好痛)好鬨(好痛)，按啊(幹嘛)忽藍(突然)呃樣(這樣)!!」

臉頰被人從兩邊拉開的艾爾難得淚眼汪汪地高聲抗議，雙胞胎卻無動於衷地繼續掐，沒有手下留情。

「唉，這也怪不得他們吧，艾爾……」

唯有巴特森一個人冷靜地在一旁觀望。

「喂，哪來的小鬼！居然在這種地方吵鬧!!」

雙胞胎又捏了好一陣子才肯放開。終於解脫的艾爾才剛撫著雙頰抗議，隨即從從背後傳來怒吼聲——那聲音響亮得在噪音從未間斷過的工房裡仍能清楚聽見。他們轉過頭，出現在眼前的是充滿魄力的矮人族青年——達維老大。

「怎麼？這不是銀色少年嗎？你還真喜歡這裡啊，不要妨礙作業哦。」

老大也認識平常就理所當然地泡在騎操士學系的艾爾。看他連放假都跑來，似乎就連老大也掩飾不了錯愕。艾爾的視線越過他，注視他身後的人物。

那臉色蒼白得有如亡靈，眼眶底下有厚厚黑眼圈，精心梳理過的金髮已亂得不成樣子的人——正是紅色騎士的騎操士「迪特里希・庫尼茲」。艾爾在那瞬間沒辦法將他和記憶中的迪特里希對起來，不由得揉了揉眼睛，但不管再怎麼看，眼前的迪特里希都是一副失魂落魄的慘樣。現在的他別說霸氣了，過去那可謂狂妄的自信絲毫不存，只滲出滿滿的焦躁氣息。

「欸，呃……迪特里希……學長？對吧？到底出了什麼事？」

艾爾問，臉上掛著沒什麼把握的僵硬笑容。現在的迪特里希臉色就是難看到連艾爾都感到棘手。迪特里希回了艾爾一個難看的笑容，沙啞地說：

「……啊啊，艾爾涅斯帝啊。呵、呵呵……有點……對，稍微有點。最近常做惡夢啦……醫務室的惡魔追著我跑……害我最近睡眠不足。一鬆懈下來那傢伙……嗚，那傢伙用恐怖的聲音播首弄姿唔噗呸！」

說著說著，似乎又喚醒惡夢的記憶了。迪特里希的雙眼失焦，眼看即將飄向彼岸世界——這時老大賞了他一記手刀，把他給拉了回來。迪特里希當場昏厥了一陣子，但或許是老大的一擊生效了，又暫時清醒過來。

「唔哦哦哦哦……啊！我現在要去哪……嗚喔！哎，算了。那麼，艾爾涅斯帝會在這裡，就是說你也被找來說明嗎？這樣省事多了。」

「啊啊？少年要說明什麼？」

「還有什麼，你想知道古耶爾壞掉的原因吧？所以才把那個『原因』找來的不是嗎？」

老大有好一會兒詫異地輪流看著迪特里希和艾爾的臉，逐漸理解他話中的意思，眉間的皺紋反倒增加了。

「慢著，迪。這樣聽起來，好像少年才是古耶爾壞掉的原因哦。」

「欸？不就是這樣嗎……你該不會不知道就把人叫來了？」

「不，我根本沒找他。他自己突然冒出來的。」

對話有些牛頭不對馬嘴，三個人不約而同地歪了歪頭。在這數秒間的空檔，迪特里希像注意到了什麼，拍了拍手。

「啊，我難道是不小心說溜嘴了嗎？」

「我想就是那麼回事喔。」

老大一邊習慣性地理理鬍子，朝兩人投以凌厲的目光。

「哎，無所謂啦。這時候就請你們全盤托出吧。」

看到露出獰笑、「啪嘰啪嘰」地隆起筋骨的老大，在場沒人有膽子反駁他。

艾爾駕駛古耶爾與陸皇龜戰鬥那時，迪特里希雖然在後面看著他操縱，對操縱內容卻不是掌握得很清楚。艾爾的技巧不是別人看了就能理解的類型，結果還是只能靠他自己說明。剛開始說明時還好，但他們馬上就碰上一大堆問題。

「……抱歉，再說一遍。」

「是。我坐上去時，手腳沒辦法碰到操縱桿和踏板，所以我轉譯魔導演算機內的魔法術式，是『靠我自己演算』來操縱幻晶騎士的。」

平常繃著一張嚴肅面孔的老大難得驚訝得睜大眼睛。這也難怪，正因為憑一己之力跟不上幻晶騎士的魔法術式演算，才有魔導演算機這種裝置存在。不用裝置而靠自己演算，未免太脫離常識了。姑且不論親身體驗過古耶爾動作的迪特里希，任誰都無法阻止老大的表情轉為半信半疑吧。迪特里希的表情則相對地愈發犀利。

「……退一百步講，就當你說的是真的吧。然後咧？那和這傢伙因為魔力中斷而自行損壞有什麼關係？」

「我代替魔導演算機，就是能自由操縱各種機能的意思。我在給陸皇龜最後一擊時，解除了安全裝置，將機體所有僅存的魔力傳送到攻擊上，結果不小心把維持構造強化的魔力都用掉了。」

「混帳東西！搞成這樣要我怎麼解決啊!!那本來就是避免魔力耗盡的安全措施啊！」

老大的口氣很嚴厲，不過對艾爾的胡鬧也只能不斷搖頭。他呼出一口氣，蘊含放棄說教心情的嘆息顯得無比沉重。

「這麼說是沒錯，不過，這種操縱可能只有我做得來，所以不用急著解決吧？」

「廢話，那種事簡單就能做到的話怎麼得了!!算了，還有那個──腳的結晶肌肉疲勞斷裂，那也和你有關嗎？不對，就是你幹的吧？」

「是沒錯……但像這樣被人當面指點，還是有點不太高興呢。」

「囉嗦，果然是你的錯啊!!」

「那是直接控制所造成的負擔啦。古耶爾承受超乎尋常的負荷，才會弄斷它的。這也害得我們差點走投無路。」

「你啊……從全身換新的那天算起，一般都能順利運作一個月以上。你居然一次就弄壞了……」

老大忍不住仰天摀額。到了這地步，只能用束手無策來形容了。現階段已經夠令人頭痛了，不過他注意到某個更糟的可能性。

「喂，等等。少年，要是你認真起來，該不會『無論駕駛哪台機體』都會弄壞吧？」

「這個可能性很高呢。騎士團的加達托亞的結晶肌肉品質很高，或許能撐久一點。」

結果還是負荷的問題呢——艾爾悠哉地嘟噥。老大斜眼看了他一眼，表情變得苦澀。

「呿！這點不改善的話，鍛造師就沒臉見人了。話是這麼說，現在也沒辦法馬上解決那種東西。」

說起來，會這樣亂來的騎操士根本就是前所未聞，不存在解決措施也是理所當然。何況這也不是應急措施應付得了的問題，需要提出根本的解決之道，實非一朝一夕就能改善的。

這次的修理對策暫且作罷，以後再研究解決方法——老大暗自擬定具體方針。不巧的是，在場有個把非現實當成家常便飯的存在。

「如果是這樣，我正好有個好點子喔！而且這個想法沒有破綻——眼下最重要的就是增加結晶肌肉的耐力對吧？」

這個人就是艾爾。他高興地舉起手，大聲說出讓眾人吃驚得瞪大眼睛的內容。

「啥？要增加結晶肌肉的耐力？說起來簡單，你以為那些鍊金術師為了這個花多少時間埋頭研究啊？實際上這一百多年來幾乎沒什麼改良哦。」

「啊，不是的。我說要增加耐力，但不會改變結晶肌肉本身。畢竟我也缺乏鍊金術方面的知識，所以想從結晶肌肉的『用法』著手。」

面對眼前在「用法」部分浮現問號的眾人，他趁這個機會開始說明：

「有個故事這麼說：『一支箭容易折斷，但三支箭綁在一起就不容易折斷了』，也就是說……」

他所提出的方法，就是將好幾條結晶肌肉的纖維搓成「繩索」來使用。一條條脆弱的纖維揉合起來能提升耐久性，再加以編織就能保留比直線更長的收縮距離，連帶增強動力。

「……命名為繩索型結晶肌肉。你覺得做成這樣使用如何？」

艾爾掛著滿臉笑容，像是在為說明做收尾的推銷員般，接著實際編織起結晶肌肉的纖維，當場做出伸縮的「繩索」給大家看。

雙胞胎似乎不太明白，一副艾爾說什麼就是什麼的樣子。巴特森和在場的鍛造師們反應卻非常激烈。

老大以極為緩慢的動作拿起繩索型結晶肌肉，研究起來。先是不停搖頭，又接著陷入沉思。根據過去一些嘗試改良幻晶騎士的經驗，他正要開口，卻想不出怎麼明確描述而死心，最後嘆了口氣說：

「將結晶肌肉的纖維匯聚起來……這可真是盲點。」

雖然他平常講話就很沉重嚴肅，但那句話說得更是百感交集。

「是嗎？從來沒有人試過也很奇怪就是了。」

「少年說得沒錯。聽你這麼一說確實很不可思議……可是啊，幻晶騎士的改良一般都是從骨骼形狀和肌肉附著方法來思考，再來就是提升材質了吧。沒有人會想到改變肌肉組成這部分啦。」

幻晶騎士，即模仿騎士的巨人兵器。基於「擴大人類力量」的想法而體現出巨人這種形象。這雖然具有在感覺上容易操作、理解的優點，同時卻限制了脫離人體構造的創新思考，阻礙發展性。既是純粹的機械，卻又以類似生物的觀念操縱。長久下來，這種矛盾形成根深蒂固的習慣，使從事幻晶騎士設計的人們失去了從根本進行變革的想法。

艾爾能夠克服這些，果然還是因為他擁有異世界中發展到了極致的機器人文化知識。即使表情隱沒在鬍子下，但老大這時已經露出有魄力的笑容了，這可說是相當難得。

「哈哈！這點子想通了還真有趣!!正好，馬上把這玩意兒塞到現在修理的傢伙裡吧!!」

老大那興高采烈的樣子讓聚集的學生有些退縮，但他滿腦子都是即將進行的幻晶騎士改良計畫，一點也不在意，正準備對周圍下達指示——

「既然這樣，我順便再提一個點子。要不要也試著修改一下外型呢？」

——耳邊傳來惡魔的低語。他反覆玩味話裡的含意，一邊緩緩回過頭。眼前果然是一臉燦爛笑容的艾爾。

「我想在『背上』增加手臂，老大。」

少年的外表有如少女般惹人憐愛，露出恰似可愛花朵般的笑容對他悄聲細語，說出來的話卻十分驚世駭俗。這已經不是能用「說明不足」來解釋的內容，幾乎是一腳踩進胡言亂語的次元了。

老大聽是聽清楚了，卻花了比剛才更長時間才理解他的意思。連習慣艾爾言行的雙胞胎都掩飾不了像是詫異，又像傻眼的表情。在場最冷靜的，可能是至今為止聽了他不少荒謬點子的巴特森吧。

對直到剛才為止還沒想過要改造幻晶騎士的鍛造師們而言，艾爾的話簡直完全無法理解。照理說，所謂的幻晶騎士應該是「有著人類外形」的兵器，而在這個世界，「人」的形狀一般都是兩隻手、兩隻腳。目前，唯有在童話故事裡才有可能存在超乎人類外形的角色，因此除了發言的艾爾以外，沒有人可以理解在幻晶騎士背上增加手臂的想法從何而來。

傻眼的老大嘆了口大氣，正要反駁，又忽地打消念頭。這些話如果從別人口中說出來便只不過是胡言亂語，但這卻是來自剛才提出「繩索型結晶肌肉」這新點子的艾爾。老大勉強吞下罵聲，盡量努力保持平常心問道：

「……慎重起見，我還是好歹問一下。這是為什麼？要怎麼做？」

儘管拚命壓抑，他還是止不住聲音的顫抖。

「說到為什麼嘛……我是上次操作時發現的。幻晶騎士只有兩隻手臂呢。」

「欸？嗯，當然了。這還用說嗎？欸？」

「哎，冷靜點，亞蒂。先聽我說完好不好……我覺得問題在於魔導兵裝的操作。幻晶騎士為了進行遠距離攻擊，需要使用魔導兵裝。那些兵裝只能拿在手上操作，所以依距離、情況不同，就有必要換手拿劍和魔導兵裝。」

艾爾先停了一下，環顧四周。一張張臉孔上不約而同地露出一副寫著「那是當然的，不明白哪裡有問題」的模樣。他加深笑容。

「可是，我認為那樣非常沒有效率，換手時也會產生很大的空隙。當然，極近距離的情況下就不得不收起魔導兵裝了。所以我想在背上加裝……像是使用魔導兵裝的手臂。這樣就不必特地換手，也能隨時使用魔導兵裝。」

大家對艾爾笑著解釋的內容不是很捧場，一副深感困惑的神情。每個人都感到疑惑與不對勁，遲疑著不知道如何表達——在那難以言喻的空氣中動起來的，果然還是技術人員的領頭羊——也就是老大。

「……你想說的我不是不懂。現在先不管什麼增加手臂的怪點子是對是錯吧。假如真的裝了魔導兵裝用的手臂，又要怎麼讓它動起來？人類背上可沒有手臂，這不用我說吧？沒有的東西再怎麼樣都動不起來。」

不必老大指出，幾乎所有人都有一樣的問題。幻晶騎士的操縱方式就是以騎操士四肢的活動為基礎。從這個模式來看，操作不存在於騎操士——也就是人類身上的部位是不可能的事。

不對，用不著搬出構造面的理論，他們在感情上對於追加人類不存在的部位產生抗拒。能把這件事當成胡言亂語一笑置之是再好不過——這樣的想法僅是隱然形成，卻是大家心中共同的感受。

可是，艾爾臉上的笑容沒有消失，也沒有停下前進的腳步。這個異世界產物獨自游離於世界的常識之外，興高采烈地動手改造名為幻晶騎士的存在。

「你會擔心是理所當然的，但我不是要追加真的手臂，也沒必要讓它動得像手臂一樣靈活。簡單來說，就是拿著魔導兵裝發射就好了。也就是……」

艾爾承受著所有人的困惑和排斥，一派淡然地描述。有力地支持他的，就唯有應該達成的明確目標與意志而已。不知不覺中，在場所有人都逐漸被他的言辭和氣勢給說服了。

「同時製作專用的自動動作術式還有瞄準功能，追加配合這些裝置的魔導兵裝操作部位及其控制設備。這是我的提案……『背面武裝』和『火器管制系統』的開發。」

工房一隅有個被稱為「會議室」，用隔板區分開來的小空間。裡面擺著黑板和椅子，主要是維修班用來開會的地方。即使艾爾的提案大大偏離過去的常識，大伙兒還是沒有拒絕而聚集在此討論。艾爾以清脆的嗓音接著說明，粉筆在黑板上發出有節奏的喀喀聲，逐漸刻劃出異形機能的全貌。

「雖然我剛才說『手臂』，其實想的是更單純的構造……像是具有可動設備的固定器那種東西。」

背上追加的手臂——以下以「輔助腕」稱之——在不使用魔導兵裝時會收納起來，並在戰鬥時啟動、進入發射狀態。啟動功能時，輔助腕會越過肩膀，朝向正面。

至於火器管制系統，則是負責控制輔助腕的收納和展開的魔法術式。這個動作本身不需要太大的靈活度，純粹只要進行收納、展開這樣的固定動作就好，因此不會給騎操士帶來負擔，可由系統自行處理完畢。到這裡聽起來，只是讓魔導兵裝從背部轉向前方而已，不過火器管制系統還有一個最大的特徵——瞄準功能。在駕駛座呈現影像的幻象投影機上顯示準星，藉由瞄準和魔導兵裝連動來自動控制發射方向。

聽艾爾說明到這裡，鍛造師們的表情為之一變。在不妨礙雙手動作的狀態下使用魔導兵裝，甚至讓瞄準成為可能。雖然操作幻晶騎士的專家是騎操士，但維修班的鍛造師們也有相關的技術。因此，他們也逐步體會到背面武裝帶來的優勢——攻擊機會增加，戰術幅度擴大，還有攻擊能力本身的增強。

「預計將火器管制系統的主體放到魔導演算機的空白領域內。啊，這部分當然由我來做。另外，騎操士使用這個功能時需要……」

騎操士只需要增加訓練瞄準的技能。原因無他，因為他們沒有必要將輔助腕運用自如，火器管制系統會自動處理展開、收納，以至於瞄準。從駕駛座可以輕易進行展開和收納之間的轉換，等於沒有增加處理上的實質負擔。如果改造的結果需要操縱技術來配合，那從一開始就該去改變操騎士的訓練清單。

「……以上是提案概要。我想具體構造之後還會陸續補充……各位覺得如何？」

面對可愛地微偏著頭的艾爾，在場沒有一個人有所回應。現在，工房裡頭正被可怕的沉默給支配著。艾爾說的「技術」徹底推翻了所謂的常識：追加脫離人形的部位，還要在以往不可侵犯的魔導演算機內追加功能。即使事前接受了繩索型結晶肌肉的提案，他的想法對在場學生們而言還是十分異常。

艾爾依然條理分明地說明，黑板上排列的是技術人員的共同語言——「技術」，不存在任何童話故事或幻想。它帶著現實味，讓人無法一笑置之；而且它充滿魅力，無法讓人視若無睹。

（看來我寶刀未老，簡報能力還沒退步吧。但似乎還要再推他們一把。）

在艾爾眼裡看來，維修班的學生們很明顯地感到迷惘。如果說明得不著邊際就算了，他們還能以此為由乾脆拒絕，但這事麻煩在於「具體到可以拿出來討論」。過去的常識極力警告他們事情不對勁，但一想到對方提出來的技術將帶來的變革，理性又勸他們贊成。為了推陷入左右兩難境地而啞口無言的他們一把，艾爾又接著說：

「即使幻晶騎士模仿人的姿態，畢竟還是工具，是機器。沒有必要一味拘泥於人類姿態……如果有想要的功能，各位不認為採用符合需求的外表也是可行的嗎？」

若故事中出現的惡魔實際存在，肯定就是這種感覺了。容貌秀麗，在耳邊低喃令人難以抵擋的誘惑，引誘人不由自主偏離世界的真理——眼看眾人的思考就要一齊走上歪路，老大誇張地嘆了口氣。

「真是的，你這傢伙到底是何方神聖？繩索型也好，背面武裝也好，搞不懂你為什麼一個接一個地想做這些既沒看過也沒聽過的東西。」

「怎麼這麼說呢？就因為『沒有才要做』。有的話就不會做了。」

艾爾嘸起嘴，老大愣著看了他好一會兒，然後一下子放聲大笑。老大豪爽的笑聲將在場沉悶的空氣和大伙兒的猶豫一掃而空。

「呵呵、哈哈哈哈！被擺了一道啊。沒錯，你說得對！叫常識滾一邊去的意思嗎？我喜歡。雖然不甘心，不過少年說的有理。咱們鍛造師可是改良幻晶騎士的專家。就接受你的提案吧!!」

以此為契機，他們身為技術人員的意志跨越常識高牆，全體團結一致，朝著研發繩索型結晶肌肉、背面武裝和火器管制系統——以及從這些技術中催生的新幻晶騎士踏出一步。雖然是很小的一步，不過他們心中的意識確實逐漸產生了變化。

就這樣，從萊西亞拉騎操士學園衍生的漣漪總有一天將擴散到國內，進而傳播到全世界。名為幻晶騎士的存在以此時為起點，開始了嶄新進化。

四個人影並排著走在夕陽早已下山的萊西亞拉學園市裡。

走在正中央的嬌小人物——艾爾看起來心情極好，眼看就要哼起歌來了。這也難怪，他沒想到真能實現改造幻晶騎士這個宏願。一想到之後的每一天，他就覺得幸福得不得了。跟雀躍不已的他比起來，身旁的奇德與亞蒂則顯得悶悶不樂。

「喂，艾爾。老實說今天的話題我並不是全都聽懂了。不過，那樣改造下去，幻晶騎士就會變強吧？」

「是的，當然！」

奇德還想說些什麼，一時又停住了。

「……呃，要是這樣，艾爾你……在強化幻晶騎士之後，又會去跟魔獸戰鬥吧？」

奇德的話讓艾爾眨眨眼，僵住了笑臉。因為他被「改造」沖昏頭，把如何去使用這件事完全忘了個精光。對這意料之外的質問，他故意清清嗓子揮開心中的焦躁，勉強笑著說：

「是、是啊。難得有機會做出強大的幻晶騎士嘛，而且你想想，成為騎士或騎操士的話，就一定得跟魔獸戰鬥了。」

「也對，艾爾果然要戰鬥啊……已經有能耐戰鬥了啊。」

艾爾詫異地看著奇德那副像是心裡有疙瘩，吞吞吐吐的樣子，然後他立刻被從旁邊抱過來的亞蒂擁進懷中。

「艾——爾！你沒忘了那個約定吧!!」

「咦？欸——是。啊，也要教你們兩個幻晶騎士的戰鬥方法對吧。」

「對啊，只要我們想做，也是做得到的！我不准——絕對不准你再一個人戰鬥囉。」

亞蒂想起紅色騎士的殘骸。即使幻晶騎士被稱為人類最強的兵器，世界上比它強大的魔獸卻是要多少有多少。亞蒂一想到艾爾或許會置身危險，泛出的淚水就模糊了她的視線，話聲也動搖起來。

「亞蒂？妳怎麼了？用不著擔心哦，我也仔細考慮過那方面的準備……對了！乾脆把『這件事』也一起拜託他們好了。」

艾爾像是想到什麼好點子而彈了彈指。亞蒂微微抬起臉，旁邊的奇德和巴特森則面面相覷，露出疑惑的表情。

幾天之後，艾爾和老大兩人來到萊西亞拉騎操士學園的學園長室。

聽到客氣的敲門聲，裡面傳來學園長勞里・埃切貝里亞沉穩的回應。儘管勞里對出現的面孔露出有些意外的表情，仍招呼他們進來。

「哦？艾爾和達維啊。這還真是稀奇的組合。」

勞里請他們就座，艾爾笑著遞出資料。裡面是關於他們這幾天一口氣寫完的繩索型結晶肌肉、背面武裝及火器管制系統等內容。

「學園長，上面寫的是銀色少年提出的幻晶騎士新企劃。我們騎操士學系維修班打算運用這個企劃，做出全新的機體。」

勞里被這沒頭沒腦的話嚇得瞪大眼，更為嚴肅地看起資料。大致瀏覽過一遍後，他把資料放到桌上，大大呼出口氣，眼神不由得望向遠方，最後驀然開口：

「唉呀……真不曉得該說意料之外還是……你們弄了個大麻煩啊。」

「是你孫子弄的。」

「所以才說意料之外……不對，超乎想像吧？沒想到這麼快就開始了。這份資料看起來相當不尋常，艾爾，這真的能實現嗎？」

被問到的艾爾露出他一貫的笑容——但同為一家人的勞里明白，艾爾的藍眼中洋溢著超越平常的熱情與自信，散發著打算將常識扭曲改竄的氣勢。而艾爾也如他所料，用力點頭肯定。

（敬啟，陛下，我家孫子失控的程度超乎想像。我大概是控制不住了吧？）

「……爺爺？您覺得如何？您願意答應嗎？」

「學園長，在幻晶騎士的製作、改造上，我們應該有自由裁量的權利。只不過這東西跟以往的改造『性質』不同，八成會有很多問題，所以希望你給我們正式許可。」

傳送意念到遙遠彼方——具體而言是傳向王都的勞里因為這句話回過神。

「嗯、嗯。畢竟還有很多騎士都因為前陣子的事得重新打造啊，不如說時機正好。多少有些失敗也不要緊，就照你想的去做……唔？不過，慢慢來可不行，得加速趕工才行。如果騎士不夠，騎操士們不會無所適從嗎？」

勞里突然拍了拍膝蓋。那場陸皇事變嚴重摧毀了騎操士學系約半數的幻晶騎士。就算湊齊了原有的二十架，也無法分配給學系所有的騎操士們，還得輪流駕駛。若再少掉一半，勢必會妨礙到訓練。

「關於這點，我還有另一個提案！」

艾爾猛地舉起手，接著立刻打開旁邊的手提箱，從裡面拿出一本筆記。

「喂，還不只這樣噢？準備真周到啊，少年……」

「其實我從以前就有個想法了。想進行幻晶騎士的操縱訓練，就只能搭上幻晶騎士，但最重要的幻晶騎士數量不夠，要做新的又太花工夫了……是在繞圈子呢。」

勞里和老大吞下許多疑問，點頭同意。艾爾朝著他們打開貼了太多便利貼而大大鼓起的筆記，展示最新的一頁。

「可是，若是要增加幻晶騎士的數量，會遇到什麼阻礙呢？首先能想到的就是昂貴的零件、爐和演算機，還有製作如此大型的機體所需的專用工房及勞力……考慮到這些成本，得到的答案就只有一個。」

勞里和老大聽著艾爾說明，湊在一起凝視填滿文字的筆記。上面畫著一個奇妙的物體——那是覆蓋人體的骨骼和鎧甲的合成物，上頭布滿結晶肌肉。根據一旁加的註，這東西的大小約二・五公尺左右，比一般人穿的鎧甲略大，但從普通幻晶騎士的規模來看只有大約四分之一的程度。

「沒錯，『只要縮小就好了』！這麼一來工程也會減少，製造所需的設施規模也會變得更小。換句話說，可以輕而易舉地量產。而幻晶騎士之所以需要魔力轉換爐和魔導演算機，是因為一個人的能力無法提供那龐大身軀運作所需的魔力還有魔法術式。只要機體縮小，負擔也會相對減輕……算起來，只靠一個人的能力也能運作。不需要心臟部位，價格也絕對便宜得多。現在每做一架，再送一架哦！」

聽艾爾滔滔不絕地推銷，流暢到令人懷疑到底是哪來的商人一般，勞里和老大各自做出不同反應。

「……小的幻晶騎士？你光是做新型機還不滿足，還把算盤打到這裡來嗎!?」

「原來如此。唔，這東西倒是挺有趣的。如何啊，達維？順利的話，騎操士們或許就不會閒得發慌了。」

聽勞里這麼說，老大露出可說是困惑的態度。

「學園長，我對做這個本身沒有異議，不過要做新型機又要做這傢伙，人手肯定是不夠的。就算難度不高，我們也生不出來啊。」

製作新的幻晶騎士。手頭上還有那光想像就覺得困難的任務，老大他們已經沒有餘力做其他東西了。若沒有執行的工作人員，那再怎麼有趣的提案也是白搭。

對此，艾爾的準備也是萬無一失。

「這點不用擔心。這個的好處就在於遠比幻晶騎士簡化，而且更容易製作。我想，即使沒有高等部學長姊那樣的技術也做得到。」

明白了艾爾想說的事，兩人的表情終於超越驚訝，變得面無表情。老大深深嘆了口氣。

「少年，沒想到你這麼狠。」

老大這番話怎麼聽都不像是在稱讚，而艾爾只回以一個微笑。

第十一話　創造、建造、製作吧

由騎操士學系維修班提案的計畫——跳脫修理幻晶騎士的範疇、研發新型機的製程順利實行，迄今已經過了半個月左右的時間。在這段期間裡，學校已經恢復上課，身為中等部學生的艾爾涅斯帝他們回到了日常生活中。

宣告下課的鐘聲一響起，上課時鴉雀無聲的教室頓時熱鬧起來。老師對學生們驟變的態度輕輕嘆息，打過招呼後便離開了教室。一天的課程全部結束，接下來就是放學了。從課業中解脫的學生們各隨己意度過這段時間。即使身處踏出城市一步就可能遭受魔獸威脅的世界，學生這種生物似乎也不會有什麼改變。艾爾等人也不例外，只不過，他們的狀況有些不同。

「艾爾，艾爾！我們去練習吧！來，今天也要加油喔！」

「好、好，不那麼用力拉，我也會一起去的啦。」

亞蒂迫不及待地拉著艾爾的手，奇德跟在他們後頭。白天在中等部上課，放學了就去騎操士學系的工房。這成了他們最近的生活模式。

工房還是老樣子吵雜不已。然而，這天的情況與平常不太一樣。吵吵鬧鬧地來到現場的艾爾等人，對周遭的凝重氣氛感到納悶。他們看到頹然癱坐在椅子上的老大，於是便上前搭話。

「你好，老大。為什麼今天各位看起來格外疲累呢？」

「嗯啊，銀色少年啊……沒什麼，就是那個。我們做了繩索型結晶肌肉啦。」

「上次艾爾提出的那個對吧？」

「對，可是啊……我想都沒想過我們騎操士學系還要用上捲線機咧。服飾學系那些傢伙說既然要做就得認真做，一點都不手下留情。」

老大的眼神飄渺，眼中有種說不上是成就感的滄桑。三人光想像肌肉發達的矮人族用捲線機的模樣就差點噴笑出來了，那光景未免太過滑稽。

「這該怎麼說呢，辛苦你了，老大。」

「謝啦，不過也算值得。喏，你看看這個。」

老大扔給艾爾的資料上列出許多數字，整理出使用一般結晶肌肉和使用繩索型的情況下產生的輸出變化。

此外，還有依據織法不同時所做的輸出比較資料。他們在製作繩索型結晶肌肉的過程中發現，在織法上下工夫會比起單純的編織來得更有效果。

「我叫服飾學系的學生用結晶肌肉做各種編法給我看看的時候，他們還差點叫醫生來咧。」

「老大也真亂來呢。」

他們可敬的犧牲所蒐集來的情報可謂無價。最有效果的織法甚至能讓最高輸出量達到以往的一・五倍，緊密揉合而編織成的繩索經過反覆伸縮的測試，則呈現出將近十倍的耐力。

「比預期的高呢。我還以為輸出頂多增加兩成，壽命最多延長兩倍而已……」

「哈！提案的人是你沒錯，但可別以為我們什麼都沒做。哎，我不否認是有實際效果才會得意忘形啦。原本想試試看，可是用法差一點，結果就會差很多。我看從前隨便用的部分搞不好還有很多改進空間咧。」

說著，老大天真無邪地笑了。那孩子氣的模樣和微笑著的艾爾站在一起，簡直不知道誰才是小孩子了。兩人正在討論結果，但就在這時，維修場那裡突然傳來喧鬧聲，也聽到有人從工房盡頭呼喚老大的聲音。

「老大！手臂肌肉的更新完成啦！」

「噢！我馬上去！……現在正好要運作繩索模型，少年，你們也一起過來。」

「當然，請務必讓我拜見！」

工房盡頭有個只卸下右手臂外裝、露出結晶肌肉的巨大人體。手臂的肌肉纖維變粗，看得出是使用繩索型的部位。

如果這部位與生物的肌肉顏色相同，想必是一幅對心理健康相當不好的光景。幸好結晶肌肉是霧白色的。在幻晶騎士的巨大軀體襯托下，給人一種雕像般的印象。

「好——你們走開點！接下來要開始動作測試！……好，拜託妳啦，海薇!!」

「瞭解。那我要開始囉。」

原本在周圍進行作業的學生們四下散開。騎操士「海薇・奧柏里」隨即進入坐在維修台上的機體。胸部裝甲留下一道壓縮空氣聲，逐漸闔起。

儘管曾調查過繩索型結晶肌肉獨自的魔力輸出，這卻是第一次裝在實機上的動作測試。周圍的學生們也期待得眼神發亮，屏氣凝神地在一旁觀察。使用繩索型的右手上握著巨大金屬塊。幻晶騎士依照指示舉起手臂，從一次裝甲的縫隙間看得到上臂的結晶肌肉收縮、鼓起。

「哦……這可真厲害。」

「嘿——這算很有力氣對吧？」

那架機體拿起的金屬塊，是一般幻晶騎士用兩手竭盡全力才能拿起的重量，它卻單手就能輕鬆舉起。繩索型結晶肌肉的輸出功率確實值得驚嘆。不曉得是因為沒有外裝，還是繩索型特性的關係，同時還能聽見類似摩擦的咯吱聲。

「輸出提升和耐力提升，似乎進行得很順利呢。」

「對啊，這下可以做出就算由少年來操作也不會輕易報銷的機體了吧。」

就在艾爾和老大熱衷討論實驗結果的時候，有某種聲音愈來愈大，逐漸混入一種不像結晶肌肉發出的奇怪音調。

「對了，老大，你有沒有聽見什麼聲音？好像……有什麼摩擦的聲音。」

「真巧啊，你也聽到了嗎？那就不是我聽錯……你說什麼？」

兩人你看我我看你，一起轉向機體的那瞬間——便聽到一道清脆的砰磅聲，機體右臂隨即如同字面所述的「破裂」了。結晶肌肉掉落，乏力的手臂鬆了手，金屬塊掉到地上。不過在場已經沒有人在意那種事了。原因無他，因為裝在右臂上的一次裝甲被脫落的結晶肌肉彈飛開來，四處飛散。若被覆蓋幻晶騎士的巨大裝甲破片砸到，可不是鬧著玩的，工房內頓時化為哀號四起的地獄。

「嗚嗚嗚喔喔喔喔喔喔喔!?嗚哇，到這邊來了……!!」

其中一片很不幸地朝老大飛來，艾爾在千鈞一髮擋在他身前，拔出銃杖・溫徹斯特排除碎片。他放低姿勢，往上發射大量壓縮空氣彈，藉由爆炸的勁道彈開碎片，改變去向。碎片留下沉悶的爆裂聲，往上劃出一道大弧線，然後直接刺進了後方牆壁。

隸屬騎操士學系的老大，本行畢竟是鍛造師，加上矮人族原本就欠缺敏捷性，不能指望他立刻做出反應。他護住身體，有好半晌像雕像一樣僵在原地，過了好一會兒才僵著臉，抬頭望向刺在後面牆壁上的碎片。見到深深嵌入牆內的碎片，就連老大都暫時出不了聲。奇德、亞蒂也維持拿著銃杖的姿勢，尷尬地沉默下來。

老大很快回過神來，立刻開始檢驗剛剛才爆炸的機體。爆開來的右臂變得破破爛爛，模樣十分悽慘。結晶肌肉散落到四面八方，甚至看得見裡面的金屬骨骼。艾爾怯生生地對熱心檢查右臂狀態的老大說：

「……老大，請告訴我你的看法。」

「啊——這是那個吧。結晶肌肉本身沒問題，是根部的固定機構彈開來了。肌肉的輸出提升太高，其他地方就撐不住啦。原來是這樣，唉呀，真是敗給它了。」

發出哈哈乾笑聲的老大也很快閉上嘴。和艾爾對上眼後，兩人一同深深嘆息。

「普通辦法行不通，我看這下子至少也要從全身機構開始改起吧。」

儘管周圍的機材受損，但因為眾人有保持一段距離，因此奇蹟似地無人受傷。戰戰兢兢地爬出來的學生們，也望著右臂損壞的機體嘆氣。

繩索型結晶肌肉到實用化還有很長一段路要走。總之，首先是進行包含固定方法在內的構造重新評估。像這樣從頭開始評估需要時間，設計相關人員會有好一段時間忙得不可開交吧。

「那麼老大，這邊就交給你……我們去訓練了。」

「你就暫時先弄『那邊』吧。好了……喂，不要愣在那兒!!要從固定機構的重新修改開始啦!!」

雖然看起來有幾分洩氣，老大還是沒有氣餒，再度投入作業中。

艾爾離開了開始作業而吵嚷起來的作業處，跟著奇德和亞蒂來到工房另一角。

那個地方沒有幻晶騎士，倒是有好幾具造型奇特的「全身鎧甲」。高度比人所穿的尺寸略大，說是幻晶騎士，卻又僅有二・五公尺左右。儘管頭和軀幹大小和普通全身鎧甲相同，手腳卻特別長，體型很不協調。

「你好──巴特森。今天情況如何？」

「喔，艾爾。沒問題，『幻晶甲冑』今天也狀態絕佳。我可以保證。」

巴特森回答，彎起胳臂上的肌肉。這具全身鎧甲的正式名稱是「幻晶甲冑」，是依艾爾的提案做出的幻晶騎士替代品，或許也能稱之小型幻晶騎士。

成排的幻晶甲冑周圍還有除了巴特森以外的學生們進行整備。看身形就知道他們不是高等部學生，而是中等部的學生。說到幻晶甲冑的設計核心，就是「將幻晶騎士小型化、簡略化」，因此製造難度一口氣降低，連想成為騎操鍛造師的中等部學生都能建造。巴特森混在裡面就是個好例子，不過他是因為認識艾爾，從以前就做過一大堆怪東西的關係。

「那麼，今天也要加把勁練習囉──」

艾爾話剛說完，奇德、亞蒂就精力充沛地回應。說起來，這個幻晶甲冑原本是為了教他們駕駛方法而想出來的東西，現在卻用來彌補騎操士學系幻晶騎士不足的問題。奇德和亞蒂是很

有幹勁，不過艾爾也是興高采烈的。對他而言，即使大小有差，操作人型機械這件事依舊讓他感到開心。

幻晶甲冑與真的鎧甲相同，是由操縱者直接穿著活動，因此在某種程度上需要配合操縱者的體格。舉例來說，艾爾面對的就是特別為矮小的人調整過的機體；奇德和亞蒂的機體則大一些。

艾爾站在兩膝著地、展開胸部裝甲的幻晶甲冑前，不過他沒有立刻搭上去，反而一把抱住軀幹部位。看見貼在冰冷鋼鐵上笑得合不攏嘴的艾爾，後來跟上的奇德受不了地說：

「我知道你很喜歡，但就算你再疼它，也不會得到回報啦。」

「沒這回事。只要投注愛情，它就會很聽話喔。」

奇德懷疑地望向自己的幻晶甲冑。該不會是真的吧？不對，怎麼可能。他的腦中閃過這些古怪的爭論。

「……不，不可能啦！」

最後奇德就在差點被說服的時候清醒過來。

「嗚嗚嗚，艾爾就是只愛幻晶甲冑啦。嗳，奇德，你別吵了，快搭上去！訓練，要開始訓練囉！」

「欸？喔、喔……是我的錯嗎……」

奇德被先上去的亞蒂催著，有點不服氣地坐上並排的其中一具甲冑。隨著金屬咬合，發出空氣洩出的聲音，全身裝甲接著關上、固定住。他立即握住裝在幻晶甲冑手臂內側的操縱把手，直接活動機體的手腳，同時使用魔法術式控制。幻晶甲冑的操縱方式正如同它的目的，變成一種近似幻晶騎士的模式。

「我要啟動了……」

他開始在這個世界的生物所獨有的器官——魔術演算領域中建構魔法術式。裝在幻晶甲冑裡的結晶肌肉順從流入的魔力與魔法術式開始收縮，鎧甲顫抖了一下，間隔一拍後站了起來。駕駛在啟動時所灌注的魔力，會被幻晶甲冑用在控制動作上，可說是一種直接將魔法能力轉換為物理性力量的機械。

他們各自穿著幻晶甲冑，鏗鏘鏗鏘地走到工房外頭。繞到後面的訓練場一看，那裡已經有先來的客人了。

「你好，艾德加學長。用起來的感覺怎麼樣？」

「啊啊！艾爾涅斯帝啊……嘿咻！喝！……看了就知道了吧？」

隸屬騎操士學系的準騎士「艾德加・C・布蘭雪」駕駛著符合高大體格的幻晶甲冑，打了聲招呼，同時抬高腳跟大步走動。動作看上去笨手笨腳的，似乎很吃力。雖然比不上能自然駕駛幻晶甲冑的艾爾他們，本人卻極為認真。

「原來如此，好像很有趣的樣子呢！」

看了他的樣子，艾爾點點頭。艾德加板起原本就很嚴肅的臉孔，微微仰望天空。艾爾也明白他行動十分困難，不過對他而言，「操縱機器人的辛苦＝值得開心的好事」。就因為他是發自內心這麼想的，所以才讓人不敢恭維。明白這點的艾德加放棄說服，相對的，他盤起胳膊提起另一件事。

「喂，艾爾涅斯帝，我之前就這麼想了，這個叫幻晶甲冑的絕不是壞東西，我也覺得很厲害……可是，這實在是太難動了!!」

他操縱幻晶甲冑會這麼辛苦的理由是因為控制方法。連結實際的手腳，並同時使用魔法術式操縱並沒有問題，問題出在使用的魔法種類。操縱所需的魔法是上級魔法「身體強化」，就連身為一流騎操士的他都無法隨心所欲地操縱，更別提一般學生了。

「必要的控制還是太複雜了。控制幻晶騎士的魔法術式對騎操士的負擔反而還比較少……這不是完全不能用，但可不能用在操縱訓練上啊。其實大家都已經放棄了。」

艾德加環視訓練場。那裡除了他以外只有幾個人影。大家幾乎都試了幾次就叫苦連天。

「嗯——你說得對。是我低估門檻了。」

「那就靠努力彌補啊！吶，學長你看，我們也可以做到這種地步喔。」

艾德加輪流看向艾爾、奇德和亞蒂，然後輕輕嘆了口氣。奇德和亞蒂不顧喊苦的高等部騎操士們，駕輕就熟地操作起幻晶甲冑。這雖然是向艾爾學習魔法，共同訓練累積出來的成果，但旁人只會把他們和艾爾一起歸為異類。

「別強人所難，這不是一朝一夕能做到的吧？真是的……反正我很清楚你們有多怪了。事到如今我不會多說什麼，至少別要求一般人追上你們啦。」

「嗯──唔唔唔……那就可惜了，看來這個不能用了。」

「『若狀況沒有改善』的話是如此啦。這是幻晶騎士的小型版對吧？那就裝上魔導演算機吧。有了那個應該就能大幅減輕控制負擔了。」

他把以前就有的一個主意告訴艾爾。說得沒錯，因為這樣下去就算艾爾他們沒問題，對高等部也派不上用場。

「嗯──只能這麼做了啊……雖然這樣會提高製作費用，但無法兼顧，也只能如此了。」

不過，這個方法也有問題。外殼較小的幻晶甲冑無法直接裝載幻晶騎士用的魔力轉換爐。首要之務是機器的小型化，但艾爾再怎麼厲害，也不曉得魔導演算機的構造。結果這問題也不能馬上處理。

「呵！太難看啦，艾德加！你身為騎操士學系的頂尖騎士，沒想到會這麼簡單放棄！」

聽見背後傳來的聲音，艾德加轉過頭。出現在他眼前的是坐在幻晶甲冑上緩緩走動的迪特里希，他的動作比艾德加來得略為流暢。

「……迪，難得看你這麼有幹勁呢。」

令人意外的是，迪特里希對學習如何操縱幻晶甲冑相當投入。他的身手現在已經超越艾德加，被追過的一方則顯得有些不甘心。對此感到痛快的迪特里希更加使勁，正準備踏出一大步——悲劇卻緊接著降臨。

「哼，這種程度輕輕鬆鬆……欸？怎麼了？這下慘了，慘了停不下來——!?」

就算動作比艾德加流暢，迪特里希也尚未出師。此時似乎因為用力過猛，加上操作失誤，他的上半身突然發出喀啦一聲悶響，隨即彎向絕不能彎的方向。目擊這關鍵瞬間的所有人都露出了焦急的神色。

「迪學長？嗚哇，這不太妙。快送學長到『醫務室』……」

就在慌張的艾爾提及禁忌詞彙的瞬間，迪特里希以驚人的氣勢重新啟動了。不僅如此，他還立刻華麗地轉了一圈，最後啪地擺出奇怪的耍帥姿勢，斬釘截鐵地說：

「我、我絕不去醫務室！這、這點程度不算什麼!!完全、一點點都用不著!!」

他靈巧地擺出姿勢，但額上滿是汗水。那到底是肉體傷害還是精神傷害所造成的？在眾人目瞪口呆中，他就這樣高聲笑著走向工房。回過神的艾德加則連忙跟上去。

「……呃，哎，看樣子學長沒事。我們也開始訓練吧。」

愣著目送學長們離去之後，重新振作起來的艾爾等人終於開始練習。艾爾就不用說了，雙胞胎也早就進步能自由走動的程度。因此訓練的內容難度更高，幾乎類似戰鬥訓練。

「幻晶甲冑的操作類似幻晶騎士，而且還是直接控制的方式。控制結晶肌肉的動作，感受流動的魔力，控制術式。你們兩個應該能動得更快哦！」

「說得簡單!!」

訓練是以艾爾機對奇德＆亞蒂機的一對二形式進行。即使如此，兩人也從來沒贏過。雙胞胎抱著今天一定要贏的想法，合作無間地展開進攻。

奇德機舉起大劍朝艾爾機衝過去，利用大劍的長度試著掌握主導權，艾爾機卻反而縮短距離。敏捷度差距懸殊，奇德機很快淪為防禦的一方。

「糟了，艾爾要壓過來了。亞蒂！」

「交給我！我來瓦解他的攻勢！」

亞蒂機喊了一聲，從側面對攻擊奇德機的艾爾機展開突擊，舉起與駕駛本人一樣愛用的兩把刀，使出暴風雨般的連環攻擊——卻連碰到艾爾機一下都沒辦法，全被躲開了。不過，即使亞蒂機佔不了上風，一對二的狀況依舊沒變。這次換奇德機乘隙鑽進艾爾機閃躲後出現的漏洞，大劍以可怕的速度揮下，眼看就要得手了。

「合作得不錯……但是！」

伴隨一道近似爆炸的聲響，將姿勢壓得極低的艾爾機冷不防急劇加速。他一邊操縱幻晶甲冑，又憑一己之力用大氣壓縮推進的魔法加速。艾爾機以像要剷起地面的力道跳起，繞到正準備改變位置的亞蒂機後方。她急忙想逃，卻在那之前被艾爾機抓住，朝著揮下大劍的奇德機扔了過去。

「嗯！唔呀！」

兩機收不住勢頭，從正面撞成一團。看著被打得落花流水的兩人，艾爾滿足地點點頭。

「雖然有點小，不過人型兵器果然很棒。力量和幹勁都源源不絕地湧出來了。你們兩個要躺到什麼時候，繼續吧！」

相對於艾爾喜不自勝的樣子，兩人則顯得有些無精打采。

「噯，你不覺得艾爾好像比教魔法的時候更嚴格？」

「才不是好像咧。只要跟幻晶甲冑之類的扯上關係，艾爾就會變得很狠……沒辦法，好！再打一場吧。」

他們打起精神站起來，再次挑戰艾爾機。

「你們要訓練是可以啦——但修理甲冑的人是我，可別弄壞了啊……」

望著這副光景的巴特森，其痛心的抱怨消融在風中。

涼意與日漸增，季節從夏天移轉到秋天。

大伙兒忙得不可開交的日子過去了。從艾爾提出繩索型結晶肌肉和背面武裝的計畫後，已經過了好幾個月，終於在騎操士學系維修班不斷的奮鬥下，傾全力完成了一台「模型機」。

「唉呀，總算走到這一步啦……」

老大發著牢騷，聲音裡有著掩飾不住的疲勞。身旁學生有人掛著一雙熊貓眼，有人則是捶肩放鬆，各自流露沉重的倦意。在模型機完成前的這幾個月間，這兒簡直就是地獄。

設計負責人畫好各式各樣的構造圖，製造負責人將其一一具體完成、實際操作。經歷好幾次失敗與意外才終於成形，也難怪他們會如此疲憊。

他們雖然身為學生，但實力並不亞於專業騎操鍛造師，不過，這次的作業依然是個艱鉅的挑戰。每一天都嚴酷得讓人困惑「怎麼還沒出現死者」。能走到這一步而沒有失去熱情，無非就是因為他們對開發新技術感到至高無上的喜悅。證據就是——他們眼中寄宿著疲勞也無法磨滅的強烈熱情。

「好，搬出去吧！慢慢來就好。在這裡摔壞的話可不是痛扁一頓就算啦!!」

眾人將完成的模型機搬到推車上，小心翼翼地從工房運送出去。那東西身形有些怪異。全身只有被稱為一次裝甲的最低限度裝甲，用來保護內部結構，有的部位甚至可以從外面看到結晶肌肉。部分胸部、手腳僅加上些許外裝，看上去就讓人聯想到「未完成」這個字眼。

模型機很快被送到形似圓形競技場的騎操士學系附設演習場。抵達演習場中央後，仰躺著的模型機胸部裝甲便被打開，讓測試騎操士海薇坐進駕駛座。

維修班的大伙兒在演習場觀眾席上觀察情況。他們前方架起護住全身的巨大盾牌，這是從之前的意外中學到的教訓。也難怪他們如此警戒，即使做過好幾次個別部位的動作測試，但這還是首次組裝全身的動作測試。為求慎重，還事先卸下一些體積較大的外裝零件。

「好，海薇，準備好了嗎!?……開始囉，先站起來！」

老大一手拿著擴音器大喊，以此為信號，模型機隨之起身。維修班成員們也從盾牌後方緊盯著她的動作不放。咯吱作響的模型機緩緩抬起上半身，動作比一般機體來得僵硬，而且極其緩慢。手臂撐起身體，彎曲雙腳。從遠處也能看見使力的大腿膨脹起來。模型機花了好一段時間才終於完全站立起來。

「站起來了……!!」

某個地方傳來壓抑的聲音。想到為了達成站起來這個目標所投入的勞力、克服的重重困難與付出的犧牲，那話語甚至混著抖音。完成這個全然依賴腿部肌肉力量的動作，就證明模型機的結構具有足以承受繩索型結晶肌肉輸出的最低限度性能。

「還沒，別大意了……那裡的傢伙！不要探出身體！危險!!好，穩住……海薇，就這樣走走看。慢慢走，慢慢來！」

模型機的頭部上下擺動，表示瞭解。它停頓了一下才決定邁開步伐。明明身處鋪著石板的演習場中央，腳步卻極為謹慎小心，猶如走在隨時可能斷掉的吊橋上，速度好比牛車慢步。模型機發出沉重的腳步聲與肌肉驅動聲，花上好長一段時間才繞了演習場半圈。

「固定機構沒彈開，這樣應該能撐過去吧。」

因為沒有外裝，所以還不能大意，但至少不像馬上要壞掉的樣子。模型機走到維修班的學生們前方，又以更加緩慢的動作曲起單膝跪地，採取停放幻晶騎士的所謂待機姿勢，完全停止了動作。至此，所有維修班成員才大大鬆口氣，而在片刻寂靜後，立即爆出撼動大地的歡呼。這正是步行測試成功——過去反覆的嘗試與失敗得到回報的瞬間。

模型機的胸部裝甲打開，海薇從中現身，站到裝甲上。她可能也還在緊張，用力喘了口氣，擦起汗來。

「喂，海薇，動起來的感覺怎樣？」

因實驗成功而面露喜色的老大問道，海薇帶著苦澀的表情回答：

「就跟『悍馬』這個字的意思一樣。動力過剩，光是走路都要費一番工夫呢。」

「這麼誇張？」

「對，手感和以往的機體完全不一樣。感覺差這麼多，老實說所有人都要重新訓練哦？」

「這樣啊……進步到可以走路算是很大的成果了，不過還應付不了操縱系統。那方面的調整就留到以後……好吧，雖然還談不上活蹦亂跳，但既然走路沒問題的話，就要確認剩下的部分嘍。」

海薇點點頭，回到駕駛座上。維修班的大伙兒也在確認安全後跟著收拾盾牌，進行下一個行動。未經改造的幻晶騎士將大型標靶帶進演習場，逐一設置。老大自己也走下演習場的石板地，不斷對附近學生下達指令。

「好，把魔導兵裝拿來！是訓練用的啊！標靶放在角落！還有誰去把銀色少年叫來！反正他八成穿著幻晶甲冑四處亂晃，附近找一找馬上就找到啦!!」

萊西亞拉騎操士學園周圍有些提供給學生消費的雜貨店和快餐店。雖然學生們說不上經濟寬裕，但人數一多，市場倒也不小。學園附近因此聚集了許多提供他們生活所需的店家。

每到放學時間，學園四周的路上便出現許多攤販。大多是賣零食或小吃的。在這個時段，從課業中解脫的學生們都像被花蜜吸引的蝴蝶般，一湧而上地圍到攤販旁吃起點心。其中一家是賣鬆餅夾果醬的店。正像平常一樣烤著鬆餅的老闆，聽見女學生的點餐聲。

「老闆，我要三個鬆餅，加橘子果醬的！」

「好——稍等一下喔，馬上烤好……」

轉過頭親切招呼的老闆話說到一半，聲音愈來愈小。原因無他，因為在店門口的與其說是學生，不如說是全副武裝的巨大騎士。那名騎士就算沒有幻晶騎士那麼高大，卻也超越了帳篷的高度。只見它彆扭地蹲下身體，探頭看進店門口，然後偏著頭和目瞪口呆的老闆四目交會。這段難以言喻的氣氛持續了好一會兒，後面接著出現兩名相同體格的騎士，責備先到的騎士。

「喂喂，亞蒂，哪有人會坐在裡面買啊？」

「嗯？啊，對喔！對不起，大叔，嚇到你了吧。」

重裝騎士中居然傳來像是年輕女學生的聲音。老闆還沒從這般離奇現象中擺脫動搖，又看到裝甲突然打開，而其中真的冒出一個女學生，更是整個人傻住了。

「什、什、這什麼東西啊!!」

「啊，老闆，鬆餅烤焦囉！」

聽到這句話而回過神的老闆連忙鏟起鬆餅，不過已經有好幾片焦了。女學生露出十分抱歉的表情。

「啊——對不起，都是我害你嚇了一跳。我們買那個焦掉的就好了。」

「不不，就算嚇到也是我自己烤焦的。客人您不用介意這種事。」

老闆順利將客人點的果醬夾進鬆餅遞出，同時收錢。女學生道謝完又坐上鎧甲，和其他騎士離去了。

「……學園最近用的鎧甲真不得了啊……」

老闆手握銅幣，露出一臉驚愕的神色，目送三名騎士離去的身影。

「嗯——好好吃——橘子果醬果然很棒呢——」

「我倒比較喜歡薜荔果醬。」

「只要是甜的我都喜歡喔——」

亞蒂、艾爾和奇德三個人手拿著鬆餅，移動幻晶甲冑。怎麼看都像是重裝鎧甲的騎士，居然拿著點心在走路——如此奇景使周圍的居民和學生們驚慌失措地紛紛讓路。

最近他們不只訓練，連在日常生活中也開始使用幻晶甲冑。如剛才所看到的，在日常生活中穿著這大傢伙很礙手礙腳，不過他們的目的並非便利性。眾所皆知，操作幻晶甲冑需要持續使用上級魔法，因此會消耗相當程度的魔力。魔法方面的能力基本上只能靠多練習來加強，若希望有效提升能力，就得接受相當強度的訓練。

換句話說，他們就像以前一邊慢跑，一邊使用身體強化魔法一樣，在每天的生活中鍛鍊這種能力。順帶一提，只有艾爾單純是為了好玩而操縱的。

就在他們像這樣踩著嘈雜的腳步聲前進時，後面有個騎操士學系的學生追了上來。是老大派來的。

「……好的。模型機的動作測試嗎？請務必讓我們參觀！」

聽完他轉達的事，艾爾立即理所當然地答應了，還一把抬起傳話的學生，簡直像是連一秒都不想浪費。而比照直接控制的方式行動的幻晶甲冑，發揮出的速度遠遠超過真人。想立刻趕赴現場的艾爾，無視那個被抬起的學生驚聲尖叫，用爆發性的速度朝學園衝了回去。

愈接近演習場，騎操士學系的學生就愈多。未改造的幻晶騎士正在搬運維修零件和器材，學生們不分鍛造師、騎操士，正在進行各式各樣的作業。艾爾等人一抵達演習場，就看到石板場地中央有架沒有外裝的幻晶騎士。是結束步行測試的「模型機」。

「有好好動起來了呢。沒有走一走就爆炸真是太好了。」

「你擔心的點也太基本了吧……你真的要脫掉嗎？穿著這副盔甲的話，萬一出事也比較容易逃跑吧？」

艾爾放下奄奄一息的學生，跳下幻晶甲冑，走到老大身邊。

「噢，少年你來啦。那就開工吧。」

「拜託你了。」

他們剛才用繩索型結晶肌肉進行的步行測試，是以老大為首的鍛造師們經過反覆嘗試，組裝而成的部分。相對的，等一下要進行的背面武裝實驗就不一樣了——不僅是基礎理論，連設計都出自艾爾之手。他們是為了確認接下來的部分，才會把艾爾找來。

「看上去是沒問題……這傢伙完成到什麼程度了？」

「傳動、瞄準功能在組裝前的階段都有照我的意思運作了喔。剩下的大概是瞄準精度和配置的最佳化吧。」

「那個瞄準……精度啊，是啥？」

「啊，呃……能用瞄準功能對準到什麼程度……吧。」

「哦，那可重要了。無論如何，一切都要等實驗結束再說。」

下了幻晶甲冑的艾爾有些焦急地回答。雙胞胎仍然坐在幻晶甲冑上。那龐大的身軀在不知不覺間妨礙到後面的作業。

「好！就從安裝魔導兵裝開始!!」

一接到老大指示，拿著魔導兵裝的學生機便接近模型機。模型機背上加裝了以往沒在幻晶騎士上看過的結構。在相當於人類肩胛骨的位置兩側各長了一隻外形粗獷、有如手臂的結構，似乎可以對折，前端連接著構造簡化的手。雖然造型完全稱不上優美，卻使人聯想到地球的產業用機械手臂，在功能面也是類似的存在。這就是可謂背面武裝主體的結構——「輔助腕」。

動作測試從安裝魔導兵裝開始，並直接使用現成的魔導兵裝。由於輔助腕備有各式各樣用來操縱魔導兵裝的「手掌」，能裝備所有種類的魔導兵裝，便成了本機能的賣點（？）之一。

站在模型機後方的學生機將手上的魔導兵裝遞給輔助腕。儘管輔助腕的手經過簡化，但因為不要求它執行複雜操作，而是專門打造成握住魔導兵裝的機構，因此在攫取的動作上顯得相當洗鍊。左右兩隻輔助腕各抓了一支魔導兵裝，朝向正上方握著。

「嗯，輔助腕的動作似乎沒問題。」

雖然更換魔導兵裝需要其他機體協助，但輔助腕本身的功能似乎一切正常。海薇在模型機的駕駛座上感受著背面傳來的輕微振動，確認幻象投影機上的影像。

「嗯，魔導兵裝設置完成，接著測試展開功能。要開始囉。」

她在還沒擔任模型機的騎操士之前，就參與過開發中的背面武裝運作測試了。她當時有聽過說明，在操作方法和功能方面也理解得十分透徹。

「展開魔導兵裝，顯示瞄準器。」

她拉下加裝在操縱桿旁的控制桿，收到命令的魔導演算機傳送指令到輔助腕內建的肌肉。輔助腕微微振動著伸展開來，慢慢舉起魔導兵裝。輔助腕從直立狀態旋轉九十度，變成水平，最後掛在模型機雙肩上，朝著前方固定住。眼見比預期來得流暢的動作，維修班學生們不禁為之嘩然。他們在組裝前也看過幾次這個結構運作，不過親眼看到它被裝到機體上動起來，還是教人格外感動。

在駕駛座裡，幻象投影機上的影像產生了變化。之前只顯示外面景色的畫面，如今出現瞄準用的圖形。由刻度和圓形組成，顯示極為簡單，但想到過去什麼都沒有的時期，或許算很大的進步了。

「瞄準……我要發射囉。」

海薇在瞄準器內對準標靶。從外面仔細觀察模型機，就能發現它的頭部動作與魔導兵裝的方向正在進行連結。她緊張得屏住氣，謹慎按下操縱桿上的扳機，而接收到命令的魔導兵裝立即射出法彈。使用的是發射標準炎彈的魔導兵裝。散發紅光的魔法子彈飛出，彷彿被吸過去一般命中了標靶。由於演習用的武裝威力不大，因此標靶還保有原形，但中彈的焦痕清晰可見。即使沒有人要求這場實驗做到盡善盡美，最終還是呈現了命中的成果。

「本來以為需要再做進一步調整，還是打中了呢。」

「這不是很好嗎？啊，又打中了。」

模型機又隨即發射好幾發法彈。其中也有落空的，總體來說命中率約有六成。發射完後，模型機將魔導兵裝逐漸收起。和展開時的流程相反，輔助腕疊起，將魔導兵裝垂直收在背上。

這次實驗著重的是確認展開、收納功能，其他只要求能發射法彈就好，結果可謂超乎期待。

「哦……這就是背面武裝啊……這玩意兒或許比我想得還厲害。」

目睹眼前的成果，就連老大都撫著鬍子讚嘆。觀看模型機操演的學生們則激動地相互道賀。因為繩索型結晶肌肉、背面武裝與火器管制系統——這些新開發的功能，在各方面幾乎都看得見完成的曙光了。追求的事物開花結果，就是技術人員最開心的瞬間。

「……為什麼大家這麼感動啊？」

既非純粹的騎士，也非鍛造師的雙胞胎不太明白大家感動的意義何在。在興高采烈的的學生中顯得微妙地突兀。聽到頭上傳來亞蒂的疑問，艾爾苦笑著回答：

「因為踏出嶄新的幻晶騎士的第一步啦。就是因為憑自己的雙手開創新的道路，才能得到巨大的喜悅。」

亞蒂靈巧地盤起幻晶甲冑的巨大手臂，抱著胳膊煩惱了片刻後，想通什麼似地抬起頭。

「嗯——我不太懂啦，不過成功了就是可喜可賀的意思囉！」

「妳說得沒錯，可是亞蒂啊……」

艾爾抱頭，不曉得怎麼跟她解釋清楚。

正當維修班的學生們沉浸在心血得到回報的喜悅中，有另一群人從不同的角度盯著模型機。

「迪，你覺得那個機能如何？」

是艾德加和迪特里希——駕駛幻晶騎士的騎操士們。他們若有所思地看著那個結果。

「嗯，我想想……首先，我方感覺會在遠距離屈居下風。我方無論如何都要分出一隻手操作魔導兵裝，對方卻能持盾射擊。更重要的是，對方甚至可以拿著兩手握持的大盾戰鬥呢。」

「對啊，而且不必冒險就能同時操作兩支魔導兵裝。過去為了填補換手的空檔，一般都只能一手拿一支。單純就是火力加倍。真不想考慮互相射擊的情況啊。」

「真不錯，可以更安全地打倒敵人。這性能實在太棒了。」

「你啊……跟魔獸打是很可靠沒錯，也可能是我們自己得跟那個對打喔。」

艾德加有些受不了地說，迪特里希正要反駁時，有另一個聲音從旁插嘴。

「對呀，不然由我先打倒你們吧？」

兩人轉過頭，模型機的騎操士海薇不知什麼時候就站在那裡了。實驗似乎在他們談得入神時結束了。

「我不會說不可能完成，可是那台機體才做到一半吧？」

「現在是如此，不過這次測試把重點都確認過了。似乎很快就能完成。」

外殼大致上就快完成，想必很快就能打造完畢。海薇露出堅決的笑容，眼神犀利起來。

「既然這樣，你們不認為有些事應該先做嗎？比方說——讓和陸皇龜戰鬥後平安生還的學系最強騎士出馬，試試自己和對手之間的能耐？」

艾德加微微睜大雙眼。這裡的他、她和迪特里希全是陸皇事變的生還者，但他們對那起事件卻各有不同看法。

「哎，也對，反正早晚都要進行模擬戰……我嗎？這麼說的話，海薇，妳不也是那場戰鬥的倖存者？」

「勉勉強強啦，但我能活下來只是偶然。是因為『那孩子』趕上了喔。」

「妳該不會因此覺得後悔吧？」

「後悔什麼呀？那件事我感謝他都來不及了。不如說……我因此對那孩子做的這架機體產生興趣了。」

他們一齊望向被搬出去的模型機。

「我從一開始就參與了，所以很清楚。如果開著得到新力量的『這孩子』，就算是我也能打倒你。」

「……那真可怕。」

看艾德加一點也不害怕，反倒像是困惑的態度，海薇輕輕嘆口氣。

「所以，這個完成後……說不定我也能和那個大怪物打到最後一刻呢。」

「海薇……這就是妳當測試騎操士的理由嗎？」

「哎，只是覺得幻晶騎士變強是件好事而已。畢竟這樣跟魔獸戰鬥就不用那麼辛苦了。」

看海薇轉眼間恢復得意的笑容，艾德加有種她在迴避自己問題的感覺。

「把脖子洗乾淨等著吧，艾德加。我會先好好修理你一頓。」

艾德加輕輕嘆了口氣，目送揮著手離去的海薇。迪特里希拍拍他的肩膀。

「真羨慕你，艾德加。可以第一個和新型機戰鬥欸。」

「不然我跟你換也行，我說真的。」

「拒絕指名的話，她會恨你吧？我當然要先參考你們的對戰囉。」

此時的艾德加儘管有點不情願，卻又掩飾不了心中那股好奇心與好勝心交纏在一起的矛盾心理，臉上露出複雜的表情。

完成應用上最為困難的繩索型結晶肌肉結構後，接下來的作業進行得非常順利。工作人員依序完成了穿著外裝的動作測試，以及在動作的同時啟動背面武裝射擊等試驗，逐步提昇完成度。步行測試後又過了一個月，他們終於脫離模型機，來到正式命名的階段了。技術試驗用模型機體第一號機被命命為「特列斯塔爾」——這是授予上一代模型機的銘文。

特列斯塔爾從工房暗處緩緩現身。外表和以往的學生機沒有顯著不同。由於它今後還會持續調整改裝，因此和其他機體相比，甚至顯得不夠精緻。唯有背上的兩支魔導兵裝強調著它與現有機體的差異。特列斯塔爾走向演習場——它的動作比不久前的測試流暢許多，只是還有些不自然。

穿過演習場大門後，已經有一架幻晶騎士等在那裡了。覆蓋純白鎧甲的騎士「厄爾坎伯」

——它的外表比特列斯塔爾更加樸素，身上裝備的也是標準長劍和盾牌。然而，它卻是騎操士學系公認的最強騎操士——艾德加駕駛的機體。

「好，看來海薇也準備好了。那麼從現在開始，進行特列斯塔爾與厄爾坎伯的模擬戰!!展現新型動作測試的成果吧！」

蜂擁而至前來觀戰的騎操士學系學生們一聽到裁判（由學生擔任）的開場白，隨即歡呼起來。搭載創新結構的新型機和現存最強機體之間的模擬戰，教人很難不期待。

海薇盯著映在幻象投影機上的厄爾坎伯，在特列斯塔爾的駕駛座上養精蓄銳。就算特列斯塔爾是再怎麼強大的新型機，她也不能掉以輕心。畢竟艾德加和厄爾坎伯曾與那個陸皇龜正面交手過，雖然沒打倒牠，但他可是在最前線戰鬥到最後一刻的猛將。

相對的，她和她的夥伴「特蘭德奧凱斯」卻輸了。就像她所說過的，當時沒死只不過是巧合。特蘭德奧凱斯和厄爾坎伯畢竟都是學生做的機體，兩者性能半斤八兩。也就是說，騎操士的駕駛技術會直接反應在結果上。

那麼，特列斯塔爾的狀況又是如何呢？雖然是匹難以駕馭的烈馬，卻擁有無限潛力。身為測試騎操士，從模型機初試啼聲起就跟著它奮鬥至今的海薇可是再清楚不過。

更重要的是——她環顧駕駛座。用慣了的操縱桿、部分更新但仍很熟悉的儀表，還有合身的座位都令她感到熟悉。說起來，特列斯塔爾原本就是由陸皇事變中損壞的學生機改造而成，這架一號機還是以她半毀的愛機（特蘭德奧凱斯）為原形打造的。當然，特列斯塔爾和現有機體在構造上不同，原屬於特蘭德奧凱斯的零件大概只剩不到兩成吧。即使如此，這機體對她而言，就等於是相識已久的搭檔。

「又能一起戰鬥了……來，要上囉，特列斯塔爾!!」

她用力踩下踏板，高喊出重獲新生的搭檔的名字。機體強勁有力地呼應，引導她再度踏上戰鬥舞台。

第十二話　來模擬戰鬥吧

在萊西亞拉騎操士學園鋪滿石板的演習場上，兩名巨人舉劍對峙。包覆全身的鋼鐵鎧甲反射出昏暗光芒，結晶質肌肉發出的摩擦聲響徹場內。

接下來要進行的是模擬戰鬥，也就是訓練和測試的一環。然而，對於當事人——坐在人類最強兵器上頭的兩位騎操士來說，這毫無疑問是一場戰鬥。場中氣氛絕對稱不上輕鬆，騎操士們在駕駛座上感受逐漸升高的緊張情緒，靜靜燃起了鬥志。

「好，準備好了嗎？那麼，接下來將開始戰鬥!!雙方要遵守模擬戰鬥的規定。敬禮！預備！……開始!!」

裁判的口令一下，兩架鋼鐵巨人隨即吶喊著衝了出去。

基本上，幻晶騎士之間的遠距戰鬥方式是用魔導兵裝發射法擊，而在距離縮短時，則是切換成近身武器。由於魔導兵裝鑲嵌著紋章術式，因此結構相對最弱，若用在肉搏上很可能會立刻折損，令駕駛陷入喪失攻擊手段的窘境。

艾德加也見識過特列斯塔爾的背面武裝。同時使用兩支魔導兵裝的遠距離攻擊能力很有威脅性。正因如此，他才排除不利自己的遠距離應戰，比賽一開始就馬上採取快攻打近身戰。

但與他的預測相反，特列斯塔爾也在比賽開始後立刻前進，逐漸縮短距離。

（她想幹什麼？她不想活用可以施展遠距離攻擊的優勢處境嗎？不過這樣正合我意！）

厄爾坎伯用力一踏，想給她一記迎頭斬擊，卻在揮劍的瞬間察覺自己誤判了背面武裝的機能。眼看雙方就要撞上了，特列斯塔爾卻突然將魔導兵裝架到雙肩上。駕駛座上的海薇盯著幻象投影機的瞄準器，露出算計得逞的笑容。

「先用這個代替招呼。極近距離下也能施展法擊——這就是背面武裝的真正價值！」

特列斯塔爾裝備的兩支魔導兵裝同時開火。即使強如厄爾坎伯，也無法在貼身距離下躲開法擊。盾牌只擋下其中一發法彈，另一發卻刺入沒持盾的右肩。演習用魔導兵裝的威力雖不足以將他的右腕一擊打飛，厄爾坎伯還是失去平衡，同時失去了快攻的優勢。

「我的攻擊還沒完呢！」

特列斯塔爾在將魔導兵裝收到背上的同時揮出了劍。這是乘著衝勢、並瞄準對手失去平衡時施展的一擊，儘管動作看起來有些野蠻，但這遠比半吊子的攻擊更為恐怖。

艾德加順著倒下的姿勢沒有反抗。他旋過右半身，同時推出左手的盾擋下特列斯塔爾的一擊。厄爾坎伯勉強擋住這一擊，卻幾乎像被打飛般往後退。之所以如此狼狽，除了腳步不穩的原因之外，更是因為對手的武器威力遠比預期還要強大。

「……!!真驚人的威力。這就是繩索型的力量!?」

艾德加不禁發出呻吟，輕跳著退後拉開距離。背面魔導兵裝能在料想不到的狀況下施展法擊，而繩索型結晶肌肉則展現出壓倒性的動能。艾德加一邊重整態勢，一邊推翻腦中所有的戰鬥規則。

「哎，真是的，我最近開始習慣拋棄常識了，真讓人不快啊！」

幻象投影機上的特列斯塔爾再次舉步前進，追擊厄爾坎伯。它似乎不再打奇襲戰，在追擊的同時就展開了雙肩上的魔導兵裝。

「不過我也有我的堅持!!」

單純的前後移動只會再度成為法擊的靶子。厄爾坎伯架著盾開始側移，閃避特列斯塔爾的射程範圍。

一開場便上演意料之外的白熱化戰鬥，讓演習場內的觀眾沸騰了起來。鋼鐵巨人每一次舉劍交鋒都會引起歡呼。有別於沉浸在狂熱中的觀眾席，維修班的座位區有人低聲分析戰況。

「不愧是艾德加，一般駕駛在第一擊就會倒下了。」

「海薇學姊操縱得也挺順的呢。」

「畢竟測試騎操士也不是當假的啊。」

那是艾爾和老大。對於兩人而言，以近似實戰的模式活動的特列斯塔爾就如同會動的金塊。他們仔細觀察，並分析它的一舉一動。

兩機在兩人視線前方再次正面衝突。還以為兩機會交劍比拚鬥上一陣，但特列斯塔爾卻發揮力量優勢，壓過厄爾坎伯的劍；不過厄爾坎伯也不是省油的燈，像是早已預料到一般拉開雙方距離，沒讓對方的追擊得逞。

「海薇好像相當依賴動力優勢。」

「畢竟輸出的差距很明顯嘛。我想這是最能發揮優勢的方法，而且老實說，操縱系統還沒調整成最佳狀態，靠精密操縱來打的話反而會輸喔。」

老大接受了艾爾的說法。特列斯塔爾擁有源源不絕的動力，還有出色的瞬間爆發力，但卻因為操作系統尚未最佳化，因而不擅長精細動作，只得以看似魯莽的動作展開攻勢。艾德加看出了這點，是以不會貿然接劍。即使如此，長劍與背面武裝同時進擊的特列斯塔爾，依然從一開始就持續擁有優勢。

「真棘手！得阻止魔導兵裝，不然太不利了!!」

陷於困境的艾德加在焦躁中依然能冷靜分析情況。對手海薇充分掌握了特列斯塔爾的特性，並彌補劣勢，選擇最有效的攻擊動作。儘管艾德加也注意到特列斯塔爾的動作不夠精細，卻無法利用這一點進攻。如果是跟一般的幻晶騎士較量，憑他的本事便足以引誘對手攻擊，再予以反擊，不過跟特列斯塔爾打就是另一回事了。

最主要因素是背面武裝產生的攻擊手段差距。即使閃過近身武器攻擊，對手也會在從沒想過的時間點展開追擊或牽制。攻擊手段已經比對方少了，貿然扭打又鐵定輸在力量上。這與技術無關，而是機體的性能差距就是如此懸殊。

觀戰的學生們也明白厄爾坎伯沒有失手，更別說放水了。正因如此，即使動作顯得粗魯，這台力壓學系最強精銳的新型機，仍是讓滿場觀眾興奮得沸沸揚揚。

厄爾坎伯被逐步逼入困境。若不在此放手一搏，阻止背面武裝，艾德加恐怕沒有勝算了。

「我是不太喜歡賭博啦……可是就這樣輸掉也太沒意思了。」

看到幻象投影機上的厄爾坎伯停止動作，海薇喃喃道：

「……快不耐煩了吧。艾德加似乎想孤注一擲呢。」

她自知技不如人，所以才一直依賴機體性能纏鬥，自然也能推測出他的目的。

「繩索型的輸出差距無法扭轉……那他的目標大概是背面武裝。」

如果背面武裝不能運作，那就算繩索型的動力差距再怎麼懸殊，也能鎖定精準度低的弱點，憑實力扭轉劣勢。正因為兩位騎操士知己亦知彼，攻防的重點也逐漸浮上檯面。

兩機將劍尖對準彼此，停止動作。激鬥後降臨的寂靜彷彿繃緊的弦一般，緊張感也隨之升高。觀眾席在不知不覺間變得鴉雀無聲，屏氣凝神地等待即將到來的結局。

場內忽然響起一聲異常尖銳的進氣音，是厄爾坎伯全力運轉魔力轉換爐的聲響。那聲音如同機械的幻晶騎士所發出的嘶吼，緊張情勢在此時終於遭到打破——厄爾坎伯衝了出去。在種種選擇中，艾德加採取了正面突擊。鋼鐵騎士發出幾乎踩碎石板的沉重腳步聲飛馳而出。

「這種時候從正面來，真的是很有你的風格呢！很好，我也全力奉陪!!」

即便動力差距再大，若速度比不過對方，特列斯塔爾就還是接不下這一擊，因此海薇也下令特列斯塔爾前進。雙方衝上前展開激戰的光景，彷彿重現了剛開場時的一幕。

特列斯塔爾當然優先使出對自己有利的攻擊，肩上兩門魔導兵裝朝著厄爾坎伯開火。厄爾坎伯用盾牌防禦，並揮劍打掉法擊。能用劍打掉法彈的劍技固然值得讚許，但在雙方即將衝突前揮劍的厄爾坎伯，等於是葬送了自己的攻擊機會，這點連觀眾們都看得出來。特列斯塔爾就在此時逼近厄爾坎伯，眼看就要揮下力道十足的一擊。每個人——就連海薇都認為，明明主動採取突擊，卻又面臨被砍倒的下場，這樣的結局未免太無趣了。

當然，艾德加也不是因為一時大意才出手揮劍。他一開始就決定把劍當成防禦武器。重新握好最關鍵的盾牌，將手腕嵌在肩上固定住。厄爾坎伯立即放低姿勢，旋過左半身向前衝。

「……不對!?是盾擊!!居然還想硬碰硬!?」

海薇在最後一秒發現厄爾坎伯的動作，連忙收回劍。若用劍對抗厄爾坎伯推過來的盾牌，可是會吃下大虧的。

艾德加的目標很單純。即使在攻擊手段、純粹的輸出功率上都比不過對方，厄爾坎伯還是有不亞於對方的優勢，也就是「質量」。它以速度彌補輸出的不足，將自身化為子彈，全力衝向特列斯塔爾。

撇開駕駛技術不說，魔力輸出較強的特列斯塔爾在單純的角力上擁有絕對優勢——海薇對此有絕對的信心，才會選擇正面接下攻擊。當她發現艾德加的目的時，特列斯塔爾已經來不及閃避。因為她自己也加快了速度，不得不採取同樣的行動。

特列斯塔爾也舉起盾，緊接著兩架幻晶騎士激烈衝撞。

霎時間，彷彿衝擊本身發出的巨大「鏗」聲響徹整座演習場。正面承受兩機碰撞力道的盾牌扭曲，因衝擊而粉碎的結晶肌肉碎片從彼此的左腕間飛散開來。在兩者採取下一個動作的短時間內，雙方就分出了主動攻擊方和被動防禦方。

因意料之外的攻擊而退縮的海薇，與一開始就故意衝撞的艾德加——他的目標從一開始就是進入這個接觸範圍內，才會整個人衝上前去。厄爾坎伯沒放過重大犧牲所換來的絕佳機會，揚起還能活動的右腕，朝特列斯塔爾肩上的魔導兵裝猛地一刺。

「算你厲害!!我可不會再上當了!!」

厄爾坎伯的左手臂受創嚴重，無法自由活動，但驚人的是特列斯塔爾的左手臂承受衝擊後卻還能行動。倖存的繩索型結晶肌肉算不上完好，但仍舊發揮了它的力量，像要舉起彼此撞爛的盾牌般把厄爾坎伯推回去。

「什麼!?不只輸出，連耐久性都獲得強化了嗎!?但是不能放過這個機會……」

「再加把勁！特列斯塔爾!!」

厄爾坎伯迅雷不及掩耳的一刺越過對手肩膀，摧毀了魔導兵裝。然而，他孤注一擲的反擊也只能到此為止了。特列斯塔爾源源不絕的輸出將厄爾坎伯壓了回去，而攻擊後姿勢有些不穩的厄爾坎伯則因此完全失去重心。

「嗚！太勉強了嗎！」

「得手了！艾德加——!!」

特列斯塔爾以裂帛之勢砍向厄爾坎伯。失去平衡的厄爾坎伯躲不開這次攻擊，受傷的左手已經無法舉盾防禦了。特列斯塔爾高舉的劍，眼看就要揮向一籌莫展的厄爾坎伯——

——結果那劍並沒有揮下，特列斯塔爾就這麼跪倒在地了。

很難確切表達當時在演習場內的氣氛，或許「啞口無言」和「目瞪口呆」是最為適合的吧。為什麼給予最後一擊的特列斯塔爾跪在地上？只要看厄爾坎伯同樣露出了呆愣的反應，就知道這不是它在絕佳時機做出的反擊所造成的。沒有人能預料到當戰鬥來到最高潮，勝負即將分曉的瞬間會是這樣的結果。大家不曉得怎麼對眼前的情況做出反應，整個演習場籠罩在一股異常靜默之下。

「……啊啊！魔力用盡了！」

——只聞艾爾剎然驚覺的怪叫聲迴盪在寂靜的演習場裡。

「那麼，接下來進行第一次維修班反省大會。」

一臉正經的艾爾嚴肅地宣布開會。工房裡，艾爾、老大和其他愉快的夥伴們齊聚一堂，每個人都露出了尷尬的表情。平日我行我素的艾爾眼神也有些游移不定——他猶豫片刻，偷偷瞄了一眼氣氛尷尬的原因。在他眼前是蹲坐在工房角落、悶悶不樂的海薇。

幾乎可以看到名為「尷尬」這兩個字的濃濃瘴氣從她身上散發出來。雖說不全是她的錯，但在大顯身手後卻是以魔力用盡這樣無趣的結果收場，還不如在戰鬥中落敗來得好些，也難怪她這麼沮喪了。

模型機特列斯塔爾有缺陷這件事完全在預料範圍內，但也不必挑在那個時間點失手——如果要坦白形容在場眾人的心情，大概就是這麼回事吧。不對，也是因為雙方都在勝負即將分曉前奮力一搏，問題才突然浮現，無奈這些事實根本安慰不了人。

「艾、艾德加學長，請你去幫海薇學姊打打氣……」

「喂，偏偏是我嗎!?嗚、唔唔唔，我會想想辦法……」

再也忍不下去的艾爾硬把艾德加推到她那邊，目送他帶著奮不顧身的表情走過去後，便爽朗地回頭。

「呼，這樣就行了。我們來想想如何處理新的問題吧。」

「別死啊，艾德加……那麼，問題很明顯。動力愈大，消耗就愈大。非常理所當然。」

所有人面對擺在維修台的特列斯塔爾，傷透了腦筋。使用繩索型結晶肌肉，提升輸出功率導致魔力消耗增加，魔力儲蓄量的消耗速度也隨之加快。

加上由於魔導兵裝變得更好用了，魔力的消耗量也上升得比預期還多。相較之下，採用繩索型技術的結晶肌肉在分量上可說是沒增加多少，是以整體魔力儲蓄量只有些微提升，造成特列斯塔爾運轉時間大幅縮減的缺點。在模擬戰中發現的時機固然很糟，不過冷靜想想也是很合理的。

「考慮到諸多要因，運轉時間大約只剩一般機體的一半吧……這樣很糟糕對不對？」

「糟透了。我甚至覺得這算是致命缺點……」

這次的改造重點放在動力強化、追加魔導兵裝的發射時機等性能上，總之全是一些消耗能源的東西，改造方針失衡的問題因此浮上了檯面。在技師們經年累月的改裝下，幻晶騎士才會以將容量分配到極限的設計現世，這可謂藝術的洗鍊設計，反而產生了無法任意改造的特點。話是這麼說，坐在這裡嘆氣也不是辦法。為了不白白浪費海薇崇高的犧牲，也得想辦法解決那個缺陷。

「最重要的是魔力供給趕不上消耗……可是，想改造供給來源——魔力轉換爐極為不易，應該說是不可能才對。」

就連艾爾也拿運作原理不明的動力爐沒轍。這番話讓周圍的學生們在心中偷偷鬆了口氣。如果他連這個都能輕易改造，他們八成會倒成一片。

「那要降低消耗量嗎？不過啊，就算降低，也無法改變這種結構消耗劇烈的事實……若是降低動力，又未免太本末倒置了。」

「另外就是增加魔力儲蓄量了……魔力儲蓄量是怎麼增加的？」

「說穿了就是讓結晶肌肉的量增加啦。」

「不能用這個方法增加容量嗎？」

「既然增加的是結晶肌肉，那消耗也會跟著變大啊。」

這樣下去沒完沒了。

「繩索型有看不見的缺陷呢。肌肉量本身幾乎沒有增加，所以動力和容量的比重就失衡了。」

問題的嚴重性讓所有人傷透腦筋，這的確不是那麼簡單就能解決的。但是，希望卻從意想不到的地方出現了。

「那不是你擅長的點子嗎？」

在眾人陷入苦思而沉默之際——原本一直不說話的亞蒂出聲說道。聽到在開發會議上很少表達意見的她開口，艾爾不由得反問：

「……擅長的點子？」

「沒錯。『不是人類外型也沒關係』的那個啊！要增加肌肉，可是沒必要做得跟人一樣吧？」

「不是……人型也沒關係……原來如此。對，妳說得對。」

對她來說，這番話不過是拿艾爾說過的話現學現賣而已，而說過那番話的本人卻吃驚得瞪大眼，然後緩緩瞇起眼睛。

「嗚嗚，妳說得沒錯，可是居然是亞蒂提醒我……真不甘心。」

「好過分!!為什麼啊——!?」

老大沒理會抓狂的亞蒂和被追著跑的艾爾。她的話也點醒老大，並做出相同的結論。所謂脫離人類外型，並不表示「只能」採用和人類不同的形狀。

「對啊！增加結晶肌肉也不一定要讓它動起來，用銀線神經連接，再堆到某個多出來的空間裡，只要增加結晶肌肉的『量』就好啦！」

「呵！就說對不起了嘛！呵哈！……對不起，我道歉……好不好？……老大，這樣的話應該盡量增加空間密度，所以不能用纖維，要塊狀……我想最好準備板狀的。」

聽到艾爾的提案，老大突然抬起頭。

「好，既然決定了，剩下就是跟鍊金術師學系交涉，請他們幫忙了。由我出面打聲招呼吧，包在我身上！」

找出致命問題的解決方法後，維修班之間瀰漫著一股放鬆的氣氛。一旁的艾爾則絞盡腦汁，想盡辦法安撫還在賭氣的亞蒂。

鋼鐵巨人發出咯吱作響的運轉聲和尖銳的進氣裝置聲起身。它全身高達十公尺，誇耀著超過附近人類五倍以上的龐大身軀。粗獷的鎧甲維持原本的金屬色澤，在陽光下反射出黯淡光芒。每次動作都發出堅硬的鎧甲碰撞聲，噪音愈來愈響亮。

站起來的巨人動了動身體檢查情況，對腳邊的人點頭回應。待它確定附近的人都離開了，頓了一拍提起勁，開始依照旁人的指示行動。

布滿巨人雙手的結晶質肌肉與魔力產生作用開始收縮。它立即繃緊全身，用力舉起兩臂，再彎曲突出手肘。伸展手臂、肩關節以及胸口，背部用力，雙腳穩踩大地的姿勢——「正面肱二頭肌展示」。接下來輕輕踏出腳，放下手臂，在肚子前雙拳對碰。用微微前傾的姿勢卯足全力擠出手臂和胸部肌肉——最能展現力與美的姿勢「側面胸大肌展示」。鋼鐵巨人逐一擺出強勁有力且流暢的姿勢。

「……這到底是在發什麼神經……不，是什麼實驗？」

「嗯？根據說明，似乎是要測試結晶肌肉一般很難使用的部位喔。」

「誰啊？是誰設定那種項目的？」

看著依照某銀髮少年設定的實驗，只顧專心擺出各種姿勢的模型機，艾德加傻眼地發起牢騷。回答他的人則是海薇。

「不，如果是正經的實驗項目就好……呃，好嗎？真的好嗎……」

「是嗎？不說這個了，二號機的測試順利嗎？」

「是啊。剛才換人了，不過有在順利進行。」

艾德加的視線前方是名為二號機的另一架特列斯塔爾，已經開始進行其他測試了。演習場上除了這兩架機體還看得到其他特列斯塔爾的身影，都在進行各式各樣的動作測試。

測試現場雖因前幾天運轉時間銳減這個重大缺陷而暫告結束，但又因那場模擬戰重起爐灶。姑且不論缺點本身，由於發覺的時機太過戲劇化，讓大家開始擔心模型機還有其他致命缺陷，因此定下極為徹底且繁雜的動作測試來調查。每個人都贊成追加測試，但光靠一架特列斯塔爾實在沒辦法做完所有項目，才臨時增產相同型號的機體對應。為此，維修班在模擬戰後依然全力持續勞動，差不多要開始擔心部分學生有過勞死的危險了。

最後他們生產了共五架特列斯塔爾。也不再由少數騎操士駕駛，而是一群人輪流負責，才能穩定完成測試行程。拜此之賜，在現階段還沒發現什麼重大缺陷。期間也持續進行改良，穩定提升完成度。

艾德加和海薇兩人正好都在休息，不著邊際地討論調整操縱感覺之類的話題。最近的他們動不動就會聊到新型機。

「……那方面也要跟艾爾涅斯帝討論一下。嗯？對了，最近很少看到他呢。」

話說到一半，艾德加忽然因為自己提到的名字而想起來。他們這陣子都沒看到艾爾，對此海薇也感到納悶。

「那孩子應該會在這裡看實驗，拉都拉不走才對。是怎麼了呢？」

「……該不會又惹出什麼麻煩事了吧……？」

艾德加臉上的表情微妙地僵硬，看向萬里無雲的天空——

「我也不是每天都那麼閒的喔。」

「真的嗎？那這又是怎麼回事？」

這時亞蒂正摟著艾爾，從後面探頭過來，艾爾躲開她的視線，眼神游移不定。兩人前方是漆成藍色的幻晶甲冑與其他許多裝備。

當艾德加在學園提起艾爾時，他們正湊在泰莫寧工房裡聚會。特列斯塔爾的開發在高等部學生們的努力下漸入佳境，沒什麼大型工程要忙，所以近來有點「閒」得發慌的艾爾才會投入開發「幻晶甲冑用的裝備」。

「對啊對啊，我們很忙的。有一大堆想嘗試的東西。」

「你都這樣，明明很閒，卻都只跟巴特玩！訓練也只找奇德當對手，又不怎麼出去玩，真沒意思。」

這些裝備都是由艾爾設計，由巴特森負責製作的。小型鎧甲又與幻晶騎士不同，製作幻晶甲冑裝備的新挑戰大大刺激了他們的研究欲。兩人熱衷的程度甚至讓有點被冷落的亞蒂鬧起彆扭。

巴特森無視鬧在一起的艾爾和亞蒂，熟練地打開藍色幻晶甲冑的手臂裝甲，動手安裝內部機器，奇德則是望著他的動作。

「我是無所謂，不過你們又做了這麼多啊。這是什麼？」

「那個叫『鋼索錨』，詳細說明請你去問艾爾……效果嘛，就敬請期待啦。」

他們使用的這些「初期型」幻晶甲冑雖然製造了十架左右，結果卻因為人力控制太過困難被打入冷宮。用途幾乎都變成艾爾他們的玩具——更正，是訓練工具，另外就只有艾德加或迪特里希會拿來訓練了。他們也在獲得艾爾的許可後，不時在裡面敲敲打打。

「對了，前幾天艾德加學長在抱怨，說結晶肌肉改成繩索型以後，變得更難操縱了。」

當然，靠特列斯塔爾確立的繩索型結晶肌肉固定法也進展到應用階段了。雖然可以發揮更強大的力量，操縱卻也更困難，連艾德加都不得不舉雙手投降。

「話說回來，一直叫它『幻晶甲冑』也太寂寞了，差不多該取個正式名稱……對了，就叫『※壽限無壽限無五劫消磨海砂利水魚的水行末』如何!?」（編註：出自日本落語「壽限無」，內容為一對父母為了討吉利，而幫兒子取了超過五十字的「福氣」名字。）

「太長了吧！取個更好懂的啦。」

「那就簡稱『摩托比特』吧。」

「喂，簡稱跟之前的名字八竿子打不著關係喔!!」

「『摩托比特』……請多多指教囉？」

奇德對自己的摩托比特打完招呼後，臉部表情忍不住一僵。完蛋了，搞不好被艾爾傳染了。他扶額搖搖頭。

「那麼，既然名字也取了，就去發表新裝備吧。亞蒂也別氣了，一起來幫忙好不好？」

艾爾好不容易成功安撫亞蒂，得意洋洋地坐上為了他量身打造的藍色摩托比特。他走向工房的院子，沒有瞄準射擊標靶，而是對著附近住家高了一截的牆壁，伸出摩托比特的手臂。

「請看好了……鋼索錨，發射！」

伴隨一聲歡呼和噴射音，從伸出的手腕中飛出箭頭狀的物體——箭頭的後端連著鋼索，鋼索不停地自手腕中被拉扯出來。箭頭在違反重力的情況下仍全速飛上工房的屋頂，然後一個急轉彎扎到屋頂上。內部裝置緊接著啟動，使箭頭展開變成錨的形狀。艾爾拉了拉鋼索，用手確認前端是否固定。

「刺中了，接著就……出發！」

摩托比特的手臂內部發出齒輪聲，絞盤裝置同時開始運轉。摩托比特被前端固定住的鋼索拉著跑向工房牆壁，然後高高跳起。直接「在牆上著地」後，又往上踢了好幾步，順勢躍上屋頂。在空中扭過身子後，摩托比特在著地瞬間發動大氣衝擊吸收的魔法，腳邊產生的壓縮空氣塊，讓摩托比特緩慢地停在屋頂上。

艾爾讓摩托比特慢慢站起來，將魔法術式和魔力灌注到還插在屋頂的箭頭上。與箭頭連結的鋼索中揉合了銀線神經，術式沿著神經傳送到裝在箭頭內的結晶肌肉中。展開的錨改變形狀，剛恢復成原本的箭頭就被收回手臂裡了。

這個箭頭的推進力也是以內建的結晶肌肉為觸媒，並藉由斷斷續續地使用大氣壓縮推進魔法產生。只要控制噴射方向，在某種程度上就能改變飛行方向。

「好厲害，齒輪……不對，摩托比特一下子就跳到屋頂上了喔。」

從頭到尾在一旁觀看的亞蒂等人抬頭仰望。就算能使用身體強化，穿著鎧甲爬到建築物屋頂上這種事還是相當困難。而他居然駕著更巨大的幻晶甲冑辦到了，對他們來說還是值得驚訝的事。

「喔──這次進行得很順利啊，艾爾。」

「之前摔了好幾次嘛！接著進行下一個吧！」

「啊，還是有失敗過呢……呃，拿『那個』過來就好嗎？」

艾爾立刻跳下屋頂。從這個高度跳下來，就算是摩托比特也不可能平安無事。它在途中噴射出大氣壓縮推進逐漸減速，再利用大氣衝擊吸收著地，揚起了大片塵土。剛一落地，奇德、亞蒂就拖著新的貨物從工房裡出來了。

兩人各自拿著不同的東西。奇德拿著一把巨大的弩，本體大部分是木製的，某些地方加上金屬補強。弓的後方增加了幾個有齒輪的裝置。奇德看著自己拿來的東西說：

「欸，這弩真誇張……應該算攻城兵器了吧？」

「你說得沒錯。真要說起來，應該是把攻城用大型弩砲稍微小型化的東西。」

如同艾爾所說明的，那把弩就算拿在幻晶甲冑手中也顯得巨大。沒有幻晶甲冑的話更是沉重得無法操作。

「為什麼拿著那麼大的東西……啊──原來是這樣。你要把幻晶甲冑當底座來操作攻城用大型弩砲吧。」

「不僅如此就是了……亞蒂？妳有拿『彈匣』過來吧？請把那個裝上去。」

亞蒂推來的貨車上備有好幾個被稱為彈匣的箱型物體。大約有人的雙手環抱那麼寬，即使由幻晶甲冑來拿也會突出身子的兩側。

「簡單來說，這是在弓弦和絞盤裝置上使用繩索型結晶肌肉，叫做『攜帶式大型弩砲』的武器。只要操作結晶肌肉的收縮，就能自動發射弓箭。」

「原來如此。那這個叫彈匣的呢？」

「裡面排著弓箭，與弓的收線連動，每射出一支箭就會再裝填。接下來的部分與其用口頭說明，不如實際操作給你們看比較快。」

奇德按照艾爾的說明，將彈匣嵌入弩砲中央偏前方的部分，固定槓桿隨即跳起，發出內部結構咬合的聲音。

奇德確認彈匣安裝完成，開始傳送魔法術式和魔力到弩砲中。繩索型結晶肌肉伸縮到極限，傳來弓的彎曲與肌肉擠壓的獨特聲音。與曲軸裝置連動的齒輪開始轉動，將彈匣中的箭矢放到弩身的軌道上。接下來的操作比較特別：因為將結晶肌肉本身作為弓弦，也就不存在相當於一般弩砲的扳機裝置了。相對的，它能透過操作弓弦和絞盤裝置的結晶肌肉伸縮來發射弓箭。

奇德命令張到極限的結晶肌肉放開。箭矢發出豪邁的飛行聲高速射出。也因為他在比較近的距離射擊，箭矢因此精準地刺進木頭標靶。這張弩的箭矢比一般弩使用的更短，很多都是粗短的形狀。但雖說是短箭，既然是安在（小型化的）弩砲上的，其大小就已經不能算箭矢，更像裝了箭羽的長槍。這種將繩索型結晶肌肉的力量發揮到極限、加上彎弓力道所射出的箭矢，雖比不上正規武器，仍舊發揮十足威力。總之，箭矢最後貫穿了木頭標靶，將之粉碎大半。

「……欸，這玩意兒不能在城裡發射吧。」

「沒關係，後面準備了很厚的土牆用來試射。不用戰術級魔法集中攻擊就不會打穿啦。」

艾爾和巴特森把姿勢定格在射完箭當下的奇德丟在一邊，悠閒地交談起來。抱著彈匣的亞蒂則興致盎然地望著貫穿標靶的箭。

「對了，用結晶肌肉就能快速回收，可以達到一定程度的連射喔。視熟練程度，最高可以達到五秒鐘一發吧。一個彈匣有十支箭，算起來大概一分鐘左右射完。」

「噗！來真的喔……我試試看。」

奇德戰戰兢兢地重新舉起弩砲，在吐出一口氣平復心情後，開始執行連射。運轉聲和箭矢破空聲有節奏地持續著，箭矢一一刺中標靶。標靶終於在數到第五發時斷裂開來，讓剩下的箭直接射在土牆上。

「可以連續發射的手持攻城兵器啊，真可怕——」

「可是，畢竟是能帶著走的，有一定重量，也不好操縱，又是勉強湊合出來的東西，命中率也低，反而要用數量彌補命中率。」

「是說艾爾想拿這個做什麼？」

「……你不認為所謂的創作和挑戰永遠都是一件很棒的事嗎？」

「又沒考慮用途了對吧……」

奇德的追問讓艾爾微妙地撇開視線，同時露出無謂的開朗笑容。就這樣，幻晶甲冑在無人知曉的情況下一步步變身為凶惡兵器。

模型機的動作測試完成得差不多的時候，鍊金術師學系傳來了訂做的東西完成的通知。因為將結晶肌肉做成塊狀定型，而被命名為「板狀結晶肌肉」的新材料一一被送到工房去。

以往的結晶肌肉研究，一直著重在如何藉由肌肉收縮產生最大效益的輸出，魔力儲蓄量只被視為附帶要素。然而，以這次的板狀結晶肌肉開發為契機，鍊金術師們也開始研發專門儲存魔力的結晶肌肉。站在前所未有的角度研究，讓他們每個人都躍躍欲試，想必早晚會推出大容量的結晶肌肉吧。

至於那些通過了龐大測試的模型機，結果沒有發現除了運轉時間之外的重大缺陷。代表板狀結晶肌肉將成為補上那個缺點的最後一塊拼圖。為了迎接即將到來的完工階段，鍛造師們開始了增加幻晶騎士魔力儲蓄量的改造工程。

「哎，我們是幹勁十足啦，不過這可不妙啊。」

他們當初設想的，是把板狀結晶肌肉放在裝甲內側的空洞裡，可是實際開始檢討後，才知道空間比預期來得小。裝甲內部的空間要用來減輕驅動用結晶肌肉的影響，不能隨意填補。

於是，他們暫時先將所有外裝卸下，做出一層板狀結晶肌肉，並全部覆上外裝，採用多層式外裝的方法。這樣的設計是為了不被驅動用的肌肉影響。整體份量增加的外殼顯示魔力儲蓄量的增加，從延長運轉時間的觀點來看，算是取得了相當大的成果。只可惜現實並不樂觀，他們對著結束改造的特列斯塔爾發出呻吟。

「好臃腫，好遜……!!」

就算他們把審美觀擺到一邊，全體採用多層式的方法還是有很多問題。劇增的機體重量降低了機動性，連纜索型結晶肌肉產生的動力也無法彌補。增厚的裝甲妨礙行動，也連帶損害纏鬥能力。把結晶肌肉層當成裝甲是可以提昇防禦力沒錯，但他們在弊多利少的判斷下，推翻了這個方法。

「太重了！得想辦法讓這傢伙『瘦下來』啊。」

他們接著想到，藉由限制多層化的部位來控制重量。考慮到對纏鬥能力的影響，只將不干擾關節部位的裝甲多層化。這個方法的確不會增加多少重量，不過最重要的魔力儲蓄量也不會增加多少。

但是，這種使用多層式裝甲的方法卻被保留了下來，並於日後正式命名為「魔力儲存式裝甲」。

「這已經是在內側增加結晶肌肉的極限了……」

「再繼續增加重量，就會妨礙到鎧甲呢。」

剩下的就只有將板狀結晶肌肉裝在外面的方法了。為了盡量迴避如影隨形的重量問題，外置的部分甚至沒有裝甲，而是用鋼線固定，再覆上布製罩，只差沒有直接裸露出來了。設置場所參考了人類能拿貨物的部位而選擇背上或者腰間，其中最適合放貨物的就是背上了吧。他們也這麼認為，決定先把份量十足的板狀結晶肌肉放到特列斯塔爾背上試試看。

可是，這個方法又會產生另一種問題。

「拜託，真是沒完沒了的『任性機體』！給我客氣一點！」

他們甚至拆除了背面武裝來設置板狀結晶肌肉，但龐大重量集中在背上的結果，就是讓重心偏向背面，嚴重影響纏鬥能力與操縱性能。幻晶騎士的本分就是纏鬥，若是讓騎操士們感到不好操縱就沒救了。再說，若不能用背面武裝就沒有新型機的存在意義。他們只好心不甘情不願地繼續摸索其他方法。

「到底要我們怎樣啦！」

「只能盡我們所能全部試試看了呢。」

最後，他們決定同時使用魔力儲存式裝甲，並將分散的板狀結晶肌肉裝在外面的方法，背上則有背面武裝和不至於造成負擔的量，腰間也掛上袋形的結晶肌肉。腰間配劍時則適當調整位置。這麼做在一定程度上增加了魔力儲蓄量，也改善了缺點，但在運轉時間上仍有一些問題沒解決。

結果，騎操鍛造師們放棄在現階段解決所有問題。就現行技術而言，要確保足夠的魔力儲蓄量，就需要大量且笨重的結晶肌肉。大家一致同意，只有等待鍊金術師們完成專門儲存魔力的新結晶肌肉才能從根本解決問題。

改裝完成的特列斯塔爾系列在工房前一字排開，做出待機姿勢。包括測試用製造出來的機體在內共有五架，皆採用魔力儲存式裝甲，外型比初期更為結實。背上、腰間加上貨物一般的板狀結晶肌肉，看上去不像經過機械方面的改裝，反而添了幾分人味。

「就是這樣。雖然不滿意，不過已經沒辦法啦！這就算完成了！」

即使倉促完工的感覺怎麼也揮之不去，鍛造師們依然換了個想法。特列斯塔爾系列所做的改良已經足以彌補過於嚴重的缺點，達到現階段所能要求的最高完成度。就算未臻完善，這五架機體依然擁有超越舊有幻晶騎士的潛力，確實可以說是幻晶騎士的新世代雛形。

像這樣排開來看，維修班和騎操士們終於慢慢體悟到自己見證了某個階段的完成。眾人看著特列斯塔爾系列的反應各不相同：有沉浸在成就感中的人，有終於從作業中解脫而放下心的人，還有早已開始思考改良方案的人。只不過每個人臉上都是一副度過大難關的表情，閃耀著自信與驕傲的光彩。

老大也露出類似的表情轉頭看向所有人，露出牙齒加深了笑容。

「大伙們辛苦了！不如說鍛造師們太努力啦!!我們還有很多問題沒解決，不過就先來慶祝這傢伙的完工吧！搞定這麼一件大工程，接下來要做什麼不用說了吧!?」

在場所有人都舉起手，大聲吆喝著回應老大。全體一致同意，讓騎操士學系傾巢而出，徹夜舉辦一場慶功宴。

當時的情景只能這麼形容：天已全黑，四周籠罩在一片黑暗中時，慶功宴會場便化為魔界。順帶一提，在弗雷梅維拉王國要等到成人（十五歲）後才能飲酒。艾爾等人當然沒有參加，這場宴會是騎操士學系一同舉辦的。

在有好幾個人真正「飛」上空中的狂歡氛圍中，有個人影默默離開。他混進喧囂中低調地開始移動，快步離開名為慶功宴，實則化為魔界的工房，回到自己在宿舍的房間。

天色已黑，寂靜無聲的宿舍裡有個房間點亮了燈光。回到房間的他晃了晃飄飄然的腦袋，喝水沖淡醉意。他的室友想必還在工房喝得酩酊大醉吧。他放下心，從桌子裡拿出一疊紙。上面整理了不少關於幻晶騎士的技術——還是包括繩索型結晶肌肉在內的模型機資料。

他在紙上補充板狀結晶肌肉、魔力儲存式裝甲的內容。內容說不上詳盡，但至少記載了足以讓人理解模型機的大致情報。感到醉意逐漸散去，他對自己寫的內容感到滿意了，又把紙收回桌子裡。

第十三話　模型機的去向

注意到遮住陽光的影子忽然落到手邊，艾爾抬頭看向窗外的天空。由白轉灰的雲開始慢慢侵蝕晴朗藍天。他看向手邊的筆記，放鬆僵硬的肩膀和操勞過度的大腦。視線轉向天邊，就能看見厚重陰暗的雲。薄紗似的雲彩用不著多少時間就會變成那些黑幕般的沉重烏雲吧。就在艾爾呆呆地想著這些時——

「艾爾涅斯帝，上課中可不能東張西望啊。」

呼喚聲把因為恍神而漸漸陷入茫然思緒的他拉了回來。艾爾對表情有些僵硬的老師乖乖道歉，轉向黑板，老師也繼續講課。很快的，輕快的粉筆寫字聲以及講解弗雷梅維拉王國歷史的聲音便傳到艾爾耳中。附近的同學們感到稀奇地瞥了他一眼，又馬上回頭抄寫黑板上的內容。

（好險好險，就算累了也不能鬆懈。重新開始作業吧……）

艾爾的視線回到手邊的筆記上。令人感到極為惋惜的是，當其他學生都在認真上課的時候，他的筆記上卻寫著與板書內容無關的東西——說得具體一點，上面畫著怪模怪樣的幻晶騎士，旁邊還附上許多說明和潦草的筆記。

（特列斯塔爾也完成了，表示終於打好基礎了呢。以這個為基礎，想讓國王嚇破膽的話，至少還要再安排一個驚喜才行……要先進行設計。）

想著明顯跟上課無關的事，偶爾還煞有其事地看看黑板，動筆抄寫的艾爾在旁人眼中看來和正常上課沒兩樣。說起來，一般十二歲的孩子也不會掩飾得這麼純熟吧。這是經驗累積而來的成果——就負面的意義而言。沒有人懷疑他的上課態度，課程就這麼平穩進行下去。不，正確來說也是有可以察覺到的人存在。

（嗯——鋼索錨好像很好玩。下次也叫他們幫我裝吧。雖然他說過操作起來挺麻煩的，哎，總會有辦法啦。）

（今天帶著艾爾到處去吃東西吧，就這麼辦！老是訓練也會造成反效果嘛！）

這兩人都搞錯了應有的上課態度，這不是什麼大問題。說句題外話，雖然上課時是這副德性，但所有人在魔法、體術以外的課程都保持著一定的好成績，為防誤會還是補充說明一下。

地面上淡淡映出的雲影逐漸加深。在騎操士學系的工房屋簷下休息的老大看了天色，厭煩地發出呻吟。

「唉——我看會來場雨吧。」

「不是該慶幸沒在特列斯塔爾測試時下雨嗎？」

坐在桌子旁的艾德加心不在焉地回答，同桌的迪特里希一臉嚴肅地盯著手邊，海薇則微笑著觀望兩人的樣子。

「下雨很麻煩呢。近期內也要進行一些耐久測試。啊，一對，再來就要贏囉。」

說著，海薇把從迪特里希手上抽到的牌和手中花色相同的牌攤在桌上。她手上只剩一張牌，這讓另外兩個參加者一齊皺起眉頭。

想起直到幾天前那段暴風雨般的日子，便會覺得他們有時間玩牌消遣很不可思議，然而這是有原因的。騎操士學系的學生們雖然從特列斯塔爾的完成後都一直撐到了慶功宴，不過在那之後，大半鍛造師卻因為操勞過度而累倒，多數人都請假休息。剛組裝完成的新型機在沒有人維修的情況下也無法啟動，所以騎操士們才會像這樣打發時間。在鍛造師中體格尤為強健的矮人族——或者說老大是還活蹦亂跳的沒錯，但光靠他一個人實在也做不了什麼。

「五架特列斯塔爾都正式完工了，可是照這情形看來，不曉得剩下的修理工作什麼時候才會弄好。」

「啊？過幾天就會有進展啦。現在我們是在休假。」

老大有些敷衍地回答艾德加。海薇也在這期間抽了張牌，將最後一張牌脫手，讓艾德加和迪特里希進行對決。

「對了，老大，我的古耶爾到現在還是一團廢鐵耶？」

是無可奈何。敗給艾德加的迪特里希無力地趴到桌上。

「噢，對哦。哎，等重新開張以後你再來一趟吧。」

迪特里希忽然想起這個問題，而老大也是隨便給了個答覆。既然鍛造師人手不足，目前也是無可奈何。敗給艾德加的迪特里希無力地趴到桌上。

「總之先請迪幫贏的人買點吃的回來吧。」

「對耶，便宜的派就可以囉。」

「我想吃肉啊，買有肉的。」

「唔，沒辦法。等著吧……喂，老大，你沒參加吧!!」

「別那麼小氣，就當成平常承蒙我關照的心意啦。」

迪特里希的臉色一陣青白交替，最後大概死心了，就這麼拖著沉重的腳步前往食堂。三人帶著勝者的從容目送他離去。那散發哀愁的背影剛從視野裡消失，老大就想到某件事。

「雖然沒什麼好誇他的，不過那傢伙也變得圓滑了啊。之前一輸就碎碎個沒完，而且根本不會找我玩牌啊。」

老大露出苦笑，隱沒在鬍子下的笑容依舊難以看見。迪特里希的神經質和難伺候的個性不管在維修班還是騎操士之間都很出名。他有實力，卻絕對不是好相處的人，經常有機會共同行動的他們，還是注意到這人變得相當低調了。

「是在陸皇事變之後啊。迪變了，大致是往好的方向。」

「話說回來，關於特列斯塔爾的測試，他其實是最熱心的人吧？」

海薇也想起一件有關的事。從駕駛經驗來看，從測試時期開始就擔任騎操士的她是最有經驗的人，迪特里希卻緊追在後，也開始操縱起特列斯塔爾。艾德加一臉訝異地點頭。

「是啊，可能……是艾爾涅斯帝的關係吧。迪在那次事件中是唯一親眼看到他駕駛的人。」

艾德加板起臉回答海薇的問題。此時艾德加的表情，展露了他身為騎操士的矜持與熱情。雖說是巧合，但朋友能夠從正後方親眼見識足以抗衡師團級魔獸的技巧，還是令他有點嫉妒；而那位朋友從那之後實力顯著提升，對此他也不吝讚賞。艾德加是個正直的人物——儘管有時會耿直過頭就是了。跟他交情不算短的海薇很清楚，他看到身邊的人這麼努力，自己也會發憤圖強吧。

「嗯——那孩子啊。他個子小又動作敏捷，不加把勁的話，很快就會被甩得遠遠的喔。」

捲曲短髮下的雙眼愉快地瞇起，調侃艾德加。他一時不曉得怎麼反應，卻又馬上恢復無畏的笑容。

「不會那麼簡單被甩開的。」

「喔，聽你這麼一說我想起來了，我有事找銀色少年商量。」

老大突然拍了拍手，注意到另外兩人臉上浮現問號。

「那個啦，做了新型是很好，不過我在想接下來要怎麼辦。」

「不是要接著修理學園剩下的機體嗎？」

「那個有學園長的許可，所以沒問題……但這些新型機可不能只做到這一步就被埋沒了。」

老大喃喃自語，眼神追隨著漸趨昏暗的陽光。艾德加跟海薇則發出驚呼，看向彼此的臉。

隨著學園響起的放學鐘聲響起，萊西亞拉騎操士學園周遭開始出現攤販。很快就能看到一放學就飛奔出來的學生們在其中穿梭的身影吧。

「哦，小姐，今天沒帶著大鎧甲過來嗎？」

「嗯，今天就這樣邊走邊吃喔！給我三個鬆餅！」

「好！要夾什麼？」

「我想想……」

天空不殘留任何一點藍色，讓人看了心煩，看來馬上就會下雨了吧。艾爾比較著興高采烈地跟攤販老闆點餐的亞蒂和天空的樣子，忽然覺得要是天氣跟她的心情一樣好就好了。

「別想太久啦，再拖下去的話好像會下雨啊。」

「也對。可是怎麼說呢，總覺得今天不多陪陪亞蒂的話，會讓我們的關係變得很僵。」

「……喔。哎，等真的下了再說吧。」

這時她轉過頭來，臉上綻開笑容，手上端著熱騰騰的鬆餅。這時間正好可以來些點心。不曉得會先下雨呢，還是她會先逛到滿足呢——艾爾就這樣煩惱著這種怎樣都好的事。

之後他們又到處逛了不少攤位，肚子飽得差不多的時候，就順路繞去工房一趟。這行動雖然沒什麼特別理由，他們卻偶然在那裡看到稀奇的光景。

「……你們在做什麼？」

「唔？就如你所見，我們在下『庫克連』啊。哎呀，達維很不好對付呀。」

在工房的屋簷下，萊西亞拉騎操士學園的學園長和老大正在比一種類似地球西洋棋的棋盤遊戲。勞里在盤面上擁有一面倒的優勢，而且還像是在欺負老大的棋子般，將其逼到絕境。

「我完全想不出來該怎麼反敗為勝咧……再手下留情一點吧？」

「呵呵呵，既然為人師表，做前輩的就不能放水吧。」

「這只是遊戲啊……」

跟莞爾一笑的勞里正好相反，老大要是沒托著下巴的話，臉就要垮下來了。他流露出又是不甘心但又放棄的氣息，抓了個多出來的棋子叩叩地敲著棋盤。

「不，下棋是沒有關係。我只是好奇為什麼爺爺會在這裡。」

「唔？對了，有件事想跟你和達維商量一下。我原本也想過叫你們到校長室，但我想你們大概也聚在這裡。」

沒想到爺爺的思考模式竟然出奇地馬虎，讓艾爾腳下踉蹌了一下。勞里把老大陣地徹底蹂躪過一遍並且將死對方，這才心滿意足地開口。被當成打發時間對象的老大深深嘆了口氣，沒把這些小事放在心上。

「找你們商量不為別的，達維好像也很煩惱的樣子……是關於新型機今後的去向。」

艾爾他們適當找了位子坐下，為這突如其來的話題感到納悶。

「老實說，我以為就算有大幅變動也不會超出改良範圍。還想說怎麼花了這麼久，結果一揭曉可是完全超出想像啊。」

「因為是不折不扣的新型機嘛。」

艾爾愉快的回答讓勞里為難地垂下眉梢。

「我根本沒料到你能從無到有做出來。做到這個程度，是打算請陛下過目了嗎？」

勞里這番話聽起來不像問題，反而更帶有確認的意味。因為對他而言，性能凌駕現存機體的新型機已經是足以滿足國王要求的「最棒機體」了。那麼，向國王報告新機型，接受應得的報酬才是最自然的發展。然而和他預期的相反，艾爾竟乾脆地搖搖頭。

「哦？我以為你是為此努力過來的……不是嗎？」

勞里吃驚得瞪大眼，轉頭瞥了放在工房深處的特列斯塔爾一眼。

「要請陛下過目的還有其他物事……我正在思考其他足以讓陛下承認那個願望是有意義的東西。何況，陛下要求的是『最棒』的，我也得全力以赴才行。」

「你的全力以赴還沒完啊!?」

聽艾爾說得斬釘截鐵，嚇得差點踢倒椅子的老大連忙吐槽。沒人想得到他之前一連串破壞常識的行動僅僅是序章，這至少超出了勞里和老大的預想範圍。

「是的，特列斯塔爾可以說是基礎……基礎打得穩固後，上面就要蓋一座壯觀宏偉的城堡才行。那樣才能讓陛下嚇破膽。」

「在那之前我們好像會先嚇死啊。」

「而且少年只會說真話，這才恐怖……」

勞里開始從驚訝和欽佩的愕然中轉換成死心，不僅只有他這麼想，這幾乎是在場所有人最真實的心情。勞里深吸一口氣來轉換思考，沉吟著盤起胳膊。

「既然艾爾這麼說，這件事就算了。不管怎樣，完成了新機體，就有義務向國家做一些報告。」

「這是應該的。那麼，結果還是要向陛下報告?」

這次勞里搖頭否定艾爾的問題。

「陛下也有政務纏身啊。雖然陛下是和你親自做了約定，但這事不能如此草率處置，大概需要依照過去的流程做聯繫吧。」

「您說過去的流程……是指國機研嗎……」

「國立機操開發研究工房」——通稱「國機研」。正如其名，這是在國家之下管理幻晶騎士技術的組織。從開發新機體的大型計畫到新發明的技術改良等，無論規模大小皆集中於此，再推廣到全國各地。學園也曾協助過技術改良。對身為騎操鍛造師的老大來說是很熟悉的機構。

「唔……話雖如此，把新機體整個帶過去還是有點問題。」

「嗯？勞里爺爺，什麼事有問題？這傢伙很強沒錯吧？只要從現在開始做一大堆特列斯塔爾，騎士也會變輕鬆，城市也會變安全。改良到這個程度，那些大人物也會很高興吧？」

從旁插嘴提問的奇德不解地偏著頭。他的意見沒有錯，推廣強大的幻晶騎士是一種保障國內安全最有效的手段。在他們討論的當下，國內某處也正遭到決鬥級以上的大型魔獸侵襲，而派出幻晶騎士投入鎮壓的行列。幻晶騎士變強，代表能縮短解決魔獸的時間，進一步減少被害程度。在等同對抗魔獸最前線的弗雷梅維拉王國來說，那該被視為比什麼都重要的課題。既然如此，將製作出特列斯塔爾的事情報告上去又有什麼好煩惱的？勞里揚起嘴角帶著一抹苦澀的笑容，回答：

「不是不行……可是製作幻晶騎士需要按照一定流程，先累積小部分改良，再由幾位技術人員以此為基礎，統一成一個大的整體。幻晶騎士就是經過那些不斷重複精練的過程才能被強化的。」

建造新的幻晶騎士是國機研的職責所在，就規模而言，也只有國機研才辦得到。勞里想起這件事，一面接著說：

「開發新的幻晶騎士原本是國家工程，我想都沒想過竟然可以用學園設備做出完全的新型機。而且一般來說，根本不會同時思考出足以革新機體的技術就是了……」

艾爾和老大不約而同地看向遠方，像是要閃躲勞里別有深意的目光。因為兩人都還記得自己只顧完成夢想中的機體而幹出不少瘋狂事。

「哎，就是這樣，問題在於，雖說過去有申請小幅度的改良，但提出完整全新機體卻是前所未有的事情。若這樣貿然帶著新機體過去，我們也不知道對方會如何處理。」

面對將視線從遠方轉回來、帶著滿臉笑容準備迎戰的艾爾，勞里輕輕嘆了口氣。

「爺爺，事情都做了，感嘆也沒用。現在就是我們掌握幸福，向未來踏出一步的時候。」

「說得完全正確。有技術卻不去實現，這就不配自稱技術人員。以後的事以後再說就好啦！」

「這兩個人還理直氣壯的……」

看著硬擠出笑臉、牢牢挽著手的艾爾和老大，勞里感到自己只差一步就要抵達開悟的境界了。雖在旁人眼中看來像是在開玩笑，但他們並非沒有認真考慮，老大說了聲「而且啊！」作為開場白，換了個姿勢。

「新技術派上用場可是鍛造師的驕傲，還能順便拿到獎賞，手頭也會變寬裕。照理說，駕著特列斯塔爾直接跑去見國王是最快的啦，不過很可惜，還有個問題沒解決。」

老大開玩笑似地比手畫腳，接著說：

「特列斯塔爾的完成關係到很多人，差不多大半個騎操士學系都加入了喔。一架新型機的獎賞肯定不少，可是要讓所有參與開發的人來分，不會吵起來嗎？」

老大指出的問題極為合理。提供新技術給國機研可以拿到相應的獎勵作為代價，而那自然要分給協助開發的人。如同老大所說的，特列斯塔爾的完成有很多人參與其中。那可是包括了以提案的艾爾為首、組裝的鍛造師和進行測試的騎操士們，甚至還有研發材料的部分鍊金術師，人數相當地多。但在現實中，現在才要正確掌握這些人有多少功勞是接近不可能的事。不光是呈報特列斯塔爾的方式，光是堆積如山的各種問題就讓所有人想舉雙手投降了。

「可以說句話嗎？我有個想法……」

像是要打破在場陷入僵局的氣氛一般，艾德加稍微舉起手。正準備啟程遠行的勞里，無視兩名拍手作勢歡迎勇者登場的觀眾，再次啟動了學園長模式。

「嗯，不管怎樣的意見都好，說說看吧。」

「那就失禮了。先不提處置，雖然特列斯塔爾還有沒完成的部分，它的性能還是比以前的機體強大。只要把製作模型機用到的技術推廣出去，想必對於國內安全將會有很大的受益。總之，最後一定會傳達給政府……這麼想沒錯吧？」

「嗯，那是當然。」

所有人都表示同意。在場沒有任何人想把新型機當成學園特產。艾德加確認了這一點，垂下眼稍微整理思緒。

「……所以……獎賞確實也是問題，但最好也考慮一下交出特列斯塔爾時的事。不，不是指用什麼方式，我不認為交出去就沒事了。」

「有什麼不對嗎？」

「想想艾爾涅斯帝一開始提案時的情況吧，老大。我們現在是習慣了，不過建造特列斯塔爾的技術原本就相當異常。」

聞言，大家這才想起那個長久以來幾乎快被遺忘的事實，恍然大悟地沉默下來。要是艾爾沒有直接對他們說明，他們自己都不見得能接受那些技術了。看到特列斯塔爾的性能時總是容易忘記一件事：它在這個世界仍算是異形。想起這一點的老大響亮地拍了拍手，說：

「喔，是有這回事啊，大家都懷疑過少年是不是發瘋了呢。」

「懷疑過我啊……」

等所有人都理解這樣的狀況後，艾德加接著說下去：

「換句話說，就算只交出特列斯塔爾也沒意義吧？外形或許只要模仿就好，但內在的設計概念恐怕很難解釋清楚。」

所有人不約而同地看向艾爾。在那樣的壓力下，就連他也有點退縮。

「……這麼說來，讓國機研那些人聽聽『惡魔的耳語』好像也不賴。」

「各位到底是怎麼看待我的呢……？」

「目前是惡魔使者之類的吧？」

「……我會哭喔？」

（啊，不高興的艾爾有點可愛。）

艾爾抬眼瞪著老大、老大無動於衷，至於亞蒂不知為何一個人偷偷樂著──勞里不理會他們，轉向艾德加。只見他望著空中，好像還在思考該怎麼化為言語，看來他心中已經有了腹案。看穿這一點的勞里催著他說下去：

「不曉得……這算不算解決方案。我認為，有必要由騎操士學系的鍛造師們對國機研做一些說明。那麼，請對方直接聘請所有人當新型機的開發人員──這也是一種方法吧？」

勞里不禁睜大了眼。艾德加的提案，就是以雇用他們的形式代替分配有問題的金錢獎勵。

考慮到鍛造師們早晚會從學園畢業，到各地揮舞鐵槌的事實，這也不失為一條好出路。

「來這一手啊……真是豪邁的提案。」

「他們有完成新型機的實績，而且不用我說，還擁有現存技術方面的知識。可以說是今後開發新型機的理想人才。」

這個提案讓勞里很為難。站在傳達正確技術和學生利益的角度來說，這肯定能帶來雙贏的結果，但會形成校方成為最大收益人的狀況——換句話說，國機研勢必會跟學園進行談判，這又是另一個相對高難度的任務。更別說，到時負責談判的是勞里以及其他幾位老師。他們畢竟只是老師，並非談判專家，可以想見要走的路是困難重重。

「這提案是很有吸引力，也不曉得會不會那麼順利。我們也會全力以赴試試看……可是最後還是得看國機研怎麼決定。」

既然決定權完全在國家那邊，勞里也很難再跟他們保證什麼。目前只要能決定大方向就好了吧。雖然他有種預感，等候在前方的談判將會非常嚴峻；但身為教育者的他，同時也對於為了學生們付出熱情一事感到自豪，因而透出淡淡的苦笑。

就在談話終於找出某些方向的時候，談得入神的眾人之間有兩個人正一臉嚴肅地煩惱著，是奇德和亞蒂。他們理解談話的內容，卻很勉強才能跟上。不像外表和精神年齡不一致的艾爾，要兩個真正的十二歲孩子加入談話是有些強人所難。

「嗯——有沒有什麼我們能幫上忙的啊？」

「聽起來很難吧。沒辦法，乖乖看著吧。」

他們經常與不太像小孩的艾爾一起行動，也有很多參與這類談話的機會，所以總是在思考有什麼能幫上大家的地方。

（簡單來說就是那樣吧，因為老大他們一起努力做了特列斯塔爾，以後大家也要一起做對吧？）

亞蒂心中有幾個在意的字眼——新的、幻晶騎士、製作、結果——她的思緒藉由這些模糊的單字在記憶通道中梭巡——繼而連結上幾個月前她被告知的事。焦躁之中的靈光一閃讓她猛然抬起頭。

「……嗳，他們說國家，是要拜託偉大的人對吧？那就可以用那個約定了不是嗎？」

「嗯——？這麼說來是這樣沒錯……約定？」

那個約定——亞蒂話中的含義讓奇德納悶好一會兒，接著他也成功從記憶中找出正確答案。

「啊！……對喔，這也算艾爾的功勞嘛。」

那是以前他們與父親交談時的記憶。他們的父親——喬基姆・塞拉帝侯爵曾託兩人「如果他今後做出什麼成果，希望你們先通知我」——在兩人心中，父親的存在與打破這個僵局畫上了等號。

「吶，勞里爺爺。我們倒是有個好提議。」

「哦，奇德？是什麼？」

以為他們頂多問些問題、不至於主動提議的勞里顯得有些驚訝。奇德不像為此感到高興，他臉上露出了像是在想什麼壞點子的表情，說起自己的提案。

「要爺爺你們去談判果然很困難吧？那麼，把其他能談判的大人物拉來當夥伴怎麼樣？」

「哦？大人物……你們有什麼人選嗎？」

「塞拉帝侯爵。」

奇德果斷的回答讓艾爾和勞里更為驚訝，其他人則感到困惑。有人因為幾次事件而得知雙胞胎的來歷，但這傳言並不那麼廣為人知。此時提到有力貴族的名字令他們感到百思不解。

「……！對了，這樣啊……說到塞拉帝侯爵，當時他的確也在場。這樣解釋起來也比其他人更方便，還可以請他從中斡旋。不過……沒問題嗎？」

言下之意是要問雙胞胎家裡的情況。他們的立場終究是私生子，而且也極力避免跟本家連絡才對。這真的能拜託你們的父親嗎？——雙胞胎正確理解了他眼裡的意思。

「父親之前說過，如果艾爾做出了成果，希望我們告訴他。」

（原來如此，他們答應了啊。那麼，先找他商量很合適吧。）

「這樣啊……你們兩人說沒問題的話，我也沒有異議。各位呢？」

其他人看上去表情十分意外，被問到話時，面面相覷地望著對方。說到塞拉帝侯爵，那可是國內屈指可數的大貴族。塞拉帝侯爵領地又與博庫斯大樹海相鄰，所以他也能理解提升幻晶騎士性能的重要性。他們認為，姑且不論為何會由兩個孩子提及這個名字，但若是能得到他的支持，侯爵一定能成為強大的靠山。大家互相使了個眼色做確認，然後用力點點頭。

「我們也沒異議。」

「那麼，直接把特列斯塔爾帶過去也不太好。先用資料的形式與侯爵接洽怎麼樣？」

「是啊，這方法好。那資料能拜託達維準備嗎？奇德、亞蒂，之後就輪到你們上場了。」

「交給我們！一定會順利交到他手上!!」

兩人直挺挺地站著，拍拍胸脯接下任務。解決了問題或許讓眾人感到安心，那模樣讓所有人揚起笑聲。安置在工房深處的特列斯塔爾靜靜地注視著那幅光景。

過了傍晚時分，夕陽剛落下，街上商店便一家接著一家打烊。相反的，現在開始才是酒館賺錢的時候。結束一天工作的居民們為了用餐同時養精蓄銳，全都一窩蜂地湧了出來。萊西亞拉學園市的某間酒館也一如往常地迎來尖峰時段。這裡的客人多半是上了年紀的男性，此時卻有個特別的客人坐在角落的位子。他看上去很年輕，是個可能還不滿廿歲、像是學生的青年。既然他光臨這家店，可見至少達到了成人（十五歲）的標準。

他似乎對這種地方很熟悉，自然地融入裡面的氣氛，獨自啜飲著啤酒。就在他快喝完第一杯的時候，有人坐到對面的位子上。在幾乎客滿的店內留了空位，表示兩人是約好了見面吧。事實上，那個後到的人——外表像工人、體格健壯的男性——一坐下就自己點了杯啤酒，然後對學生咧嘴一笑。

「真難得，你居然會找我喝酒。怎麼啦？在學園唸書很辛苦嗎？」

壯漢拿到酒後喝了一口，誇張地呼了口氣。已經幾杯下肚的學生似乎醉了，興奮地回答：

「啊——對啊，最近可忙了。」

「哈哈哈！唸書就是那麼回事。若能克服這些，你就算得上是個大人了！」

「話是這樣沒錯，可是這陣子特別操啊。」

兩人開懷對飲，快活地發著牢騷。他們的對話完全混入了酒館的喧鬧雜音中。

「還以為終於告一段落了，結果卻發生一個小問題。」

「哈哈，學生也不好過啊！」

就算高聲談話，也不會有人多看兩眼，酒館就是這樣的地方。一一計較醉鬼的胡言亂語可是會沒完沒了的。再說，環顧四周也盡是一群醉鬼在大吵大鬧。到了這個地步，吵的人再多一個也沒有什麼差別。兩人看似也要成為醉鬼集團的一員——此時卻開始觀察四周環境，確認沒人注意自己後，壓低了音調。

「對啊！真的！……那東西算是完成到一個階段了。」

「哦？沒想到學生也挺優秀的嘛。」

兩人的耳語，在人聲鼎沸的酒館裡傳不到附近的人耳中。學生的臉仍因醉意泛紅，一手拿著啤酒的姿勢看起來不過是個醉鬼，說出口的話卻冷靜而條理分明。

「還真不能小看熱情這玩意兒呢。看來這技術遲早會完成的。」

「細節呢？你該不會是想口頭告訴我吧？」

學生搖搖頭，像是在說怎麼可能，接著不卑不亢地從包包裡拿出一疊紙。從裝訂的封面看不出什麼端倪，不過裡面可是寫了關於新型機的情報。壯漢大大方方地接過，也不檢查內容，便隨意收進懷裡。

「我就說嘛！偶爾也要喝些酒啦！」

「真拿你沒轍！好，今天就由我請辛苦的學生喝幾杯！」

「還是你上道！」

直到剛才的氣氛已經不見蹤影，兩人又恢復成單純的客人舉杯共飲。整間酒館愈接近深夜愈熱鬧。在場沒有任何一個人注意到他們，更不明白這場檯面下的交談代表了什麼。

磅礡大雨擊打在布滿王都坎庫寧的石板街道上。這場黎明降下的雨在剎那間轉為豪雨，籠罩了整座都市。

超乎想像的雨勢讓總是充滿活力的居民們打不起精神出門，街上彷彿失去生命力一般。填滿天空的烏雲與石造街道之間的界線模糊起來，兩者合為一體，隱沒在單調的景色中。

喬基姆・塞拉帝侯爵在貴族街的宅邸裡，聽著外面的雨聲瀏覽某份文件。上面畫著一幅即將顛覆世界的異形騎士姿態，那恐怕是「暴風雨」的前兆。這騷亂的氣息讓人有種吞沒城市、國家的颶風即將到來的預感。

粗魯地按響桌鈴的動作或許反映了他的內心，這對冷靜的他而言是很少見的舉動。長年侍奉他的老練管家不改一貫的冷靜態度，出現在執務室的速度卻比平常快了許多。

「老爺，有何吩咐？」

「把這份文件送到迪斯寇德公爵的宅邸去，愈快愈好。一定要親手交給公爵本人。」

「是，我立刻安排。」

喬基姆將文件交給管家，並在他退下的同時低語：

「迪斯寇德公爵，這或許比我們想的還要棘手啊。」

他這番話被擋在執務室厚重的門扉後方，消失在傾盆而下的雨聲中。

第四章 卡札德修動亂篇

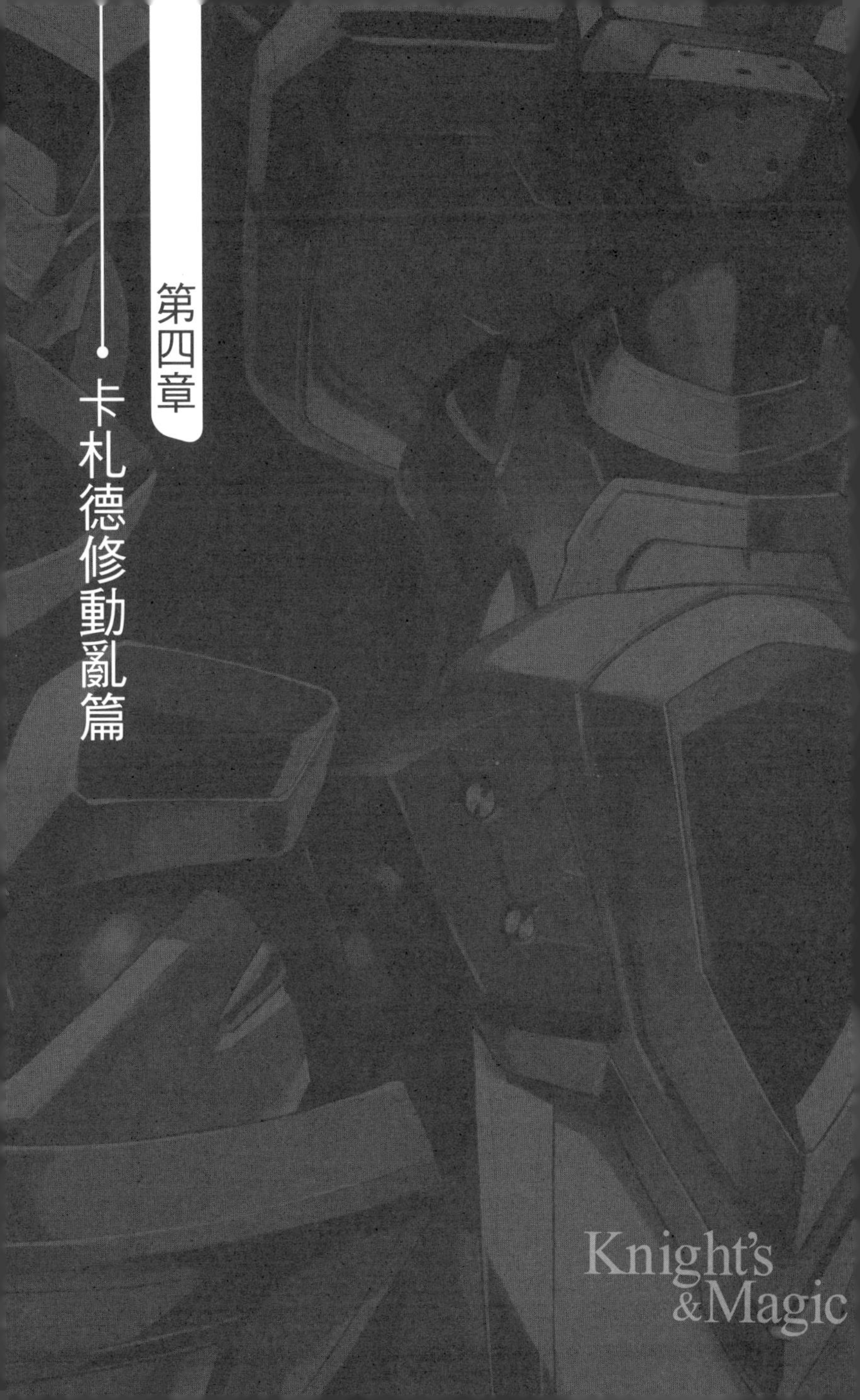

第十四話　前往暴風雨中吧

轟隆轟隆，低吟的狂風肆虐著。

好幾輛馬車頂著從側面刮來的暴風，在西弗雷梅維拉大道上全速奔馳。若是在晴天，馬蹄敲打石板的聲音必然十分響亮，如今卻完全被暴風雨蓋過去了。從月初就開始變壞的天氣很快轉為狂風暴雨，這段時間大雨不停降下，勁勢之強宛若要刨刮大地，積水量早已超過西弗雷梅維拉大道的石板地面所能疏通的極限。路上出現一個又一個大水坑阻擋來往的去路。

在這最不適合戶外行動的天候與路況中，馬車隊依然一心一意地趕路。前進的方向上隱約可以見到國內最大的教育機構——萊西亞拉騎操士學園所在的萊西亞拉學園市浮現在視野中。

「真是的，還真能下啊。」

萊西亞拉騎操士學園的學園長——勞里・埃切貝里亞皺起眉頭看著窗外雨勢，不停撫著鬍子。這少見的雨最近下個不停，甚至開始影響到部分課程無法順利進行，讓學園長傷透腦筋。

這時，一陣突如其來的敲門聲將勞里陷入沉思的意識拉了回來。

「唔，是哪位？」

他走回那張作工古樸的學園長書桌，一邊坐下一邊回答，聽到門外的校工戰戰兢兢地告知有客人來訪。勞里想了想，不記得今天有什麼來訪者的預定。

說是學園長，其實也不過是負責統合教育人員的一個職務，並沒什麼特別大的權力。即便如此，也很少有來訪者是需要直接帶到他這裡的。以前並非沒有不請自來的客人，但對方大多是日理萬機的大人物，為了節省時間，一般會事先調整行程再見面。

話是這麼說，勞里轉念一想，看向窗外。外頭完全沒有停止跡象的雨敲打著窗戶，還不時颳過一陣強風喀噠喀噠地搖著窗框。在這樣惡劣的天候下，也難怪對方疏於連絡了。不如說，想必是有十萬火急的事情才會在這種狀況下過來。勞里連忙回答，要校工帶客人到學園長室。

客人似乎就在附近等著，房間的門在他回應沒多久後就被打開了。見了發出喀沙喀沙的嘈雜聲響進來的訪客，勞里瞇起眼，臉上的皺紋加深。

「那個紋章……看來是迪斯寇德公爵直屬的騎士殿下。在這樣惡劣的天候中來到本學園有什麼事呢？」

被帶到勞里面前的是三位騎士。他們全身嚴密包覆著鎧甲，肩披斗篷，一手將頭盔夾在腋下的模樣教人想錯認也沒辦法。勞里從繡在他們斗篷上的紋章認出其來歷，卻猜不出他們所為何來。

走進房裡來的騎士們渾身散發出獨特的壓迫感與威嚴，對勞里行了漂亮的一禮，說：

「是，我等為迪斯寇德公爵閣下直屬的『朱兔騎士團』。」

站在三人中央的騎士報上名號。他似乎是這些人的指揮官，主要由他來開口。

「今日奉公爵閣下之命前來。首先是閣下交由在下帶來的信函，請您過目。」

勞里接過對方遞來的油紙包，從裡面取出封口的書信。迪斯寇德公爵家家徽的封蠟在油燈的燈光下清晰可辨。不用說，可以使用這個紋章的只有迪斯寇德家的人。再次確認這是來自公爵家的正式信件，讓勞里更加緊張了。

他應了一聲後，開始確認信上的內容，愈看愈是驚訝得睜大雙眼。等他終於看完，正準備開口說些什麼的時候，窗外落下的閃電將房間染成一片純白，巨大的轟鳴遲了片刻才響起，震盪在場所有人的耳膜，繼而是從未停歇的雨聲吞沒了包含著種種情感的沉默。

教室裡瀰漫著壓抑的沉默與竊竊私語聲。

剛才響起的雷聲在這段時間算是特別大的。明明天還亮著，卻因為這惡劣天候而顯得昏暗。學生們在油燈照明的室內與隔壁同學悄聲談論著眾人驚訝的程度。講台上的老師也看了看窗外，不過只是說了句：「真嚇人啊。」一輕描淡寫地敘述感想，又接著繼續上課。

沒多久，教室裡便充滿了雨聲。為了不被雨聲蓋過，老師用比平常更大的音量繼續講課，但在大自然強大的力量面前卻顯得有幾分微弱。不曉得是由於這樣心神不定的氣氛推波助瀾，或是受到剛才的雷鳴震懾，還不太能集中精神的學生們還是有在好好地抄寫板書。應該說正因為聽不清楚說明，才更要靠板書挽救。他們也是很拚命的。

上午的課就在這種微妙平衡的狀態下結束，接著是熱鬧的午餐時間。基本上過著宿舍生活的萊西亞拉學生，每到午餐時間就會去學園附設的食堂。如果天氣穩定下來，應該也有人外出用餐或回家吃飯，不過這種壞天氣就別提了。艾爾涅斯帝他們三人也起身準備前往食堂。這時，一名意外的訪客神色慌張地走進教室。

那個人——馬提斯・埃切貝里亞戰鬥技能教官跟整理黑板的老師附耳說了些話。兩人之間達成某種共識後，馬提斯立刻走到艾爾面前。

「父……埃切貝里亞教官，怎麼了嗎？」

艾爾愣愣地問湊近的父親。馬提斯多半都在高等部騎操士學系指導學生。有事來中等部的話，多半是跟艾爾有關了——這麼想也比較合理。

「理由待會兒再說。艾爾，現在馬上跟我來一趟。」

他點頭說著，話中帶了點催促的意味。艾爾困惑地看著馬提斯不尋常的樣子，又馬上想了想，轉頭看了後面一眼。馬提斯也隨著他的動作，對他身後不知所措的雙胞胎說：

「啊啊，抱歉了。奇德、亞蒂，艾爾暫時借我一下。」

兩人還搞不清楚狀況，總之先點了點頭。埃切貝里亞父子對他們輕輕點頭後，就一起離開了教室。

「馬提斯叔叔怎麼啦？真難得……」

「有種討厭的預感呢。」

奇德、亞蒂有好一會兒呆愣地望著兩人走出去的門，但一想到午餐時間的食堂有多麼擁擠，便又連忙開始移動。之後再問發生什麼事就好了——他們這麼想，但實際上要等到很久之後才有辦法確認。

下午的課開始後，教室裡仍沒看到艾爾的身影。

艾爾涅斯帝和馬提斯兩人並肩走著，靜靜穿過走廊。

一邊是金色短髮梳攏整齊、體格壯碩的戰鬥技能教官；一邊則是銀髮及肩的矮小少年。也因為艾爾在整體上長得像母親，即使考慮到年齡差距，兩人的外表也可說是正好相反。儘管如此，他們身上散發的氣勢卻是驚人地相似，可以感覺到他們確實是父子。

他們逆向穿過午休時段匆忙移動的人群。前進方向與食堂相反，也遠離了校舍，最後踏進實習用設施所在的區域。艾爾一邊走著，一邊推測目的地是高等部，也大略猜到了這次急著找他過去的原因。艾爾靜靜地走著，不怎麼問問題。和艾爾不同，馬提斯心中有些別的打算。或許是顧忌旁人耳目，他一來到遠離校舍、人煙稀少的區域就放慢了腳步，開口道：

「剛才，岳父那裡來了迪斯寇德公爵的使者。」

艾爾隔了一拍才反應過來。

「……『公爵』？不是塞拉帝『侯爵』的人嗎？」

前幾天，艾爾他們接受了奇德和亞蒂的提案，連絡賽拉帝侯爵請求協助處理新型機。艾爾想過，要是有人過來的話，最有可能的應該是賽拉帝侯爵那邊的相關人士。馬提斯這番話出乎他的意料之外，他有些難以理解，不過還是先把自己的疑惑擱在一邊，優先確認狀況。

「那位使者為了什麼事而來呢？」

「好像是為了你們做的新型幻晶騎士，詳情我也還不清楚，聽說要先請相關人士到工房集合再說明。」

艾爾有猜到是什麼樣的內容，也因此感到百思不解。

（賽拉帝侯爵肯定有收到通知，但為什麼『公爵』大人會出場？莫非有『侯爵位階』無法解決的難題？）

是提出的請求協助難以達成嗎？還是新型機不好處理？艾爾差點陷入自己的思緒裡時，隨即發現現在思考這些沒用，於是輕輕搖頭。艾爾剛抬起頭，便與馬提斯對上眼。他平常總是犀利的眼神如今充滿了溫柔，垂下的眉毛更襯托出這種印象。

「你真的從以前就很喜歡幻晶騎士呢。」

嘴裡說著無脈絡可循的話，馬提斯摸摸高度只到自己胸口下方的兒子的頭。感覺父親的態度和往常不同，艾爾感到奇妙，但還是老實回答：

「是。父親也知道，我是為此才在這裡的。雖然我沒想過這麼快就有機會接觸實物。」

「是啊，我很清楚你為了這個學了好多東西，也一直很努力。可是……」

馬提斯板起臉繼續說下去。看了他的表情，艾爾察覺到父親接下來的話才是重點。

「艾爾做的新幻晶騎士大概會引發一場大風波吧。」

這話表面上聽起來像是預測，卻幾乎說得篤定。光看實際上貴為公爵的人物派出使者的現況，就足以證明這一點了。

「那不全是好事，可能也伴隨著困難。」

艾爾看出馬提斯的擔憂，那張可愛臉龐上混進一絲苦澀。艾爾做好了大難臨頭的覺悟，而就算大難臨頭的對象是騎操士學系的學生也沒問題，畢竟是共同奮戰的夥伴，但牽連到家人的可能性讓艾爾心懷愧疚。

不僅是艾爾的行動，甚至連現今這個狀況也完全是由他自己的任性所引起。普通小孩的無理取鬧不會出什麼大問題，頂多算是惡作劇的一部分吧。然而，事態已經遠遠超出惡作劇可以解釋的範圍了。

「如果是你，說不定不管遇上怎樣的困難都能自己解決。」

艾爾在內心深切反省的同時，馬提斯再次舉步向前。父親的喃喃低語沒有敗給窗外的雨聲，清楚地傳到艾爾耳中。艾爾小跑著跟在他後頭，抬頭看向馬提斯。雖然不曉得他是怎樣一副表情，艾爾還是篤定地說：

「可是，就算辦得到，也沒必要什麼都自己來。」

轉過頭的馬提斯與艾爾對上了視線。再一次的，馬提斯的大手撫上艾爾的頭。

「就照你的意思堅持到底吧，艾爾。我和緹娜都相信你，也支持你。當然岳父也是站在你這邊的啦。遇到困難的時候我們會成為你的後盾，無論什麼事都不用客氣。」

「好的，父親。有困難的話我會拜託各位的！」

工房入口就近在眼前了。那道他總是興高采烈地穿過的門，今天看來卻彷彿是踏上戰場的入口。

他們抵達工房，看到的是和平常一樣放在維修台上，沿著牆排成一列的幻晶騎士，以及和平常不同，停止手上作業的鍛造師們。

若是在平日，他們會匆忙地跑來跑去，進行各式作業整備維修台上的幻晶騎士；但今天則因為某個突如其來的消息不安地議論紛紛。仔細一瞧，在場的不只鍛造師，包括騎操士在內的相關人士真的都聚集於此了。

由於他們尚未聽到說明，工房裡瀰漫著期待與不安交雜的氣氛。艾爾是例外中的例外，大多數學生可沒有機會接觸貴為公爵的人物。部分討伐陸皇龜有功的學生雖然曾有幸出席王都坎庫寧的授勳典禮，但充其量也就是這種程度了。也就是說，迪斯寇德公爵對他們來說就等於雲端上的人物，這場召見的沉重壓力不比尋常。

艾爾利用嬌小身材的優勢穿過那群學生，走近認識的人身邊。「老大！」聽艾爾這麼一喚，正與艾德加談得入神的達維便搖著鬍子回過頭來。

「哦，銀色少年。聽說了嗎？馬上就有人來連絡了咧。來了個比印象中還要偉大的人物。」

「這就表示對方有多麼看好我們吧？」

為了擋下橫掃而來的暴風雨，密閉的工房裡超乎想像的悶熱。老大一邊用手杖搧起微風，一邊靈活地聳聳肩，艾德加則鬆開了皮製護具的固定帶。

「沒想到這麼突然。」

「這種大雨天還大老遠跑一趟，還真是辛苦他們啦。」

「絕對不要對他們這麼說哦，老大。」

三人正不著邊際地閒扯，卻聽到四周的低語聲忽然變大。他們不曉得發生什麼事，轉頭便看到一個陌生集團走進工房。那個集團的衣著打扮明顯不適合作工——他們全身包覆嚴密鎧甲，外面披上繡了紋章的斗篷。學生騎操士的鎧甲向來重視行動便利而以皮革為主，頂多就是在局部以金屬補強。如此全副武裝，肯定擁有正騎士的身分。集團人數達二十人，所有人都穿著同樣的裝備。規模雖小，卻是個不折不扣的騎士團。

一行人發出不輸給雨聲的鏗鏘聲響魚貫而入。學生們不由得被他們震懾得退了幾步。騎士團裡其中一名騎士走上前，無意間配合了他們退後的動作。他似乎是騎士團代表。

「曾經從學園連絡，與製作新型幻晶騎士有關的人員都在這裡了嗎？」

聞言，在場學生們困惑地面面相覷。對方是騎士團的代表，那又要由學生裡的誰來回答呢？互踢皮球的視線沒多久便集中到他們之間的某個角落。老大和艾德加承受著背後針刺般的許多視線，認命地嘆息，有如被風帶起的帆船般走向前。與他們交談的艾爾也像被捲入般，一起被推到前面去了。

「不是所有人，正確來說還有幾個鍊金術師。直接製作的騎操鍛造師和駕駛的騎操士倒是都到齊了。」

老大用下巴指了指後方。這回答讓艾德加不禁抱頭，艾爾則險些滑了一跤。連面對正騎士仍不改天生的粗魯態度，這樣的老大也可說是大人物了。聽見肯定的答覆，那名騎士一瞬間露出苦澀的表情，但似乎是想到對方是粗枝大葉的矮人族，糾正他的禮節或許也沒用，決定就這麼進行下去。

「很好，足夠了。我知道你們是騎操士學系的學生，但這孩子又是怎麼回事？」

果不其然，騎士懷疑地看向艾爾。老大和艾德加想開口介紹，卻又因為不曉得從何解釋起，張到一半的嘴又閉上了。

對騎操士學系的學生而言，艾爾的存在已是司空見慣的光景了，但冷靜想想，其實他還是中等部的學生。現在才想起他理所當然地待在這裡有多麼詭異的老大抽搐著臉頰。艾爾看向不知如何開口而僵住的兩人，大概能猜到他們感到為難的原因，於是自然而然地開始自我介紹：

「我是新型幻晶騎士使用技術的提案人，兼初期設計的負責人。」

「…………這孩子玩笑開得也太大了。」

「唔，不，他說的是事實。不然你可以問問這裡的人，或者問學園長也行。所有人大概都會給你一樣的回答吧。」

聽了重新回神的老大這麼肯定，還是不能讓騎士消除心中的疑惑。也許是心理作用，周圍的學生好像也帶著同情的眼光望著騎士。連事不關己的艾爾自己都可以理解，但這樣下去也不是辦法。

「希望您之後再確認我的身分。我的確是相關人士沒錯。」

「……好吧。那麼各位同學，我隸屬朱兔騎士團，奉迪斯寇德公爵閣下之命前來。」

學生們再次為之鼓譟。僅次於國王，擁有國內最高階級爵位的人派來的使者。即使已事先聽說，對方正式報上名號的衝擊還是不小。

「閣下對新型的幻晶騎士很感興趣，想看實際啟動的樣子，因此想請各位盡速將新型機送往公爵領地『卡札德修要塞』，並請足夠人數同行，以利機體整備。」

對於騎士這番話，眾人給的回應是沉默。剛才的激動情緒一口氣冷了下來，一股類似困惑的情緒逐漸在學生之間擴散開來。在這樣揮之不去的尷尬氣氛中，老大提心吊膽地舉起手。

「啊——可以問個問題嗎？」

進行說明的騎士用眼神示意許可，於是他摸著茂密的絡腮鬍提問：

「我對想盡快看到新型機的想法沒有異議，不過畢竟是這種天氣，怎麼看都不適合駕駛幻晶騎士，這樣也要馬上出發嗎？」

「當然，這是公爵閣下親自下達的命令。你們上了那麼多騎操士課程，也受過雨天行軍的訓練了吧。這不能當成停止的理由，請馬上準備啟程。」

騎士的臉色漸趨嚴厲。不曉得他們有何意圖，他身後的騎士團散發出相當沉重的壓迫感。一股彷彿讓空氣一下子變得沉重的氣氛開始飄盪在工房中。不過，老大只是誇張地搖頭擺手，輕鬆地接著說：

「不，希望你別誤會。哎，我不否認在這樣的天氣遠行很麻煩，最重要的是機體負擔會很可怕。就算訓練再多，雨天行軍還是有困難，更別提這場暴風雨了。雖然新型機沒那麼脆弱，但也沒到可以亂來的地步。我們也希望既然要給人看，就用最佳狀態帶過去，而且這對彼此都比較有利吧？」

騎士隊長微微頷首，接受了老大並不只是討厭惡劣天候的理由，卻依舊不改強硬態度。

「你說的也有道理，但閣下有吩咐要盡快將那個送去。或許會以強行軍方式前進，一路上也會發生問題，不過機體只要抵達目的地後再修就好了。就是這樣才要請你們同行。」

說到這個地步，學生也無法拒絕了。絕對辦不到的命令就算了，這種情況只能算是強人所難。當然，一介學生根本反抗不了公爵的命令，那麼，唯一能做的就是全力以赴了。明明只能答應，但一想到執行起來要付出的勞力就讓老大重重嘆了口氣，沉重得連鬍子都搖晃起來。

「我明白了，我們會盡快準備。」

騎士這才點頭。老大轉過身，開始對後面想隱藏厭煩表情卻有點失敗的維修班下達指令。

跟人類一樣用雙腳步行的幻晶騎士，當然會受到地面狀態很大的影響。要在雨勢不斷、地基鬆軟的情況下駕駛幻晶騎士，需要除了駕駛技術以外的額外準備：包括在腳邊加上幾個裝備，並在關節部位追加防水的遮蔽物。經過充分訓練的維修班應該不會花多少時間在這些作業上吧。

在維修班進行作業的期間，馬提斯上前跟騎士搭話。

「同行的學生只有維修班和騎操士嗎？我想，要啟動的話這樣就足夠了。」

馬提斯放心不下身邊的艾爾而出聲詢問。察覺艾爾話意的騎士回答得很明確。

「不，也要請提案人來一趟。雖然我沒想到會是這麼小的孩子……真的是他？……這樣啊，是真的啊。既然如此，閣下嚴令一定要把人帶到問話。就算他不是高等部也不例外，請與我們同行。」

說是提案人，想必是新型機開發的中心人物。如此預測的騎士看著眼前的少年，至今仍感到半信半疑。學生和老師沒有理由說謊，但怎麼會是這麼小的孩子？——這就是他最直接的感想。艾爾不卑不亢地露出笑容，對騎士疑惑的眼神不以為意。

事態正超乎想像地變得愈來愈複雜。艾爾覺得有些無法釋懷，又很快搖搖頭，重新振作精神。無論迪斯寇德公爵有什麼盤算，他的目的也不會改變。新型機即將公開亮相了。他下定決心，一定要和高等部的學生們讓它成功。

幸運的是，雨勢在他們準備期間變小，等到出發時，暴風雨已經多少減弱了威力。天空依然覆蓋厚厚的雲層，雨也依舊下個不停。即使如此，跟在暴雨中出發比起來還是好多了。

馬車隊從萊西亞拉學園市出發。由朱兔騎士團的馬車領頭，載著學生們的馬車尾隨其後，特列斯塔爾系列則以像是包夾著這些馬車的隊形行走。高達十公尺的巨人兵器——幻晶騎士可以選擇的運送方式不多。即使有運送損壞機體的特殊載貨馬車，也是以分解機體、分散重量的形式搬運。可以自力步行的幻晶騎士基本上都是靠自走方式移動，身為這次主角的新型機在這種情況下也不例外。

特列斯塔爾的前方與集團尾端，各有朱兔騎士團所屬的加達托亞坐鎮。這一路上也有被魔獸攻擊的危險，總不能讓重要的新型機上場纏鬥，因此讓它們作為護衛戰力隨行。

目的地——卡札德修要塞，就位於弗雷梅維拉王國北側的迪斯寇德公爵領地內。目前預定走西弗雷梅維拉大道，再從途中北上。到那裡的路程大多是石板鋪就，就算把天候因素考慮進去，應該也是一趟輕鬆的旅程才對。尤其是對雙腳步行、且需負荷個人重量的幻晶騎士而言，若是要在泥濘的雨地中跋涉，就會伴隨相當大的困難。當然，騎操士們受過許多雨天的行動訓練，但這個狀況依然是他們所不樂見的。

雨落到和馬車並行的幻晶騎士身上，接觸到機體運轉產生的高熱而蒸發。鋼鐵騎士拖著全身散發出來的蒸氣，默默前行。

平順的路程在離開街道、轉向要塞不久的途中產生了變化。穿過森林中開拓出來的路徑上的一行人，聽到一陣明顯不屬於馬車和幻晶騎士的怪聲。

「這聲音是……嘖，這裡居然有魔獸。全員警戒四周！擺出防禦陣形！」

地鳴般低沉的聲音斷斷續續響起。在弗雷梅維拉王國，會發出這種聲音的只有兩種存在：

不是幻晶騎士，就是魔獸。如果是幻晶騎士，應該會聽到進氣裝置的運轉聲。否則，在這種地方突然冒出來的大多是魔獸。

怪聲的源頭顯然正朝他們接近。估計至少是決鬥級魔獸的規模——需要幻晶騎士與之抗衡的魔獸，甚至有複數存在的可能性。先不說受過戰鬥訓練的騎士們，拉著馬車的馬就只是普通馬匹，不明生物的接近幾乎要讓牠們陷入恐慌。馬伕拚命抓緊轡繩，以免馬匹失控暴走，但馬匹還是亂了腳步，導致整體行軍速度變慢。

幻晶騎士圍住慢下來的馬車隊，組成防禦陣形警戒著周圍森林。聲勢這麼浩大的魔獸只要一接近，森林肯定會出現異狀。他們如此推測並採取行動，卻看不出森林有因為離他們愈來愈近的怪聲而出現異常的跡象。

「……不對，這不是周圍發出來的……從下面!?該死，怎麼可能!?」

其中一名騎士察覺到地鳴傳來的方向——「那個」也隨之現身。在幻晶騎士擺出的防禦陣形內側，地面突然像噴發似地裂開來，從裡面竄出某種細長的東西。

那東西乘著飛出的力道在空中劃出一道拋物線，一接觸地面就粉碎了石塊，又鑽入地底下消失。那完全感受不到阻力的動作，穿透了包含石板在內的堅硬地面，使人聯想到躍出水面的魚，但在瞬間瞥見的東西卻有如繩子般細長——只不過那繩子的粗度有直徑一公尺，全長則約有二十公尺。

以第一隻為首，魔獸一隻接著一隻從地面鑽出，一整群粉碎地面的魔獸開始與馬車並行。數量約有十來隻。石板鋪就的路面在魔獸經過後，就慘不忍睹地粉碎了。

「竟然在這種地方！這下不妙，停在這裡的話，牠們會從下面偷襲！」

「幻晶騎士隊！改變防禦陣形……」

騎士團還來不及反應從意外方向而來的突襲，魔獸便取得了先機。牠們分為左右兩邊，並與出現時一樣呈拋物線撲向馬車。連堅硬的岩盤都能粉碎的尖端，視若無物地將木製馬車和騎士鎧甲一併摧毀。其中幾隻魔獸貫穿了馬車正中央，另外幾隻則直接襲向馬匹，並在頃刻間將之撕扯成絞肉，然後消失在地底下。失去動力的馬車蛇行了一會兒之後倒下，成了阻礙後方前進的障礙物。

「停下來會被一網打盡！先離開馬車……」

騎士團在一片混亂中仍試圖應對。然而，彷彿嘲笑他們的努力一般，更大的異變降臨了。一架加達托亞舉劍想上前支援，卻因為腳邊突生異變而不得不中斷。加達托亞腳邊的地面以之前無法相提並論的規模隆起——一隻身形遠超過剛才的魔獸的龐然大物現身了。

「那、那是什麼……！」

目睹這幅景象的人即使身陷險境，仍免不了嚇得呆愣數秒。那個狀似魔獸的東西剛從加達托亞腳邊出現，就開始發出堅硬物體互相摩擦、粉碎岩石的刺耳噪音。

形狀與之前的魔獸是一樣細長的繩狀，但新加入的魔獸直徑卻有大約六公尺——超過幻晶騎士一半的高度。前端密密麻麻覆滿了大量甲殼，重重疊起的甲殼不停高速且交錯旋轉，簡直就像地球上的隧道盾構機。不停旋轉的甲殼將魔獸前進方向上的一切絞成碎屑，再吞進體內。無論地面、石板或是幻晶騎士都無一倖免。

加達托亞被魔獸「吞噬殆盡」的腳部彷彿被濁流吞沒一般，在剎那間粉碎。才剛完全失去它的腳，加達托亞剩餘的上半身又飛到空中，摔落地面滾了好幾圈。同時，巨大魔獸和其他小魔獸一樣——先是劃出拋物線猛然著地，濺起一大堆泥土後，再鑽回地下消失。

一架幻晶騎士被突然摧毀，無論騎士還是學生都遭受重大打擊，可惜的是他們沒有時間慢吞吞地僵在原地。

「放棄馬車！快跑！停下來會從腳被吞掉啊！」

地鳴無情地接近那些爬出壞掉的馬車、準備搬運傷者的人。即使受過訓練，騎士們也對地底的敵人束手無策。他們不自覺地咬緊牙關，不過這只會讓心中的焦躁節節高升，什麼事也沒辦法解決。

「該死！這混帳魔獸！看你幹的好事!!」

受害的當然不只騎士，學生搭乘的馬車也遭受攻擊，有好幾個人被牽連進去。倖存的學生們拖著暴跳如雷的老大迅速離開馬車。魔獸的包圍網一分一秒縮小，混亂至極的他們更是被逼得走投無路。到了這地步，離開馬車的騎士團和學生這才開始重整態勢。

他們注意著腳下的樣子，一邊擺出攻擊陣形，打算趁魔獸探出頭攻擊的時機反擊。在這群緊張得噎住嗓子的集團中，有個兩手持奇妙武器，身材格外矮小的學生，是艾爾涅斯帝。

「地碎蚯蚓……又來了個棘手的傢伙呢。」

地碎蚯蚓──是一種巨大的蚯蚓魔獸。前端部位覆滿了密密麻麻的小甲殼，藉由排成一面且交錯旋轉的甲殼粉碎地面，並將土壤吞入體內，宛如一台生物挖掘機。牠們用穿過體內的腸子消化吞入的土中生物，並攝取養分，還能利用排出時的推進力在地底快速移動。更重要的是，牠還會從難以防禦的地底攻擊，在魔獸中公認是特別難應付的種類──艾爾回想起這些魔獸情報，感到百思不解。

「可是，地碎蚯蚓最大應該不超過直徑二公尺才對……那個大傢伙到底是什麼呢？『首領』之類的嗎？」

「誰知道！是說你為什麼那麼冷靜啊！」

「好了好了，別那麼大聲，老大。牠們在地下不好應付，移動時會發出很大的噪音。只要觀察聲音就能掌握大略位置。」

老大閉上嘴，緊緊咬牙，用力得幾乎發出聲音。他神色憤怒，一副馬上就要揮舞手中鐵槌大鬧的模樣。可以的話，他真想立刻親手把魔獸的頭打爆。

「就是這樣。所以啦，老大，請退後一點。要過來了。」

聽見艾爾垂下眼如此低語，老大也顧不得回答了，馬上以自己最快的速度拔腿就跑。地底的震動也同時迅速接近，艾爾腳邊的水窪整個噴濺開來。邊跑邊回過頭的老大還來不及出聲，地碎蚯蚓就從艾爾腳邊破土而出。這情況就連老大看了都覺得心驚膽戰。雖然認為掌握了地碎蚯蚓接近的艾爾不可能就這樣被吞掉，那情景看上去還是對心臟很不好。

艾爾無視擔心的老大，看準地碎蚯蚓飛出的瞬間，施展大氣壓縮推進魔法一躍而起。地碎蚯蚓也伸長了身體，以驚人的速度追逐飛上空中的艾爾。但艾爾在空中進一步加速，擺脫了魔獸的追擊，他維持躍起的姿勢筆直伸出雙手的銃杖・溫徹斯特。

「歡迎光臨，請嚐嚐這個！」

地碎蚯蚓能在地底下自由挖掘前進，一旦飛到空中卻無法改變方向。兩門溫徹斯特朝魔獸前端猶如研磨器般密集排列的甲殼猛烈連射，射出的徹甲炎槍魔法刺中地碎蚯蚓，讓牠隨著中彈產生一波波爆炸。

即使地碎蚯蚓的甲殼擁有連岩石都能粉碎的威力，也承受不住接連飛來的魔法攻擊。具指向性的爆炎貫穿甲殼，使其爆裂開來，後續的魔法隨之鑽入那個大洞裡引爆，巨大壓力連帶炸開了周圍的身體組織。細長的地碎蚯蚓前端有兩成部分爆碎開來，在空中四分五裂。過了一秒之後，魔獸停止了所有生命活動的跡象，零碎的身體部位陸續扎進地面。

「讓您久等了。」

確認地碎蚯蚓爆炸的艾爾翻了個身著地。大氣衝擊吸收的魔法濺起泥土和積水，吸收了著地的衝擊。緊接著，他又立刻跑去支援其他被地碎蚯蚓攻擊的學生和騎士們。

為了對付從地底進攻的魔獸，騎士團和學生們沒有採用密集隊形，而是保持一定程度的分散。地碎蚯蚓最可怕之處，就在於從正下方襲來的攻擊，因此他們全神貫注地觀察動靜。

「小心地鳴！覺得靠近了就快跑，不要停下來!!」

「來了，注意右邊！」

一隻隻從地底鑽出的地碎蚯蚓掠過急忙躲開的他們。在土中無比凶狠的地碎蚯蚓，若是要攻擊地面上的生物，就不得不鑽出土裡，而過猛的破土力道，反而害得牠們在空中呈現毫無防備的狀態。那一瞬間就是攻擊的機會。

「混帳蚯蚓！少瞧不起人啦!!」

學生和騎士們雖一度因奇襲而畏縮，一旦重整態勢便展開猛烈反擊。他們每揮舞一次魔杖就射出一顆爆炎球，在雨中綻放火紅花朵。被爆炸衝擊的地碎蚯蚓從空中垮下，重重摔落地面，其中也有受多數魔法直接轟炸而在空中爆開的。騎士和學生們趁地碎蚯蚓還來不及逃回地底，迅速給予致命一擊。

地碎蚯蚓的皮膚為了承受與地面的摩擦而生長得非常強韌，但與前端甲殼相比就顯得不夠堅硬。老大跑向一隻被爆炎球打落地面的地碎蚯蚓，使盡全力砸下手中的鐵鎚。

「竟敢對我們的人出手!!」

這一記鎚擊將矮人族強大的肌肉力量發揮到極致，打進了沒有甲殼覆蓋的部分。大鐵鎚帶著強烈的動能狠狠揮下，破開魔獸的皮膚。魔獸的皮膚因承受不住而裂開，鐵鎚前端埋進內部。滲透、擴散開來的衝擊把內部組織搗碎得一蹋糊塗，魔獸的身體猛地被砸成兩段。沒有發聲器官的地碎蚯蚓像是發出無聲慘叫般激烈痙攣，最終無力倒地。

確認這點的老大用力拔出深埋在魔獸體內、沾滿體液的鐵鎚。他揮了一下，又重新擺好架勢。

「放馬過來！下一個，全給我過來！不管來幾個我都會把牠揍得遠遠的!!」

據說，那所向披靡的氣勢不要說魔獸了，連學生們都感到無比恐懼。

小型地碎蚯蚓在騎士、學生的反擊下陸續被擊敗。他們能冷靜對付小型魔獸，實際上是多虧了幻晶騎士部隊的奮戰。

而在離他們有段距離的地方，那隻被艾爾稱作「首領」的巨大地碎蚯蚓正在橫衝直撞。

幻晶騎士部隊一察覺蚯蚓首領對幻晶騎士的興趣更勝人類，就立刻拉開與騎士和學生們的距離。地碎蚯蚓普遍智商不高，因此首領完全上鉤，巧妙地被引到森林裡去了。

擁有直徑超過幻晶騎士一半以上的巨嘴橫衝直撞，不論地面或森林皆一視同仁地遭到絞碎。妨礙行動的樹林對幻晶騎士而言是不利的戰場，就算首領與活生生的人不同，依舊無人可與之相抗衡。他們明白己方處於劣勢，必須在遠離同行者的地方戰鬥。

「可惡——!!」

海薇駕駛的特列斯塔爾一號機大吼著衝向前。肩上展開的兩門背面武裝發出低鳴，發射的一連串法彈在空中留下光弧。法彈雖然直接命中了首領的身軀，但牠不愧是超過一百公尺的龐然大物，耐力非比尋常，看不出什麼明顯的效果。

「搞什麼嘛！打中了也毫髮無傷，這不是犯規嗎!?」

對上扭動著粗長軀體前進的首領，他們只能給予零散攻擊。敵人的質量太大，單純的法擊能造成的傷害有限。而既然魔導兵裝的效果不佳，就只能靠加達托亞以劍斬擊，但就連幻晶騎士的劍也無法對首領造成痛擊。

與左支右絀的幻晶騎士相比，首領的攻擊卻是招招致命。一架差點被首領的突擊逮住的加達托亞立刻架起盾，然後是一陣尖銳噪音響徹四周，首領和盾的接觸面噴濺出大量火花。高速旋轉的甲殼有如銼刀般削去盾的表面，像撕碎紙片一樣輕易將之粉碎。

加達托亞被首領的突擊撞飛，盾和左臂則代替軀體成了碎屑——這點要算不幸中的大幸吧。友軍立刻跑向倒下的機體。

「沒事吧!?」

「唔!……盾和左手沒了，不過還能動。還能揮劍!」

失去手臂的加達托亞搖搖晃晃地起身。駕駛的騎操士臉上露出驚愕和為不利戰況而感到的苦澀。

「特列斯塔爾，所有人到我這裡集合!」

在首領粉碎一切的轟鳴聲中，艾德加用機體內建的揚聲器高聲呼喊。特列斯塔爾部隊鑽過首領狂暴蠕動的身體，聚集到艾德加駕駛的二號機身邊。

「你有什麼打算?想到好主意了嗎?」

「嗯。分散攻擊也沒什麼效果，那不如集中炮火吧。所有人以『四連裝形態』從正面攻擊。我們要讓那傢伙停下來。」

雖說是為了集中火力，沒想到艾德加會提議從正面攻擊。加達托亞的駕駛聽到了大概會懷疑他大腦是否正常，或者根本不會讓他提議吧。不過，學生們相信新型機有辦法達成目的。他們在駕駛座上露出耀眼的笑容，用力點頭表示瞭解。

「好，就來打一場吧!讓牠瞧瞧特列斯塔爾的實力。」

特列斯塔爾全機收起手上的近戰武器，扔掉盾牌。兩手各拿起一支插在腰上的魔導兵裝，進一步展開背面武裝。這種舉起共計四門魔導兵裝的狀態，正是名符其實的「四連裝形態」，稱得上是能同時運用多數魔導兵裝的特列斯塔爾的真本事。

由於多數幻晶騎士集中於某一處，這引起了首領的興趣——牠鎖定目標開始突擊。看見特列斯塔爾聚集在翻滾巨獸的前進方向上，一名加達托亞的騎操士連忙出聲警告：

「你們想幹什麼!?危險，快散開！」

「我們要集中魔導兵裝射擊！如果那傢伙退縮了，就麻煩你們追擊!!」

特列斯塔爾部隊好似要列隊歡迎首領般排成一列，以幻象投影機上的瞄準器對準了首領的巨嘴正中央。牠已經逼近到絕不可能失手的極近距離。

「射擊——!!」

在艾德加一聲令下，五架特列斯塔爾立刻動作。共計二十門——相當於一般幻晶騎士十架以上的魔導兵裝同時開火。以魔力儲存式裝甲上追加搭載的板狀結晶肌肉提供的龐大魔力儲蓄量為後盾，密度驚人的彈雨噴著火舌，穿過下個不停的雨。

拖曳著耀眼尾羽的法彈朝首領一齊襲去，仔細瞄準過的法彈直接射進首領的大嘴中。牠再怎麼口不擇食，也吞不下戰術級魔法發出的法彈。首領的前端部位霎時籠罩在燦爛盛開的火花中。特列斯塔爾集中全力的法彈暴雨源源不絕，摧毀了成排的甲殼，逼得來勢洶洶的首領也不得不減緩速度。

這下就連首領也痛苦得扭曲身體。爆炸衝擊使得巨獸開始挖掘地面，試圖逃往地底。只可惜剛才的法擊讓理應足以粉碎地面的前端部位遭受不小創傷。欠缺的部位讓牠無法順利挖掘地面，龐大身軀就這麼插在大地上翻滾扭動。

「就是現在，追擊！現在解決牠，別讓牠逃了!!」

在場沒有任何一個人放過漏洞百出的敵人。加達托亞紛紛舉劍、架槍突擊；特列斯塔爾部隊雖然消耗掉相當大量的魔力，還是擠出最後一絲力量，拿起近戰武器衝上前，以劍或長槍搗向法擊造成的傷口。掙扎著逃往地底的首領，不一會兒就變得破爛不堪。

此時，一架特列斯塔爾使勁揮下雙手的斧槍。布滿全身的繩索型結晶肌肉在強烈的拉扯中，奏出了宛如弦樂器般的旋律，並釋放出強大的力量。猛烈速度與離心力作用的斧槍呼嘯著打進魔獸的身體裡，汩汩流出的體液混在雨土中，噴得到處都是。

終於承受不住的首領身體大大裂開，噗嗤一聲斷成兩半。即使強如首領，這一擊也是足以致命。失去生命力的龐大身軀發出巨響倒地，再也動彈不得。

擊敗強大魔獸的騎操士們舉起機體的手高聲歡呼。不過，他們也只有片刻沉浸在勝利的喜悅中，隨之又很快回到最初的襲擊地點支援騎士和學生。不過，當他們走出森林時，大半地碎蚯蚓已經在騎士和學生們怒濤般的反擊下消滅了。果然還是首領比較不好對付。

就這樣，街道沒多久便恢復了原本的平靜。

「唉，臭蚯蚓給我惹了這麼大麻煩。」

打敗大小蚯蚓後，眾人才鬆了口氣，老大就這麼臭著臉抱怨。他的眼前是化為殘骸的馬車，以及被啃個精光的馬匹屍體。

「能保住讓所有人移動的馬車嗎？」

「不行啊，壞成這副德性實在不是三兩下能修好的。再怎麼趕工修理，要是有一半能動就謝天謝地了。再說我們可是騎操鍛造師，對木工不太在行啊。」

那名詢問的騎士在某種程度上也能預料到這樣的回答，他苦惱地盤起手臂。對他們而言，失去多數用來移動的馬車可說是這一仗最大的打擊。

「沒辦法，我們要優先運送傷患。先讓能跑的馬車載傷者到卡札德修要塞吧。車體沒事但沒有馬？那讓幻晶騎士去拉啊。從這裡再走一小段路就有個村子，我們先到那裡。要是能借些代步工具就好了……」

所有人遵照那名騎士的命令開始行動。老大恨恨地踢開地碎蚯蚓的屍體，但這麼做也無法使情況好轉。讓接下來要徒步移動的他們唯一感到慶幸的是，雨勢逐漸變小了許多。

結果，一行人在小村莊依然找不到移動工具，只好請卡札德修要塞派出馬車接送。之後他們數度遇上魔獸，但都沒遇到首領級的大傢伙，憑幻晶騎士的戰鬥力就可以一腳踢開了。就這樣，雖然比預定日期晚了幾天，學生和特列斯塔爾終於還是集結到了卡札德修要塞。

「好，大家開始特列斯塔爾的檢修！特別是背面武裝要看仔細點!!」

將特列斯塔爾搬進要塞工房裡的老大等人，立刻開始機體的檢修。和意料之外的大傢伙打了一場，特列斯塔爾正是需要充分整備——畢竟他們來此的目的就是展示特列斯塔爾。老大率領的維修班毫不馬虎地進行機體整修。

要塞的鍛造師和騎士們興致勃勃地望著那幅光景。他們也掌握了大致經過。原本對學生開發的新型機體抱著半是期待，半是懷疑的心態，直到親眼目睹新型機才對他們刮目相看。而實際參與那場戰鬥的護衛騎士們更是格外驚喜，其中希望推廣特列斯塔爾為制式量產機，或至少希望能加裝相同功能的也大有人在。他們暗自期待總有一天將到來的那個時刻，現在只是靜靜守護著眼前的作業。

卡札德修要塞不愧有要塞之稱，工房規模也硬是比學園大上許多。朱兔騎士團所屬的加達托亞一字排開，加上旁邊的特列斯塔爾，形成一道壯觀的景象。

有個留下銀色殘影的人從林立的機體間穿梭而過。那是步伐輕盈，幾乎就要跳起舞來的艾爾涅斯帝。非鍛造師的他在檢修期間沒什麼事好做，就在附近散散步。他環視著規模遠超過學園的廣大工房內那些一字排開的幻晶騎士，臉上露出比平常燦爛十倍的笑容。

「機庫果然很棒。有好多幻晶騎士更棒……」

一名騎士來到看向虛空讚頌此世之春的艾爾身旁。在旁人眼中看來，艾爾那樣子就是個見了幻晶騎士而高興的孩子。騎士露出溫馨的笑容告訴他：

「公爵閣下在找你喔，能跟我來一趟嗎？」

據說，回過頭的艾爾完全不像個孩子。舉例來說的話，就像要對部長報告時的開發主任那般，他的表情中混合了自信、不安、熱情以及厭倦。

時間回溯到學生們從萊西亞拉學園市出發後不久。

萊西亞拉學園市是以萊西亞拉學園為中心形成的城市。有住宅，也有商店。在那相對整齊的街道之中，有個男人快步前進。暴風雨正逐漸遠離，可雨勢至今依舊強勁。男人好不容易才抵達某棟建築物。那房子位於街道一隅，外型極為普通，看上去似乎也不是商店，應該是住家吧。男人熟練地開了門鎖跑進屋裡，這才勉強鬆了口氣。

他把雨具放到一旁，穿著濕漉漉的衣服逕自走進屋內。裡面的房間有數名男女正在交談，他們對那個突然出現的男人並不感到特別驚訝，反倒訝異地看著他難得慌張的樣子。

「怎麼啦？這種大雨還急著過來。」

房間盡頭的女性懷疑地問。男人則直接進入正題，以此代替回答。

「『伏鼠』傳來緊急報告。」

女人原本給人嚴厲印象的細長眼睛更銳利地瞇起，氣氛使人聯想到鋒利的刀刃。看著她的男人和她周圍的部下也有種突然感到窒息的錯覺。

「怎麼了？學生發起革命了不成？」

「迪斯寇德公爵似乎盯上了那個東西。我們收到他快馬加鞭把人傳喚過去的報告。」

她的表情瞬間掠過一絲苦澀，卻沒有表露更多感情，整個人靠到椅背上，盤起手臂像是在沉思。

「……看樣子被搶先一步了。聽說還有沒完成的部分才決定靜觀其變，這下吃大虧了。」

「據說『那個』已經跟著部分學生出發前往公爵領地。被擺了一道呢。」

聞言，皺紋開始漸趨明顯的臉上又多了幾道皺紋。她有些悔恨地拿起桌上的一疊文件，粗魯地朝著旁邊的部下扔了過去。

「哼，囉嗦這些也不會有進展。盡快把這份報告傳回本部。不要忘了附加補充，提醒最優先呈給『陛下』。」

或許是家常便飯了，部下熟練抓住飛來的文件，在表示瞭解後立即跑出房間。

「……好了，沒時間拖拖拉拉了。視陛下的判斷，我們可能要直接出動也說不定。」

「我們直接嗎……陛下也這麼……」

「先做好覺悟吧。另外還需要準備，馬上把所有人叫回來。」

她帶著堅定的眼神回答。男人一語不發地點頭，也接著離開房間。不久，留在房裡的便只剩她一人。不曉得她抱著胳膊在做什麼樣的預測，從那嚴肅的表情來看，可以知道不會是什麼太愉快的內容。

「……好了，似乎要開始忙起來了。」

教人意外的是，她的語氣中帶有幾分愉悅，與她這番話的內容恰恰相反。

從艾爾涅斯帝和騎操士學系的學生們出發前往卡札德修要塞以來，一個禮拜過去了。

穿戴雨具的少年少女們走在萊西亞拉學園市煙雨朦朧的大街上。離上課開始還有時間，現在正要進入住在市內的學生們的通學時間。

上學途中的學生裡可以看到巴特森、阿奇德和亞黛爾楚雙胞胎的身影。在談天說笑的學生之間，散發鬱悶氣息的雙胞胎顯得非常格格不入。

「真是的！艾爾那傢伙要去到什麼時候？依照我們打聽到的，他應該早就要回來了啊。」

「說得沒錯！嗚嗚，這樣下去會缺乏艾爾質的……」

「那是什麼質啊……」

他們聽說往返卡札德修要塞大約需要一星期，但不管再怎麼等，艾爾他們就是不回來。主要是因為在途中碰上地碎蚯蚓，嚴重打亂行程的關係，但他們無法得知詳細情況。在這個沒有遠距通訊方式的時代，他們除了等待別無選擇。

「可是，艾爾也太沒義氣了吧，居然把我們撇下耶。」

「我們也有幫忙做小特列！……雖然只有在旁邊看啦。」

「你們要抱怨到什麼時候啊？」

雙胞胎事後才聽說艾爾他們前往卡札德修要塞。繼陸皇事變後，這次又被扔下，令他們滿腔怒火無處發洩。雖說這次情況和上次不同，事發突然，不能全算在艾爾頭上，但雙胞胎會聽不進去，也實在是怪不得他們。話雖如此，他們不是高等部學生，想管也管不著。由於只能無可奈何地等人回來，巴特森也開始對安撫心情跌到谷底的兩人感到力不從心。

「我——就——說，艾爾人都走了，現在也不能怎樣啊。」

聽到巴特森這一個禮拜不曉得重複了第幾次的老話，奇德失望地盤起手臂，而一旁氣到最高點的亞蒂像是下定了什麼決心，緊緊握拳揮舞。

「不行，不能放棄！這麼一來只好我們自己去接他了！我們也跟以前不一樣了，有幻晶甲冑呢!!」

「……那妳說，目的地在哪裡？」

意外的是，冷靜指出重點的並非巴特森，而是奇德。

「欸？呃……聽說是迪斯寇德公爵領地。」

「公爵領地的哪裡？領地很大啊，而且也不知道怎麼去。」

亞蒂不明所以地唔了一聲，就這麼定在舉起拳頭的姿勢上僵住了。即使坐著幻晶甲冑能以超越馬匹的速度移動，不知道目的地的話也是白搭。

「我也不能接受，不過他大概再過一陣子就會回來。現在只能等了吧。」

奇德聽上去還有些不高興，亞蒂噘著嘴沉默下來。

「……艾爾……回來以後，我要暫時對你處以抱枕之刑。」

聽亞蒂這麼嘀咕，奇德也忘了上一秒的怒氣，想到艾爾要安撫自己的妹妹勢必要費一番苦心，這令他抬頭仰天。至於此時身在卡札德修要塞的艾爾有沒有感受到一股惡寒則暫且不提。

就這樣，他們悶悶不樂地數著日子等待。故事更進一步的展開是從那之後又過了幾天的事了。終於，騎操士學系的學生們回到了萊西亞拉學園市。

馬車隊穿過萊西亞拉學園市的城門。看上去像是護衛的幻晶騎士加達托亞離開馬車，進入城門附近的工房。馬車則繼續沿著大馬路前進，一路駛進萊西亞拉騎操士學園。

「噢，我們懷念的老窩。」

「只過了一個多禮拜啊，老大。」

「這是指心情上的感慨啦，混帳。」

活動著在長途移動下僵硬的手腳，包括老大在內，騎操士學系的大伙兒們三三兩兩地下了馬車。原本寂寥、安靜的工房稍微恢復了一點活力。

然而，這群人中少了些出發時還在的東西。首先，沒看到任何一架與他們一同前往卡札德修要塞的新型機。回程擔任護衛隨行的只有朱兔騎士團所屬的加達托亞，而雙方也在城市入口分道揚鑣了。他們完全是「兩手空空」地回來。還不僅如此，在這裡的全是騎操士學系的學生。

——出發時還和他們在一起的那名矮小少年，並不在隊伍之中。

隨著課程結束，到了放學時間。傍晚降臨，夕陽漸漸沒入歐比涅山後方。中等部學生宿舍裡，斯特凡妮婭・塞拉帝正在自己房間做當天的作業。她不時將礙事的金髮撥到腦後，默默地振筆疾書。

不久，當她解決大半課題，正想稍事休息時，突然來了客人。她以為是朋友，卻聽見一陣急促的敲門聲，於是否定了那個可能。她走向門，顯得有些困惑。雖然她身為學生會長，不過相關作業應該都已經處理完畢。她猜想大概有什麼緊急案件要處理，納悶著開了門。

「姊姊……！拜託，幫幫我們!!」

看到門後的弟弟和妹妹拚了命的樣子，讓她難得睜大了雙眼，僵在原地。

蒂法沒有冷落突然來訪的異母弟妹，請他們進了房間。她在笑臉底下想著：「真難得。」雖然以前那種隔閡漸漸淡了，最近感情變得不錯，但這還是兩人第一次找到她房間來。

話是這麼說，他們似乎也不是來玩的。與表現出一貫厭煩態度的弟弟不同，只要看看藏不住想法的妹妹，就知道他們一定有要事相求。蒂法原本想準備些飲料給他們潤潤喉，亞蒂卻先一步衝上前。

「姊姊，這件事只能拜託妳了!!」

「好，我會聽妳說，所以先冷靜下來。對了，我來準備些喝的，等一下喔。」

趁著奇德安撫亞蒂的時候，蒂法泡了紅茶回來。兩人喝了茶後，似乎平靜許多，即使如此，他們還是快速進入正題。

「……老大他們明明從要塞回來了，可是艾爾……只有艾爾不在那裡面!!」

聽到一半還是笑容可掬的蒂法，隨著話題進展，表情漸漸變得嚴肅。待她把特列斯塔爾完成、連絡父親喬基姆・塞拉帝侯爵，再到迪斯寇德公爵召見、學生返回等事情說明完，蒂法垂下眼，陷入沉思。

「是嗎……當時的事，現在變成這樣……」

不曉得她們的父親有何盤算，但艾爾肯定是被捲入事件裡了。在之前的陸皇事變中，蒂法他們曾因艾爾大顯身手而脫離險境，那麼，這次輪到自己為了他上場了。她下定決心，露出堅決的表情站了起來。

「我明白了，走吧。」

「姊姊？」

亞蒂驚訝地仰望她。

「到父親那裡去吧。他現在應該在坎庫寧的別邸……至少得問問理由才行。」

聞言，奇德和亞蒂用力點點頭，跟著站了起來。

在決定方針後，蒂法的行動力非同小可。她在隔天，便將學生會長的權限做最大程度的濫用——更正，是運用，她打著家中出大事的大義之名，跨過老師和學生會成員的嘆息與淚水，就這麼帶著奇德、亞蒂直奔坎庫寧。她的妹妹日後談起這件事時表示：「……我當時覺得最好不要跟姊姊作對。」

那天，理應遠去的暴風雨再次降臨位於坎庫寧的塞拉帝侯爵家別邸，使其陷入一片混亂。佣人們攔不住威風而行的侯爵千金，慌得東奔西跑之餘才勉強通報了宅邸主人。不知是幸或不幸，喬基姆人正好在別邸，三人很快就被帶到他的書房會面。

「什麼事這麼突然？蒂法，今天要上課吧。為什麼妳在這裡？」

看到女兒展露出他從未見識過的激動姿態，喬基姆・塞拉帝一照面就不悅地質問。再看到蒂法身後的奇德、亞蒂，眉頭更是愈皺愈深。

「你們……」

「父親，看到他們兩人，您應該知道我們是為了什麼而來吧？」

蒂法面對父親的不愉快亦毫不退縮，嫣然一笑，優雅地打過招呼。她不改平靜卻充滿沉重魄力的態度，畢竟萊西亞拉騎操士學園的學生會長不是當假的。尤其在體驗過師團級魔獸一役後，她出色的精神力在歷代學生會長中更稱得上數一數二。

雖然喬基姆不至於被她的氣勢壓制，但他已經沒辦法強硬地把他們轟出宅邸了。他壓下差點脫口而出的嘆息，整理手上文件，靠到椅背上面對孩子們。

「……是關於新型機嗎？」

「不只如此。還有新型機的中心人物，也是他們的朋友——艾爾涅斯帝・埃切貝里亞。」

蒂法搶先了開口想說些什麼的喬基姆一步，愈說愈激動：

「前些日子的陸皇事變中，包括我們在內的許多學生都因為他的活躍脫離險境，可是只有他沒有從公爵領地回來！我不明白父親你們有何想法，但我不能允許加害於我有恩的他！」

她兩旁站著奇德和亞蒂，與父親相對而立。

「父親，請給我們一個合理的解釋。」

不允許任何謊言或逃避。他們帶著上場決鬥般的氣勢開始進軍。

「……以上就是聽取部下報告的全部內容。」

以卡札德修要塞為據點的朱兔騎士團團長——「摩頓・弗雷霍姆」站得筆直，朗聲唸出報告內容。他身在卡札德修要塞的上級作戰會議室——平常沒在使用，只有在上級貴族來訪的場合兼作會客室的會議室。房間中央有張桌子，四周圍著椅子。現在其中一張椅子上正坐著卡札德修要塞兼迪斯寇德公爵領的主人——「克努特・迪斯寇德」。

聽了摩頓的報告，克努特閉目片刻，過了一會兒才將積在肺腑裡的沉重空氣吐出。

「原來如此，新型機的性能部分我懂了。騎士們的評價如何？」

摩頓的報告是關於遭地碎蚯蚓攻擊時，新型機戰鬥能力的調查結果。

「說實話，不得不承認戰鬥能力極高。就算用相同數量的加達托亞，也不見得有那樣的戰果。幾乎所有一起戰鬥過的騎士都希望引進新型。」

克努特微微皺眉，沉吟了一聲，整個人靠到椅背上。梳理仔細的髮型下有個醒目的鷹勾鼻，給人鋒利印象的五官因思索更顯犀利。

「……新型機符合國家利益。不能置之不理，是嗎？」

克努特低語，摩頓點頭同意。

「摩頓，製作新型機的學生想向國機研申請技術開發——希望我們居中調停屆時會遇到的種種困難。」

克努特手邊有份不同於剛才報告的另一份資料。是由萊西亞拉騎操士學園經賽拉帝侯爵之手，最後送到他這裡的報告書和請願書。

「而且，他們還打算毛遂自薦，進入國機研。」

「哦？不只是提供技術嗎？」

「『我們是最瞭解新型機技術的人。若能參與今後有關方面的研究，必定能為幻晶騎士的技術進步貢獻良多。』」

克努特高聲唸出請願書其中一段。摩頓摸了摸下頷精心修剪的鬍子，豪爽大笑。

「哈哈哈！最近的學生真是貪得無厭啊，這表示他們也有開發出新型機的自信？這不是很好嗎？萊西亞拉的畢業生想必都是人才，何況這些還是新型的開發人員。我們很歡迎有能力的年輕人。」

摩頓這話當然也不是在敷衍。他預料開始研發、引進新型機勢必需要很多人才，而且是愈多愈好。追求的東西與本人意思一致的話，就是一種幸福。

「不過，還不曉得哪些範圍算是他們的功勞。」

然而，克努特想的卻是另一件事。他的視線停在報告書的某段文字上——「提案人：艾爾涅斯帝・埃切貝里亞」。那名帶著銀輝的少年身影掠過他腦中。

「摩頓，你接著對學生進行新型機的調查。」

「是！那閣下有何打算？」

「我，呃……有個人我必須親自見面，問問他。」

這番話就身為國家棟樑的他來說，帶了些少有的彆扭氣息。摩頓豪邁地行了一禮退下，派人執行命令去了。

克努特凝視著摩頓走出去的那扇門，緩緩吐出一口氣。他事前就收到賽拉帝侯爵的報告書，知道這次新型機開發不單是靠學生的力量完成的。

（……我當時不該小看他嗎？可是……）

他將心底萌生的悔意趕了出去。這悔意完全起因於自己過去的疏忽大意，當時國王和艾爾約好，以魔力轉換爐的作法為條件「製作幻晶騎士」。

對克努特來說，那時候問題的重點在於國王的消遣心態。約定的對象——艾爾固然需要提防，但也沒那麼重要。那孩子擁有超越年齡的才能，但再怎麼才華洋溢，凡事也有限度。國王也只是提出條件，並不保證提供直接支援。

再者，幻晶騎士的設計根本不是一介學生能實現的東西。弗雷梅維拉王國現役的制式幻晶騎士加達托亞是約一百年前設計的。是經年累月的技術累積，並動員所有當時最好的鍛造師們，才總算完成的智慧結晶。

加達托亞的前身「薩羅德雷亞」服役了將近兩百年，光是這個數據，就能讓人想像開發機體有多麼困難了吧。基於「克努特本身的經驗」，甚至不用考慮那個約定實現的可能性。

——理應如此的。

在那之後還不到一年，一個令人不可置信的報告突然傳到他耳中——「有學生做出了新型幻晶騎士」。這報告本身是前所未聞的，再看到報告書上記載的新型機提案人的名字，讓克努特險些沒昏倒。「艾爾涅斯帝・埃切貝里亞」——記憶中，那個他與國王所作的約定開始帶有幾分現實感，他感到自己所知的常識正在逐漸崩壞。

其實，克努特年輕時曾有「改良加達托亞」的經驗。幻晶騎士的戰鬥能力與國內安定、國力息息相關。他身為王室分支的國內最高位貴族——迪斯寇德公爵家的主人，自然希望國家進一步發展，並將這個願望寄托於幻晶騎士上。

在國王許可下，他和國立機操開發研究工房合作，但這重大計畫卻沒有留下令人滿意的成果。跨越百年歲月累積下來的技術成為一堵高牆，在這次計畫中進步有限，沒有發展出重大改良。那種程度也不及他所追求的目標。有過那樣不痛快的記憶和經驗，更讓他體認到製造新型幻晶騎士有多麼困難。既沒有多年累積的技術、沒有頂尖的專家，甚至沒有資金——光靠一群學生就做出幻晶騎士，這種蠢事應該連天方夜譚都算不上才對。

那麼——克努特換了個想法。名叫艾爾涅斯帝的少年應該擁有「某種東西」，擁有來自其他道理，能實現開發新型機這種天方夜譚的「某種東西」。想必那將為克努特，以及弗雷梅維拉王國帶來莫大好處。

想到這裡，他終於認清自己過去的判斷有多麼靠不住，只覺得背後一陣發冷。若是沒有賽拉帝侯爵從更早以前掌握艾爾的情報，並實際採取行動，克努特就只能等事後聽取報告了。他一邊在心裡感謝給他情報的賽拉帝侯爵，同時把握良機，展開行動。儘管發生一些意外事件，但新型機果真展現出色的戰鬥能力，也在騎士間受到很高的評價。他認為，引進技術，並在國內推廣是不可避免的趨勢。

為此，他必須知道艾爾涅斯帝這名少年在想什麼，有什麼目的。對克努特而言，艾爾就像至今仍摸不清底細的一道蠢動黑影。他不可能將所愛國家的未來交到那種人手上。

不自覺地閉眼陷入沉思的克努特，耳中聽到輕輕的敲門聲。達成目的的時刻到來了。他深吸口氣讓自己鎮定下來，應聲回答，請客人進入房裡。

幾個人影走在卡札德修要塞的石造長廊上。前方帶路的是一名鎧甲騎士，他身後跟著一個相當矮小，甚至可以用幼兒稱之的孩子。帶領的騎士手上搖曳的燈火，在鴉雀無聲的走廊上造成些許動靜，摩擦的鎧甲和腳步聲敲出輕微旋律。

來到走廊盡頭，一道厚實的門從微弱燈火中浮現。精細裝飾的門面散發出不同於周遭的氣氛。標示「上級作戰會議室」的房間顯示了它的特別。帶路的士兵敲敲門，小心翼翼地將其打開，領著少年——艾爾涅斯帝進了房間。

艾爾穿過門，房裡的氣派裝潢與要塞的粗獷氣息截然不同。像是在確認不適合鐵靴踩踏的柔軟地毯的感觸般，士兵緩步走向房間中央。那裡有張桌子。一名壯年男性——亦是這個要塞主人的克努特・迪斯寇德已經等在那裡了。他大方地請艾爾坐下，艾爾簡單打了招呼並行了一禮，輕巧地坐到椅子上。

同時出現的侍者倒了飲料後便退下了。西方諸國進口的高級茶香氣搔弄著兩人的鼻腔。他們的對談就在這樣一手拿著紅茶的和諧氣氛中揭開序幕。

對克努特來說，接下來的對話可謂一場真正的對決。端看他能不能揭露艾爾的為人，想要什麼，然後想辦法掌握主導權。雙方原本應該會像在劍術比試上謹慎地衡量距離，在檯面下激烈較量才對。

然而，現在的他卻是滿心困惑。

「……像這樣，全身使用騎操士學系的鍛造師們新開發的繩索型結晶肌肉後，新型機得到比以往高出將近一．五倍的動力……」

桌子對面的艾爾滔滔不絕地說明。這情況從克努特試探性地提出新型機的問題以來就沒停過，已經成了艾爾個人的舞台了，而他竟然還理所當然地準備了大量的講義。

「請看手中的資料。如前所述，新型機以比過去機型更強的肌力與豐富的裝備運用能力自豪，但在持久度上有點小問題……」

但就因為內容也是克努特想聽的，這讓他更難應付。就算試圖掌握對話的主導權，他的耳朵還是不由自主地聽進艾爾的聲音，眼睛盯在資料上，思緒則忙著整理新型機的情報。即使腦海一角敲響了警鐘，他仍貪婪地繼續吸收渴望的情報。

「費用方面，現階段還不能給您一個明確的數字。今後或許會隨著最適化、生產率的提升而變動。不過，屬於高價零件的幻晶騎士心臟部位仍維持現狀，主要是變動比較便宜的部位，因此我們預估不會有極端高額化的情況出現……」

艾爾的簡報順利進行下去。從他被叫到卡札德修要塞起，艾爾便不斷琢磨這場簡報的內容，在說明方面已經稱得上完美無缺了。結果，艾爾從開始後不間斷地講了三個小時。再怎麼內行，能這麼沒完沒了地滔滔不絕，只能說是源自對機器人的愛了。

相對於心滿意足地啜飲冷掉紅茶的艾爾，克努特則忙著整理腦中的內容，檢討量產計畫。正想開口提問時，才終於想起自己原本的目的。

這讓他感到一陣愕然，沒想到自己居然完全沒發揮在公爵職務上鍛鍊出來的交涉手腕。艾爾完全切中他對新型機有強烈興趣的弱點。若是有意為之，可以說是他徹底輸了。不過，那張強大的牌也因說明結束而暫時失效，要反擊只能趁現在——克努特感到一股自己也無法解釋的焦躁，亮出手中的王牌。

「原來如此。我有幾個關於新型機的問題……不過在這之前，艾爾涅斯帝啊，這些機體的處置呢……」

克努特坐上這個位子不是沒有原因的。他身上的氣氛為之一變，那股彷彿是刀劍具現化般的鋒利氣息猛然出鞘。

「『我得到陛下允許』，這次新型機的評定到今後的運用，全權委由我處理。」

由國王授以相當於最高爵位的公爵全權處理，就表示他實質上擁有無限接近國王的權力。至少在這個案子上，他說的話具有和國王相當的份量。

「新型機的一切由我管理，情報也是——這些都由我轉告陛下。」

這無疑是克努特的王牌，也是最後手段了。「全權掌握對方」的做法效果卓著，但也有容易引起對方反感的缺點。

對不能跟艾爾為敵的克努特來說，不能說是最好的選擇，但他感到再這樣被牽著鼻子走會有危險。再說，他只聽了新型機的說明。出了這張牌，艾爾的反應一定會很激烈，而那將是克努特的大好機會。反動愈大，之後就愈能引導話題的流向，而這部分就看他的本事了。

克努特壓下紊亂的思緒，微微瞇起眼。沒想到對方的回答大大超出他的想像。

「太好了，那我以後就不用再跟陛下重複一次了呢。剩下的就拜託您了。另外，如果有問題的話請不用客氣。」

艾爾點點頭，俐落行了一禮。

克努特能成功壓下從喉嚨深處發出的呻吟，大概要算某種奇蹟。無論對手是誰都能發揮最大威力的王牌，在此卻沒產生任何效果，只徒然消逝於虛空中。連他也料想不到，艾爾表現得簡直像省了麻煩似的。在他啞口無言地僵住的同時，結果當然又是被艾爾搶走了主導權。

「如果閣下有全權，有一件事我想確認。」

「……唔、唔，是什麼？」

「我記得交出新型機的報告時，還一併提出了關於騎操士學系學生的處置……」

聞言，克努特輕咳兩聲，總算勉強回神過來。

「是啊，我有聽說。雖然我沒辦法保證雇用他們為新型機的開發人員，可是一旦進入正式開發階段，需要的人手一定是愈多愈好。不如說就算他們拒絕，也要讓他們站上那個位子。」

艾爾笑著，稍稍鬆了口氣。這也難怪，畢竟他已經達成大部分目的了。不過，克努特還強烈感到某個疑惑，那就是「你這番話到底有什麼企圖？」

「我是為了說明新型機，以及確認請願書中學長姊們的錄用結果而來的。」

艾爾回答得極為坦白。克努特確認了心裡那股異樣感。他煩惱片刻，終於找出異樣感的原因。

「……你打算怎麼辦？推銷新型機、推銷學生，這些沒有問題。可是我還沒聽說最重要的你打算怎麼辦，而你看上去似乎已經很滿意了。你是新型機的提案人吧？憑這份功勞，你應該有話想說才對。」

結果，克努特對艾爾仍是一無所知，更沒有聽艾爾自己提出任何一項要求。或許是累了，克努特已經完全不考慮拐彎抹角，話說得很直接。

「我嗎？不怎麼辦。畢竟我還是中等部學生，會一直在學園待到畢業。」

這麼說來，他還是十二歲的孩子啊。克努特差點老實同意，又很快發現問題不在這裡。

「什……你把事情鬧得這麼大，還想回去上課!?」

克努特已經忘了說話的對象是個孩子，整個人陷入混亂。

「雖然您這麼說……假設我去了國機研，就會變成國中肄業。這樣會讓父母親傷心的。」

艾爾在某些古怪的地方還沒有擺脫前世的思考邏輯，但他到了這一步還悠哉地說這種話，終於讓克努特「崩潰」了。

「……你、你明白自己做了什麼嗎？」

「我只是提出新型幻晶騎士的建議而已喔？」

「說、說得簡單！看你這麼理所當然的模樣，就算解釋沒用，我也要說！聽好，這個國家成立以來，不，從人類有歷史以來，『提出新幻晶騎士的單一個人』就從來沒有出現過!!」

為什麼要特地解釋這種常識？克努特體會到一種人生中前所未有的空虛。如果沒有長期做為貴族的實務經驗，可能就要找人哭訴了。

「不用說，開發幻晶騎士可是關係到許多人的重大事業！即使有提出新機體構想的團體，光靠個人也絕不可能獨自完成!!」

克努特的語氣愈發激動，就連艾爾也有些嚇到。

「陛下開出以魔力轉換爐交換的條件……就等於是變相地跟你說不可能。而你就這麼自然地做出這種極端離譜的事，事到如今還裝什麼普通孩子!!」

實際上，艾爾好歹算是個孩子，因此克努特的怒氣可說是誤會，只可惜在場沒有吐槽的人。反而是一想到他年僅十二便「惹出麻煩」動搖國家，克努特的理智就斷線了。他大概是出於自我防衛才偏不去思考那件事的吧。然而，艾爾毫不留情地從正面火上加油。

「不，我不打算呈獻特列斯塔爾。要請陛下過目的是另一個東西。」

「……還有嗎？你還想做什麼嗎？」

原先的冷靜早已消失得無影無蹤，克努特的太陽穴上甚至浮現了青筋。而艾爾在此時露出最開懷的笑容，肯定地說：

「是的，當然。因為做幻晶騎士是我的『興趣』。」

之前的激情彷彿像假的一般，克努特不祥地沉默下來。一幅似曾相識的景象在他腦中重現——「因為我有興趣。」沒錯，克努特這才明白，艾爾對國王說的是他不折不扣的真心話。

然後他發覺，眼前這個人肯定會成為名留青史的天才，在特定領域絕對無人能出其右。但同時，也是個完全不管會給周圍的人添麻煩，只顧在自己的道路上埋頭猛衝——是一種像是掃把星般的存在。

難怪他會和陛下意氣相投。他思考中冷靜的部分肯定了某種不祥預感。年輕時的安布羅斯是個手腕高超卻總是胡來的天才，老是以算計人取樂。當年的公爵被迫奉陪，吃了不少苦頭。現在的安布羅斯可謂「名君」——不對，陛下至今仍壓抑不了玩心——當時卻是形同天災的存在，而克努特本人並不曉得，自己在王宮被人暗地裡稱作「馴獸師」。

眼前的少年跟那位國王是同一種人，他無可奈何地體認到這點。沒想到會因此達成「知道艾爾想法」的目的。他咚地一聲癱到座位上。

「……這樣啊。」

這場對談最後以如此沉重的一句話作結。據摩頓事後提及，兩人交談許久，不過克努特明顯是因為其他原因而顯得疲憊無比。

自艾爾和克努特經歷那場對話的空中戰之後，過了大約一個禮拜。場景回到賽拉帝侯爵家位於王都坎庫寧的別邸。

「——根據我接到的資料，他們曾有過這番對話。」

喬基姆・塞拉帝侯爵又重看了一遍手中讀了好幾次的資料。艾爾和克努特對話的內容摘要在那之後馬上送到他手上。相對於他不動聲色地結束說明，孩子們則是一句話都說不出口，舉起的拳頭也不曉得該擺到哪邊去，無情的尷尬讓他們牢牢閉上嘴。如果要形容他們此刻的心情，大概是這種感覺——「啊啊對了，艾爾就是這種人。」蒂法擠出最後一絲強韌的精神力，勉強恢復過來。

「……是、是呀。總之，他……高興就好。」

她的語氣聽上去有些不悅，但這也是情有可原。此時，原本搖搖晃晃的奇德忽然抬起頭。聽了喬基姆的說明，讓他明白艾爾惹了麻煩，不過還有一個謎沒有解開。

「那艾爾為什麼沒回來？」

「這連我也不清楚。有從卡札德修回來的人吧，你沒問他們嗎？」

「……啊……我們還沒問，就跑到這裡……」

之前太過激動，結果卻漏了老大他們這麼重要的情報來源。三人整個消沉下去。

「唉呀，沒想到你們那麼著急，可見艾爾涅斯帝這名少年對你們相當重要。」

三人完全失去剛進房間時的那股氣勢。喬基姆沒有責備他們，正色對雙胞胎說：

「阿奇德、亞黛爾楚，既然如此，你們以後也要與他同進退。」

「是、是！啊，欸？」

兩人滿心以為自己會挨罵，聽了這話之後露出驚訝的樣子。

「迪斯寇德公爵推測他暫時沒有危險，我也是相同看法。他今後的行動對這國家……不，說不定會造成更廣泛的影響。這會產生很多同伴，亦會產生很多敵人。他再怎麼有能力，也很難獨自度過那些風浪。你們跟他很親近，一直跟著他學習吧？那麼，以後就要繼續支持他。」

奇德和亞蒂目瞪口呆地聽著，然後用力握拳，斬釘截鐵地對他們的父親說：

「這還用說嗎？」

「對啊！不用說，我會跟艾爾在一起的！」

重新下定決心的雙胞胎點頭，蒂法從背後摟住他們。看著這幅光景，喬基姆瞥了一眼資料上他沒有告訴孩子們的部分。

（公爵說，他同時擁有孩子氣和年長者的思考模式。那麼，把童年玩伴安排在身邊就不會是失策了。只希望他不要耽溺於力量，為這個國家繼續效力。）

喬基姆凝視孩子們的眼神意外地溫柔，他那些互相擁抱的孩子們卻好像沒注意到這點。

「……這暫且不提。」

喬基姆的語氣為之一變，恢復剛硬的聲調，三人的動作也隨即定格。

「你們好像是硬從學園溜出來的啊？看來我們有必要談談。」

三人的表情慢慢地從笑臉轉為苦笑，也只能這樣了——這陣暴風雨的最後落下了一道特大的閃電。

克努特．迪斯寇德傷透了腦筋——那個原因正站在他眼前，抱著龐大的資料露出笑容。

「你真的……打算把這個做出來？」

「是的。我有自信，這才值得你們教我魔力轉換爐的製法。」

艾爾快活的回答蓋過克努特硬擠出來的聲音。幸好在秉告國王以前先由自己確認過——克努特實在很想稱讚自己。

艾爾提出的資料上列出了預定要呈給陛下的幻晶騎士及其基礎設計。顛覆所有常識的「那個」雖然不至於完全不能呈給陛下，但也不能直接交上去。他深深嘆口氣，領悟過來，看來他得控制好這個名為艾爾涅斯帝的離譜存在了。

「抱歉打擾兩位談話!!」

他的煩惱被一個突然闖進來的第三者打斷了。來人不等他回答，朱兔騎士團團長──摩頓便以破門而入的氣勢衝進房內。

即使身為騎士團長，突然闖進公爵位階的人物與客人談話的地方依然會免不了遭受無禮的指責。然而，克努特在責備前就從摩頓的樣子看出有相當緊急的情況發生了。

「怎麼了？出什麼事？」

「從『達涅村』方向確認魔獸來襲的狼煙……升起的狼煙是『紅色』，推測是決鬥級以上的魔獸群。」

決鬥級以上的魔獸，還遇上一整群，這對防衛力不高的村子而言意味著「滅亡」。克努特於是當機立斷──

「摩頓，你已經召集可以出動的騎操士了吧？至少要派出一個中隊，全速進入達涅村附近，一定要守護村子!!」

「是！正在進行準備。待編制結束，我朱兔騎士團將立刻出擊!!」

摩頓行了一禮，又以和來時同樣的氣勢飛奔出房間。

「似乎沒時間慢慢聊了。我去要塞指揮。你……也不能丟下你不管。一起來吧。」

艾爾點點頭，隨克努特走出房間。

第十五話　在黑暗中蠢動的東西

萬里無雲的晴空下，萊西亞拉騎操士學園一隅有兩個腳步蹣跚的人影，是奇德和亞蒂雙胞胎。跟姊姊一起被父親喬基姆痛罵一頓的兩人回到學園後也被老師警告，已經是遍體麟傷了。兩人一副無精打采的樣子，走在以廣大校地著稱的學園走廊上。

他們出來散心，很想乾脆就這麼躺下來睡死不管，全靠「得去確認艾爾狀況」的想法舉步前進。擠出最後一絲力氣的兩人到了騎操士學系的工房，一看見老大就衝上前詢問。

「銀色少年嗎？那傢伙應該正在那邊教育公爵大人……咳咳，跟公爵大人解說才對。」

「……艾——爾——……」

老大用一種不知該說是憐憫還是同情的眼神望著筋疲力竭、雙膝無力跪地的雙胞胎。兩人想到，如果一開始就來問老大，就根本不用把事情鬧大，因此不禁從嘴裡發出乾笑。

「就是這樣，少年暫時不會回來。唉呀，真是大開眼界。公爵大人最後還稍微哭了咧……」

聽老大摸著鬍子開口，雙胞胎就這麼坐在地上敷衍地回答。老大不怎麼介意，只是點點頭，接著說明在卡札德修決定的事。因為他也認為雙胞胎是新型機開發的相關人員，有必要轉達這些事。

「噢，坐著就好了。聽著，新型機目前決定由公爵大人管理。就是說，新型機開發計畫將由公爵大人主導進行。我們騎操鍛造師就看那邊的進度，有可能中途畢業就直接被派到國機研，或某個開發新型機的工廠。」

筋疲力盡的奇德嚇得抬起頭。

「那老大，你們很快就要走了嗎？」

他掩飾不了聲音裡的寂寞。對奇德和亞蒂來說，騎操士學系的學長們不同於班上同學和童年玩伴，既是一同打拚的夥伴，也是像大哥一般的存在。一聽說他們要離開，多少有些受到打擊。

「我原本明年就要畢業啦，別露出那種表情。」

老大戳了戳奇德的頭，想把那種感傷的氣氛揮開，但矮人族的拳頭超乎想像的威力讓奇德就這麼往後翻了個跟頭。

就在亞蒂逐步與老大保持距離時，他清清喉嚨，又回到話題。

「啊——還有一件事不得不說。少年沒回來是因為那個……那邊八成正為了怎麼處理少年吵起來了吧。」

「處置……艾爾？」

「對啊。雖然那傢伙說要在學園留到畢業，不過老實說，情況根本不允許如此。我們雖然也很努力開發新型機了，但少年跟我們的『資質』不一樣。不可能讓他維持原狀繼續上課。」

兩人的腦袋花了一點時間才理解老大的話。才剛聽說老大他們要離開，加上現在聽到的消息，事關重大，讓雙胞胎的臉色逐漸發青。

「欸……吶、吶，老大，意思是艾爾也要去國機研嗎？」

「艾爾……會走掉嗎!?」

這是他們想都沒想過的未來。因為新型機的問世，自己是否成為騎士不再那麼確定，但他們一直認為到畢業為止都會理所當然地跟艾爾在一起。這並不是一廂情願，畢竟他們也是志同道合的同學。然而，如今情況有了急遽變化，阻礙著理所當然的未來所前進的道路。衝擊性的內容令雙胞胎低著頭沉默下來。老大正想叫住他們，這時——

奇德猛地抬起頭，渾身散發毅然決然的氣勢。

「我決定了。現在馬上去找艾爾。」

奇德的低語讓老大和亞蒂臉上浮現驚訝神色，轉向他。

「混帳，你以為這要花多少工夫？哪可能說去就去啊！而且少年早晚會回來，不用急著……」

「我不管！我現在就要去找他!!跟他當面問清楚!!我不准他就這樣留在那裡!!」

平常一派懶散的奇德突發的怒氣，讓旁人明白他心意已決。

「冷靜點，你要去那麼遠的地方？」

「有幻晶甲冑！有那個就可以跑得比馬還快了!!」

見亞蒂一樣舉起拳頭的樣子，老大不禁抱頭傷透腦筋，因為他知道雙胞胎是艾爾的直傳弟子，他們很可能真的說到做到。話雖如此，往卡札德修的路程可不是嘴上說說那麼簡單。弗雷梅維拉王國內都市之間的移動，原本就因為魔獸的存在而危機重重。只有經驗豐富、準備萬全的人才有可能上路。無論雙胞胎再怎麼厲害，這種行為也只能說是不自量力。老大千方百計地想阻止他們胡來。

但制止激動的雙胞胎的，則是一道從後面傳來的平靜聲音。

「當然不能讓你們去啊。」

艾德加馬上一把抓住兩人的手臂，硬是讓他們停下來。

「艾德加學長!?放開我！」

「不行，你們兩個聽好，到卡札德修的路程很危險！就算有幻晶甲冑——就算你們身手有多麼非比尋常，也不可能准許你們去的。我明白……你們的心情，可是現在只能等待。」

兩人總算是還留有不拔出魔杖反擊的理智。艾德加抓著兩人的手臂不放，不用強化魔法的話，只靠小孩子的力量是掙不開的，結果就變成一抓一推的角力競賽。從他們後方走近的海薇和迪特里希兩人則是一臉為難地看著他們。

「……對了，迪，那傢伙還沒修好對吧？」

工房裡瀰漫著激烈爭論造成的尷尬氣氛中，老大這番不合時宜的輕鬆發言突然響起。眾人注目之下，他露出孩子般的頑皮笑容，用下巴指指自己身後。在場眾人雖然因話鋒一轉而露出一臉詫異的表情，還是依他所指的方向轉過頭。

視線前方，坐鎮於工房盡頭的幻晶騎士維修台上坐著一架組裝到一半的機體。它採用繩索型結晶肌肉的構造，只配備了一次裝甲的機體周圍吊掛著尚未安裝的外裝。其中一人對那副塗上「緋紅」色的裝甲反應尤為強烈。

「是古耶爾啊！我記得組裝到一半你們就去卡札德修了。哎呀，眼看就要完成……呃，老大，新型機的製造不是已納入公爵閣下的管理，目前中止了嗎？你打算做什麼？」

它的騎操士迪特里希，臉色由喜悅轉為困惑，表情相當多變。

「噢，是不會做新的啦，不過修到這個地步半途而廢也不痛快。只能把這傢伙完成了吧。」

迪特里希高興地贊同，老大不斷點頭解釋。其他人沒有理會氣氛和諧的兩人，愈發感到困惑。

「新型機是公爵大人管理的啊，總不能就這樣放在萊西亞拉。也不能因為這點小事麻煩公爵大人，那就只能由我們拿過去了吧？」

迪特里希的表情定格在笑臉上，而慢慢開始理解老大想說什麼的艾德加和海薇，則是露出非常複雜的表情。

「讓古耶爾一架上路也太靠不住了，艾德加也開著厄爾坎伯一起來吧，我們也順便拉出馬車，畢竟途中可能需要修理嘛，而且，也許還得讓多餘的乘客坐上來哪。」

聽懂了言下之意，奇德和亞蒂睜大眼看著老大。老大那張埋在鬍子底下的臉，靈巧地彎出笑容。

「喂喂，老大，你想幫這兩個人，也不必這樣縱容他們啊。」

「哦——？我不是為了他們，是『剛好有事要去那邊』啊。只是說，可能會出什麼差錯而已啊。」

聽了這話的艾德加受不了地聳肩。老大完全是在硬拗，這根本是在縱容雙胞胎吧？不過他只是苦笑著把話吞回去。

「嘿——沒想到你對小孩子這麼好欸，老大。」

「哼，一起揮過槌子的都是我的同胞，矮人族不會忽視同胞的困難……少年是他們的朋友吧？現在不幫更待何時？」

老大理直氣壯地挺起胸膛，而他們只能回以苦笑。艾德加雖然強力阻止雙胞胎，也明白他們突然聽到要與朋友分開的心情，想為他們做點什麼。這樣的行動雖然非常「故意」，但他讓自己明白了講場面話的重要性，然後放開雙胞胎的手。

兩個孩子高興地用小小的拳頭碰了碰老大粗壯的拳頭。這幅畫面讓聽著他們吵鬧的維修班大伙兒打心底溫暖起來。他們接著撩起袖子，猛地行動起來。

「外裝大致做完八成啊！還差一點。」

「細節部分大概可以挪用備用的。起重機開過來，安裝的動作快！」

上一秒的緩和氣氛消失無蹤，工房裡稍微恢復一些鐵與火焰的活力，開始了超越平常的運轉。以滑輪的噪音為背景，鐵鎚敲打金屬的清脆聲響重疊。經歷這陣子種種活動，維修班的手藝更上一層。在他們的巧手之下，紅色幻晶騎士眼看著就要接近完成姿態。

「……嗚嗚，真的要把古耶爾帶走嗎？好不容易修好的……我是不是也該直接請卡札德修雇用我啊。」

「迪，那個……打起精神來。」

在熱氣蒸騰的工房內，只有迪特里希一人是百感交集地看著紅色機體一步步組裝完成。

接到魔獸來襲狼煙通知的朱兔騎士團奔赴位於狼煙升起方向的達涅村。編制由一個中隊的加達托亞（九架），加上一架指揮官機卡迪亞利亞的十架所組成。也由於距離相對較近，他們讓幻晶騎士以超越平常的速度奔跑。

弗雷梅維拉王國的村落皆擁有對抗魔獸的防壁。不過，一般村子則因為各種因素不可能建造完全圍繞的防壁，多數村子只有中心部分以特別加固的防壁圍起，並在裡面建造極小規模的要塞，儲備糧食等物資。遭遇人類無法打倒的魔獸進攻時，就在要塞裡避難，並升起狼煙，等待附近駐紮的騎士團前來救援。

這些要塞規模雖小，但可說是村人保命的最終防線，建造得堅固。只不過這次的狼煙是紅色——決鬥級魔獸來襲的通知。面對人類最強兵器幻晶騎士才能與之抗衡的怪物，再怎麼堅固的要塞都無法長期承受。騎士團壓抑焦躁心情，趕著前往達涅村。

國內有相當數量的決鬥級魔獸，災情也時有所聞，因此遇襲事件是屢見不鮮。然而，當朱兔騎士團的騎士抵達達涅村時，那裡的魔獸數量並非一、兩隻——村子四周至少有超過十隻以上的決鬥級魔獸存在，更聚集了相當數量的中型以下魔獸。整座村子彷彿成了魔獸的樂園。

眼前光景令先行偵查的騎馬部隊感到不寒而慄且難以理解。他們看到鎧熊、鈍龍，還有炎舞虎等各式各樣的魔獸。這些魔獸的每一種都在附近棲息，卻各有各的地盤，不會共同行動。牠們會聚集在這裡簡直令人匪夷所思，而且每隻都處於激動狀態，甚至看得到互鬥的個體。

偵查部隊謹慎前進，在其中發現了絕不可能出現的東西。躍入他們視野中的，是保護居民的堅固防壁被破壞得慘不忍睹，一隻鎧熊正把牠的頭伸進要塞內部，像是在享用著「某物」。駕駛卡迪亞利亞的中隊長一接獲偵查部隊的報告便果斷下達指令。

「全隊，全速朝村落中央前進。採取楔形陣，打倒所有擋路的魔獸前進。到達後全力保護要塞!!」

要衝入魔獸包圍的正中央已經可說是自殺行為了，但騎操士之間沒有聽見反對的聲音，反而聽到的卻是強而有力的應諾聲。部隊以驚人速度擺出楔形陣，它們收起盾，並舉起魔導兵裝與劍。比起防守，他們打算靠攻擊力強行突破。在中隊長一聲令下，中隊開始突擊。

奔跑的巨人腳步如雷聲轟鳴，注意到他們的魔獸被吸引過來。加達托亞所持的魔導兵裝「火焰騎槍」發出戰術級魔法的光芒，一照面便毫不留情地轟飛那些魔獸。他們有如在追逐己方發射的法彈般展開突擊，硬是開出一條通往中央的最短道路。

魔獸在數量上占優勢，但牠們並不是全集中在一個地方。一個中隊的幻晶騎士以密集陣形逼退魔獸，一口氣衝到要塞。

周圍的隆隆爆炸聲終於讓把頭伸進要塞的鎧熊起了警覺，牠慢吞吞地抬起頭。「進食中」受到打擾的牠發出不滿的吼聲回過頭——也因此錯失迎戰的良機。一道雷鳴般的轟響打在轉過頭來的牠身邊，一整團的騎士同時發射火焰騎槍，並以迅雷不及掩耳的速度一擁而上。

「去死吧！畜生!!」

擔綱楔形陣前鋒的卡迪亞利亞沒有減速，優於加達托亞的肌力挾帶尖銳氣勢，舉起長槍就是猛地一刺。

鎧熊雖有著類似甲殼的硬化皮膚，但仍不敵來勢洶洶的卡迪亞利亞。這一槍漂亮地刺中鎧熊頭部，穿透皮膚割肉碎骨，將鎧熊一擊斃命。絲毫沒有減緩速度的卡迪亞利亞就這麼跟鎧熊的屍體撞成一團。

為了保護漂亮解決魔獸的中隊長，其他加達托亞迅速改變陣形，以半圓陣形堵住洞開的防壁，散發出絕不讓任何人通過的堅決氣勢。剩下的魔獸嗅到鎧熊的血腥味，變得更加凶暴，不顧一切蜂擁而來。加達托亞部隊正面迎戰步步進逼的暴虐海嘯。

第一波突擊成功減少了魔獸數量，中隊在數量上幾乎與魔獸相當，但貿然闖進魔獸群中的他們正面臨極大危機。剛才的突擊劇烈消耗魔力儲蓄量，減少了他們的攻擊手段。魔力轉換爐哀鳴著發出進氣聲產生魔力，卻怎樣也追不上機體為了閃躲魔獸激烈攻擊的消耗速度。

騎士用盾擋下炎舞虎噴出的火焰，躲開渾身利刺的鈍龍尾巴猛烈一擊，接住鎧熊的衝撞。他們發揮魔獸所沒有的人類智慧互相合作，運用技巧度過重重危機，卻一直處於一種走鋼絲般的危險平衡。

「我們絕不能撤退！在這裡解決牠們!!」

打破僵局的則是中隊長駕駛的卡迪亞利亞。這架指揮官用的高性能機雖然在與鎧熊的衝突中有所損傷，仍舊成功擊敗與它對峙的魔獸，他在機體的魔力耗盡前展開了反撲。

戰鬥在不久後就宣告落幕。在數量上取得優勢的騎士團，一口氣衝入敵陣取得了勝利。打倒最後一隻決鬥級魔獸之後，剩下的中型魔獸也被一一驅逐出去。

結束戰鬥的中隊沒有一架機體是完好的。最低也是輕微損壞，其中三架半毀，兩架則全毀，無法戰鬥，可說是險勝，但他們仍然完美地達成任務。

漫長的戰鬥結束後，等他們確保附近安全時，天色已完全暗下來了。在交戰區外待機的伴隨部隊進入村莊，開始救助倖存的村民。要塞周圍燃起篝火，架起簡易帳篷收容傷患。要塞裡的情況慘不忍睹，破牆而入的鎧熊，殺害了達涅村的半數人口。

倖存的村民們都對險些滅村之際及時趕到的騎士團表示感激，其中或許也含有「如果騎士團早點抵達就好了」、「以此悼念死去鄰居」等心情吧。不過最重要的是大家都還活著。眾人都為活下來一事，彼此相互道賀。這是不得不跟「魔獸」比鄰而居的本國國民特有的思考模式。這種幾乎可視為冷淡的極端積極心態，成了支撐他們置身嚴苛環境的原動力之一。

除了村民的犧牲之外，建築物和莊稼的被害累計也相當可觀。騎士團的任務不只是要驅逐魔獸而已，像這次魔獸造成大規模被害的情況，騎士團就會暫時駐紮，確保當地安全並協助復興。唯獨這種緊急時刻，才會將幻晶騎士當成力量極大的工作機械使用，平常因為不符成本而不會如此挪用。在這個村子中看到高達十公尺的巨人修繕房屋的景象還會維持一陣子吧。

在村莊正式展開復興時，有兩架可以自力步行的加達托亞返回卡札德修要塞傳令，是為了報告村莊確保安全與開始復興行動兩件事。另外也需請求要塞派遣部隊，回收嚴重損毀的機體。

騎操士駕駛著只做了緊急處置的機體，一邊安慰偶爾機體短路的夥伴，一邊趕路。一路上沒遭遇到什麼狀況，他們沒過多久便來到卡札德修要塞附近的森林。穿過這裡就能抵達要塞了。他們帶著捷報，在前往森林的街道上輕鬆聊天前進。

在朱兔騎士團中隊於達涅村驅逐魔獸的期間，一個非伴隨部隊的影子從森林中觀察情況。那人全身包著融入森林的布，極難辨識確切模樣，確實可說是影子。

影子在大半決鬥級魔獸被打倒時離開現場，跳上繫在附近的馬匹，以不疾不徐的速度在森林裡安靜地前進了好一會兒，看到某棟小屋。

小屋原本是在森林打獵的獵人使用的中間站。為防被魔獸追殺時能夠避難，這棟小屋以堅固的圓木搭建而成，雖小卻十分耐用。下了馬的人影朝小屋門以一定節奏敲了幾下——在傳出開鎖聲後，門被打了開來。

小屋裡意外地有不少人。眾人穿著暗色皮甲，圍著中間的桌子，像是在討論什麼。桌上有張繪製附近地形的地圖，上面標記了許多箭頭和注釋。進入小屋的人影慢慢脫下包裹全身的布──是那個之前在萊西亞拉學園市拿到學生新型機資料的男人。

「隊長，不出所料，朱兔騎士團打敗魔獸了。」

「我想也是，那些騎士就是為此存在的啊。出兵規模呢？」

「一個中隊左右。」

被男人稱為隊長的女性聽了報告盤起手臂。據她得到的消息指出，要塞佈署的戰力約有三個中隊的規模，那麼要塞裡應該還剩下兩個中隊和新型機。

「好，把出去偵查的傢伙也叫回來。就照計畫進行──睽違已久地大幹一場吧。」

語畢，女人看向窗外。小屋外有個掩上布、藤蔓和草木，與森林同化的巨大人影。巨人完全占據了小屋周圍的開闊空間。那個蓋著遮蔽物的物體沉默著，迫不及待地等著即將啟動的時刻到來。

在萊西亞拉騎操士學園校地內的騎操士學系工房內，鍛造師們今天也一如往常地揮舞鐵鎚。來來往往的滑輪噪音在他們頭上響起，不輸給那些噪音的怒吼聲宣告著結束最終確認。

工房裡那張巨大椅子形狀的幻晶騎士用維修台上，坐著一架機體。

胸部裝甲上下敞開，處於可以自由出入機體駕駛艙的狀態。剛才還在整備機體的騎操鍛造師們紛紛散去，其中，有個學生卻穿過他們走向機體。騎操士——能操縱幻晶騎士、具備身為騎士的修養，同時也是騎操士學系的學生。他搭上機體坐上座位後，解除腳邊的控制桿鎖定，用力往上一拉。齒輪咬合的噪音與空氣壓縮的遲緩聲音重疊，緩緩闔上機體的胸部裝甲。

「好久沒有這種感覺了。特列斯塔爾是不錯，不過還是這邊比較安心。」

迪特里希在終於修好的愛機「古耶爾」駕駛座裡，整個人靠到椅背上確認感觸。機體九成損壞——這種前所未見的全毀程度，在鍛造師們的奮鬥下得到了嶄新姿態。駕駛艙裡也幾乎全部換新，全新座椅散發出的皮革氣味搔弄著迪特里希的鼻腔。

「明明脫胎換骨了，沒想到卻要突然把你交出去。唔唔……」

那張「閉上嘴的話長得還不錯」的臉上露出苦澀表情。他輕推操縱桿確認了一下，煥然一新的駕駛艙裡只留下以前那支操縱桿，長期使用留下的磨損痕跡和熟悉的手感令他感到迷惘，就算有違老大和雙胞胎的想法，完成的新型機已經決定由公爵管理了。他苦笑著搖頭，甩開迷惘，打開傳聲管的蓋子。

「古耶爾要站起來了，請各位離開。」

迪特里希壓下操縱桿和踏板，換上新外殼的古耶爾依舊忠實執行主人的命令。魔力轉換爐從休眠狀態中甦醒，平緩的進氣聲漸趨尖銳、快速。魔導演算機將爐所供給的魔力搭載魔法術式，結晶肌肉依特殊魔法現象而收縮，發出緊繃的聲響，啟動了巨人騎士。渾身金屬鎧甲的騎士微微顫抖了一下，「紅色騎士」在睽違數個月之後，再度踏著沉重腳步聲，強而有力地起身了。

古耶爾從工房盡頭走了出來。原本支離破碎的裝甲重新打造，如今毫無扭曲變形，在陽光下反射出耀眼的紅色光輝。由於在修理時被改造成特列斯塔爾的同型機，內部的變化雖是煥然一新，但外觀上的變化卻不大。只不過，背上增加了魔導兵裝「風之刃」的背面武裝。記取過去武裝折損的教訓，這次在腰上配了四把包含備用在內的劍，可說是重裝上陣。

古耶爾平時以二刀流為主，是重視攻擊的機體。雖然不持盾，但肩膀到手臂的裝甲有特別加厚，足以彌補防禦機能。往標準體型的厄爾坎伯身邊一站，就給人一種虎背熊腰的印象。

「好了，我這邊沒問題。準備好了嗎？」

工房前的厄爾坎伯舉起一隻手回應迪特里希。那裡除了厄爾坎伯，還有兩輛馬車跟其他熟面孔。

「達維啊，這個幻晶騎士畢竟是學園的設備吧？擅自交出去，會讓我很頭痛啊。」

「就一下子而已，沒關係吧。反正也說好了，我們交幾台過去，公爵大人就會換給我們多少加達托亞。學園機體不會減少啦。」

「也不是這個問題……唉，算了。今年的騎操士學系不斷打破慣例，現在說這些也太遲了……」

近來凡事都想很開的學園長勞里咕噥著，隨便揮了揮手。一旁佔據了貨車的巴特森低聲道：

「裝貨結束……會不會有點硬來啊？可是不這樣又塞不進去。」

包括奇德、亞蒂使用的在內，載貨馬車上一共擺著三架幻晶甲冑——摩托比特，並用鋼線固定。即使它們的體型比幻晶騎士小，塞了這麼多大體積的鎧甲，可以說根本沒有多餘空間了。光是三架機體就完全占據了馬車。

「三架？艾爾的也要帶去嗎？」

「他那個人啊，要是只帶我們的去，總覺得他會鬧彆扭……」

奇德、亞蒂用力對彼此點頭。這時，老大裝好另一輛馬車，出聲呼喚兩人。

「好，就到卡札德修跑一趟吧。出發嘍！」

「瞭解——！那就這樣囉，巴特！我會把艾爾帶回來的！」

「噢——機會難得，幫我好好教訓他——」

馬車在所有人的目送下安靜地出發了。老大、幾個維修班人員和雙胞胎搭的車走在前面，紅色與白色的幻晶騎士則跟隨在後。留下來的巴特森又揮了好一陣子的手，勞里則乾脆地切換心情，回過頭說：

「我們這邊要準備接收加達托亞後的改裝作業了。視情況可能會交給你們的學弟妹，必須考慮到這點來進行。」

眾人零零落落地回應，剩下的鍛造師們也跟著往回走。儘管很多事都改變了，他們仍像這樣回到一如往常的生活中。

這是大約一個禮拜前的事——

有個男人走在萊西亞拉學園街上，前進的腳步沒有絲毫猶豫，來到城市一隅，走進一棟平淡無奇的房子裡。屋內幾個人都因為男人的到訪露出驚訝神情，坐在最裡面的那名高大女子起先也嚇了一跳，又很快沉下臉，嘴角揚起一個諷刺的笑容，威脅地瞇起眼說：

「哎呀，沒想到『本國的』使者大駕光臨。這麼突然，真是嚇了我好一大跳。」

「使者」幾乎不為所動。他在那名高大女性面前站定，一副公事公辦的口吻道：

「……『凱希爾・歇塔康納』，『陛下』有命令要給妳和妳的『銅牙騎士團』。」

「哎呀，陛下真體貼，還願意叫我們一聲『騎士團』啊。」

他沒有理會凱希爾的調侃，淡然地轉達來意。

「陛下對妳傳來的『玩具』情報非常感興趣，吩咐務必要將實物送上來。那東西對一個

『魔獸守衛』而言太奢侈了，為『我國』所用才有價值。不管用什麼手段都要弄到手，以進呈陛下。」

使者的命令大致在預料之內，凱希爾聳聳肩。

「我們正嫌任務太無聊呢，來得正好……我是想這麼說啦，那個『玩具』好歹也是在叫作要塞的地方啊。何況那個體積龐大，不是說去了就能把它偷過來這麼簡單，這你懂吧？」

「我明白，但我也說了：『不管用什麼手段』。陛下心裡也有底……說妳可以使用『所有東西』。」

凱希爾臉上首次露出了打從心底感到高興的笑容。只不過要附加一句——「就活像捕捉獵物的肉食動物一般」。

「嘿……什麼都行啊。也包括珍藏的『溫德帕達拉』嗎？」

「當然，甚至『咒餌』也行。」

這超乎想像的回答令凱希爾一時睜大眼，下一秒便忍不住放聲大笑。

「哈哈！這可有趣了！哎呀，小氣的陛下這回真慷慨！看來他真的很中意呢。」

從使者細長的眼睛深處直射出帶有深沉執著的視線，凱希爾卻完全不放在心上。她的一舉一動向來與察言觀色無緣。

「唉，敕命不得不從……人手已經準備好了。請幫我轉告『敬愛的陛下』，他要的東西，我一定雙手奉上。」

「……很好。現在那些魔獸守衛應該還在沾沾自喜，難免疏忽大意。希望妳盡速行動。」

說到這裡，使者像是解決工作般回身離開。目送他離去的凱希爾帶著收不回的笑意對周圍的人說：

「他還是老樣子，這麼不親切。算啦，兄弟們！被趕到這個狗屁不如的國家後，我們總算開始走運啦！」

「是啊，立下功勞就算我們贏了！」

周圍的男人個個氣燄高漲。凱希爾加深了臉上黑暗的笑容。

「好啦，就帶著魔獸守衛自豪的『玩具』回去當伴手禮吧。」

就這樣，「銅牙騎士團」就在這個國家無人知曉的情況下，靜靜展開活動。

場景移到一個禮拜後，卡札德修要塞附近的森林地帶「亞奎爾森林」。

蓊鬱的亞奎爾森林裡，在日正當中的時間卻顯得昏暗，瀰漫著一股寂靜的沉重氛圍。唯一比較開放的森林大道透進些許陽光，多少照亮了周圍。然而，在陽光的範圍外卻有一群人在陰沉的草木深處蠢動。他們穿著不引人注目的深色鎧甲，伏下身子，動也不動地等待時機。除了偶爾可以聽到的野鳥啁啾聲，四周一片寂靜無聲。

不曉得過了多久，樹叢裡有個影子迅速穿了過去。身上穿著和匍匐的夥伴們一樣的深色鎧甲。

「隊長，『迴鹿』傳來消息：『獵人放下獵物』了。」

聽了部下壓低聲音的報告，銅牙騎士團團長──凱希爾・歇塔康納一樣悄聲下達指示：

「好，兄弟們，準備好了吧？啟動『溫德帕達拉』。」

部下點點頭，很快消失在樹叢深處，幾乎沒發出什麼聲音。

這群人被稱作銅牙騎士團，但是，一般「騎士」可做不來這種屏住氣息、潛伏於黑暗中，並依計行事的特技。稱他們「騎士團」簡直像是某種諷刺──他們原本是名為「間諜」的存在。會像這樣全體動員，代表他們的目的非同小可。

停在林木間的野鳥喊喊喳喳地騷動起來，驚慌地振翅離去。幾乎是同時，他們背後某個覆蓋著與森林同化偽裝的巨大物體正慢吞吞地準備起身。那個有平均人類五倍大的東西現出原形，是鋼鐵與結晶的人造巨人──幻晶騎士。

這架被凱希爾等人稱作「溫德帕達拉」的幻晶騎士有許多奇妙特徵：平滑的外裝，只有部分裝甲，從某些地方看得見裡面的魔獸皮革，橢圓形頭部上開了兩個保障視野的洞，空洞的目光在眼球水晶深處搖曳。這樣過瘦的外表反而令人覺得不快。

更不可思議的是，溫德帕達拉沒有發出幻晶騎士特有的嘈雜運轉聲。進氣裝置的音量模糊而低沉，混入森林的喧鬧聲中。

也不曉得是怎麼做的，本應發出弦樂般尖銳聲的結晶肌肉也幾乎沒發出聲音，腳步聲跟其他機體比起來更是等於不存在。

存在感稀薄的無臉巨人——在昏暗森林中，有如亡靈般模糊的存在。凱希爾在黑暗中仰望它朦朧的身影，不懷好意地笑了。

「你可是辛辛苦苦送進來的殺手鐧，要請你好好大展身手了。好，戰爭開打啦。機會只有一次，只許成功，不許失敗。大家加把勁上吧！」

她用力揮了揮手，三架溫德帕達拉聽命開始悄聲前進。蠢動的亡靈朝著森林大道前進，那正是兩架受傷的加達托亞即將通過的地方，也就是說，帶著達涅村消息的朱兔騎士團騎士即將經過。

亡靈們一發現騎士的身影，便像從黑暗中滲透出一般，從背後偷偷靠近。

加達托亞的騎操士絕沒有掉以輕心。他們看上去似乎很輕鬆地在散步，其實正隨時警惕四周，提防半路殺出的魔獸。然而，他們最注意的是聲音。魔獸威脅愈大，動靜也就愈大，因此他們接受訓練，不會漏聽任何不自然的聲音。正因如此，他們沒有注意到，亡靈隱藏在自己的運轉聲下從背後悄悄接近。

繞到加達托亞正後方的溫德帕達拉沒發出一點聲音，迅速縮短最後的距離。它們手上握著名為刺突劍的錐形利刃。追求極度靜肅性和隱密性的溫德帕達拉犧牲了戰鬥能力，動力輸出在水準以下，裝甲也只有聊勝於無的程度，更沒有耐力。正面對戰的話，大約三架才能勉強比得上一架加達托亞。是徹頭徹尾的刺客機型。

刺突劍瞄準了機體的「側腹」部位。幻晶騎士的肩關節裝甲很薄，頂多用鎖子甲或魔獸皮革包覆。而且為了吸收外面空氣到爐裡，腹部的魔力轉換爐上方大多設有進氣口，胸腔內部還有幻晶騎士最脆弱的零件——騎操士存在，確實可說是幻晶騎士的最大要害。

溫德帕達拉從背後一把擒抱住加達托亞，利刃順勢刺進側腹。專門用於穿刺的刀刃輕易穿透薄裝甲，直襲裡面的騎操士。不曉得加達托亞的騎操士有沒有認清狀況及時做出反應，巨人揮舞的利刃輕而易舉地奪走人類性命。它沒有任何反應，就像斷了線的人偶般停止動作。失去駕駛的幻晶騎士不會像生物一樣失控。看見兩架加達托亞都停了下來，凱希爾從覆面底下發出低笑聲。

「好，進行得很順利。來吧，咱們繼續走下一步棋，你們快準備！」

溫德帕達拉慢慢放倒加達托亞的身體，士兵們三三兩兩地從森林中出現。刺突劍除了在特定狀況下可以一擊解決幻晶騎士，還有另一項優點——破壞的只有裝甲和進氣口，再來就是騎操士而已了。換句話說，對幻晶騎士的機能影響不大。只要有人操縱，還能讓加達托亞自力行動。

他們很快「收拾好」加達托亞的騎操士，然後毫不猶豫地坐進破壞痕跡歷歷在目的駕駛座。就這樣，加達托亞成了真正的亡靈，慢慢站了起來。諷刺的是，講求操縱簡易性的加達托亞讓偷襲者連帶受惠。落到敵人手中的加達托亞像什麼事都沒發生過一般，再次穩穩踏出步伐，溫德帕達拉則又消失在森林暗處中。亡靈們一步又一步，確實地朝卡札德修要塞前進。

第十六話　卡札德修要塞失火

散發溫暖的夕陽沒入歐比涅山後方，景色被黑暗包圍，帶來一絲秋天涼爽的氣息。夜晚空氣吹得卡札德修要塞的守城騎士團員瑟縮了一下。日落前到處去點燃照明篝火的夥伴們，都陸續回到城門上的瞭望室了。

「唉，在接下來的季節，守門會愈來愈累啊。」

「說得沒錯，真想快點換班休息……」

互相打趣的兩人一聽到某種巨大存在從遠處逐漸接近的沉重腳步聲，馬上露出緊張神色。他們從城門上觀察街道的樣子，在完全陷入黑暗前的微弱光線中，認出了身穿鐵青色盔甲的巨大騎士。

「喔，那是加達托亞？去達涅村的中隊嗎？」

「等等，我現在確認……是啊，那個紋章是我們的沒錯。」

從接近的加達托亞肩上能看到朱兔騎士團的紋章，而一陣異常的噪音也同時傳到他們耳中。或許是損壞的零件卡住了，加達托亞每動一下，全身就發出咯吱咯吱的刺耳運轉聲，看上去損傷相當嚴重。守衛對他們敬了一禮，問道：

「辛苦了。達涅村那邊還好嗎？」

「是啊，災情相當嚴重，不過魔獸都收拾掉了。」

駕駛加達托亞的騎操士說，他們是來送回派到達涅村的中隊裡受損嚴重的本機，並傳達戰鬥勝利的消息。守衛們表示理解後，跑去打開城門。守門的加達托亞操作城門的開關裝置，伴隨沉重木材的摩擦聲，要塞的門緩緩打開。

返回的兩架加達托亞與跟在後頭的馬車緩緩穿過城門，沐浴在城門守備隊的慰勞和讚賞聲中。只要帶著勝利回來，損傷也算一種光榮勳章。也難怪他們如此興奮了。

「壞得真厲害啊，報告前先把機體放到工房喔。」

「好……我正有此打算。」

損壞的兩架加達托亞僵硬地對開門的加達托亞回以敬禮，慢慢朝工房走去。後面雖然跟著馬車，但守備隊猜想大概是運送輜重，因此沒有任何人放在心上。

看到受損機體進入工房，整備要塞其他機體的騎操鍛造師們匆忙動了起來。為了以防萬一，出擊中隊以外的機體也經過仔細檢修，處於隨時可以啟動的狀態。騎士團也接到待機命令，朱兔騎士團的騎操士們就在工房附設的守衛室待機。

鍛造師的組長一看到發出怪聲、動作扭曲的加達托亞，便立刻對周圍下達指示，維修班連忙運來零件。兩架加達托亞以緩慢的動作走向擺放其他機體的維修台。只是這樣的話並沒有問題，但加達托亞身後的馬車也跟著進工房裡來，這就令人摸不著頭緒了。騎操士都在守衛室，是伴隨中隊的鍛造師嗎？可是，在現場作業仍持續進行的情況下應該不會隨便減少人數。想到這裡，鍛造師正準備對馬車出聲質問的瞬間，有東西從馬車裡飛了出來。

幾支「箭」發出低沉的破空聲，直直命中鍛造師的胸口，他吐血倒下的瞬間，就有好幾個武裝集團成員同時從馬車裡衝出來。而也幾乎是同時，走向維修台的加達托亞露出本性，之前的僵硬動作都像假的一般迅速拔劍，揮向連接工房的入口。通道在巨人一擊之下變得支離破碎，成堆瓦礫阻礙了通行。切斷增援的入侵者們開始發射十字弓、大力揮劍，迅速排除工房裡剩下的維修班成員。最後一個從馬車中現身的，則是銅牙騎士團長——凱希爾。

「你們守正面！對付區區鍛造師要花多少時間啊!?快去把要的東西搶過來！」

銅牙騎士團轉眼間便占領了工房，他們以搶來的加達托亞守住幻晶騎士用的出入口，同時在工房裡來回搜索。不久，其中一名團員嚷著要凱希爾過去。她前去看到的是色調粗俗的機體，不同於加達托亞。站在一看就知道是試作品的殺風景新型機面前，她確信這場作戰已經成功了大半。

「哦，就是這個……跟聽說的一樣。好啦，大伙兒，準備收工了……！」

他們銅牙騎士團說穿了還是間諜。個人的戰鬥技巧姑且不論，在操騎士的能耐方面可沒幾個能手。不過，這次襲擊由於目的所需，聚在這裡的都是擁有騎操士技術的人。在凱希爾和部下啟動目標「玩具」時，其他人則搭上在場的加達托亞。能動的僅有三架，剩下的多半無法活動。

「多的太礙事了，把它破壞掉。守備隊差不多要重整旗鼓了，沒時間拖拖拉拉，動作快！」

她宣布完，搶來的加達托亞就開始將坐在維修台上的同型機陸續砍倒。無人駕駛的機體被輕而易舉地破壞，成了一塊塊廢鐵。

此時，要塞裡的朱兔騎士團也注意到工房情況有異。負責城門和要塞警備的騎士團加達托亞聽到騷動趕了過來——而出了工房的同型機朝他們撲了過去。

「可惡！這些傢伙到底是什麼!?為什麼要動我們的加達托亞!!」

朱兔騎士團根本還沒掌握情況，只知道入侵者奪走一部分的加達托亞，還占領了他們的工房。

即使所知不多，他們依然憤怒地展開激烈反擊。這也難怪，敵人搶了他們的加達托亞，還把他們的基地卡札德修要塞當自己家搗亂，怎麼可能教人不憤怒。他們很快捨棄困惑，猛烈出擊。不過，一開始鬥志高昂的朱兔騎士團騎士，在看到敵方加達托亞背後的熟悉機體時，再度驚慌失措起來。

「那、那是……難道……!!」

外型欠缺一致性，明顯是倉促趕工而成，背上矗立著其他機體所沒有的背面武裝，散發著強大壓迫感。新型試作幻晶騎士「特列斯塔爾」以幾乎要踩碎工房地板的力道邁步前進。從萊西亞拉騎操士學園帶來的五架機體，全落入銅牙騎士團手中了。

「這什麼動力啊……比聽說的還厲害，簡直是悍馬！」

從操縱桿傳來的異常手感，讓駕駛其中一架的凱希爾忍不住咒罵。事前情報雖然讓他們對特列斯塔爾的操縱特性有了一些基本概念，但實際動起來卻是超乎想像的困難。就算有一定經驗，要習慣這種特殊性似乎也需要時間。

「誰說是學生做的二流貨色啊？害我費這麼大力氣……喔，背面武裝就是這個吧。」

她「依照事先教的方法」操作駕駛座上某個陌生的控制桿，特列斯塔爾便忠實地遵照騎操士的命令動作。它背上的輔助腕開始動作，將魔導兵裝架到兩肩上。她在駕駛座上感受傳來的輕微振動，完成展開之後扣下操縱桿的扳機。

這一擊甚至沒認真使用瞄準功能。法彈朝著正前方直射，衝進朱兔騎士團的陣形當中。戰術級魔法引起的爆炸進一步擴大了混亂，成為宣告惡夢降臨的狼煙。

要塞司令室裡的克努特・迪斯寇德不悅地瞪著天花板，感受遠方響起的爆炸聲與房裡的輕微晃動，然後將視線轉向前來報告的朱兔騎士團員。

「那麼，入侵者的規模呢？」

「是！襲擊時約有兩架幻晶騎士和十名步兵，現在則徹底占領工房，搶走我方數架加達托亞。」

在部下面前表現平靜的克努特，此時其實是滿腔怒火。因為入侵者偏偏挑上朱兔騎士團擁有的幻晶騎士攻擊。不，既然他們占領工房，想必原本就預定奪取幻晶騎士吧。克努特雖然憤怒，卻不得不承認入侵者破壞要塞的行動確實很有效果。

而在此同時，克努特也對入侵者的目的感到疑惑。破壞要塞，搶走幻晶騎士等行動都看不出有任何好處。在這個魔獸災情頻傳的國家，幾乎沒有人能從破壞各地的要塞與騎士團行為中得到好處，搶奪幻晶騎士也是一樣的道理。的確，幻晶騎士擁有以一擋百的戰鬥能力，是最強的兵器，卻需要頻繁維護及消耗零件的龐大經費，才能持續運作。想從中「獲益」者，不是成為保護領民，收取稅金的貴族，就是保護運送商品的商人。兩種都是透過正當途徑才能獲得最大利益，沒必要冒險幹這種勾當。

「摩頓團長要用『海曼沃特』出戰！」

一名衝進房裡報告的團員讓差點陷入沉思的克努特抬起頭。朱兔騎士團長——摩頓出戰。

有了他和他的海曼沃特，或許可以挽回騎士團目前失去裝備的劣勢。

「……拜託了，摩頓。」

看到一絲希望的克努特祈禱似地低語。下一秒，一陣格外劇烈的轟隆聲與震動甚至波及到要塞內部。他神色一凜，戰鬥似乎是愈演愈烈了。

魔導兵裝發射的戰術級魔法拖曳著模糊的火焰尾巴飛行，剛射中朱兔騎士團的加達托亞前方地面，魔法便順從術式展開，伴隨煙塵掀起一股大爆炸。與敵方加達托亞激烈交鋒的朱兔騎士團連忙架起盾，轉攻為守，向後撤退。展開背面武裝，發射法彈的特列斯塔爾動作還有些僵硬，格外慎重地朝卡札德修要塞的中庭前進。

對峙的朱兔騎士團中泛起一陣不安。目前情勢完全顛倒過來，朱兔騎士團一方留下的有六架加達托亞；入侵的一方則有一台被打倒，共有四架加達托亞和五架特列斯塔爾，因此占有數量上的優勢。何況特列斯塔爾的性能是大家有目共睹的。朱兔騎士團只知道特列斯塔爾在對地碎蚯蚓戰上的活躍表現，卻沒有實際操縱過，無法正確判斷入侵者的形勢，導致對實際情況過度警戒。

朱兔騎士團遲疑著不敢採取攻勢時，短暫的僵持讓銅牙騎士團團員們感到如履薄冰。凱希爾忍不住在駕駛座上大發牢騷。

「這國家的機體不是只有容易操縱這個優點嗎!?真是的，這副德性沒辦法好好打，早點開溜才是上策……」

「新型機性能是比較好啦。好險這些裝備狀況還不賴。」

看到團員晃了晃背面武裝，凱希爾皺起眉頭。

「只有那個能派上用場啦。趁敵人還在警戒的時候一口氣衝出去。做好準備。」

在他們看來，朱兔騎士團似乎是因為他們的數量而有所遲疑，這是好機會。儘管他們占多數，但也不想用這麼難操縱的機體戰鬥。他們冒險動用武力原本就是為了搶奪這些機體，就算已有五架到手，折損當然還是愈少愈好。

他們訂下搶到新型機後便迅速撤退的作戰計畫，為此當然也事先準備好了「陷阱」，不過要啟用那些陷阱，他們得先脫離要塞才行。由於新型機難以駕馭，原先用數量闖關的計畫逐漸偏離軌道，不過，入侵者的兵力數量仍占上風。他們打算在不小心被朱兔騎士團察覺我方的不知所措之前強行突破。

「加達托亞到前面去！新型機從後面支援！」

這成了擅長近身戰，也非搶奪目標的加達托亞的任務。雖然只有四架，也足夠應付狀況了。在特列斯塔爾密集的法彈支援下，卡札德修要塞的中庭被漸漸夷為平地，入侵者的加達托亞則乘隙前進。陷於被動的朱兔騎士團只能一味用盾格擋，一步步被逼著後退。

「騎士團！讓開!!」

突然，陷入困境的朱兔騎士團後方傳來一聲有如猛獸咆哮的怒吼，騎士團陣勢幾乎是反射性地往左右分開，一架幻晶騎士氣勢如虹地從中穿過。

那架幻晶騎士雙手高高掄起長柄鎚，卯足全力揮下，像是被磁力吸去般命中一架就要砍過來的敵方加達托亞。鎚面的質量化為衝擊，加達托亞挨不住重量級武器的鎚擊，整個軀幹彎成了「く」字型，裝甲飛得到處都是，就這麼倒地不起。這次衝擊不僅敲碎腹部裝甲和結晶肌肉，甚至抵達金屬骨骼，一擊就讓加達托亞粉身碎骨。可恨的一擊令挫了銳氣的入侵者們跳腳大罵。

「賊人，看你們幹了什麼好事。別以為可以全身而退!!」

那台機體轉了轉鐵鎚重新舉起。它並不是加達托亞。平滑、精密的外裝上處處點綴著朱紅色，一身威風凜凜的豪華外套型追加裝甲，是朱兔騎士團長專用幻晶騎士「海曼沃特」。因為有不同於加達托亞的專用待機場，所以沒有遭到敵人毒手。

「真是為所欲為啊，這下不得不回敬你們了。別和他們客氣，宰了他們吧!!」

座艙裡，駕駛海曼沃特的朱兔騎士團長摩頓・弗雷霍姆就像因飢餓而心情不好的熊一般怒吼著。陷入混亂的朱兔騎士團完全恢復了秩序，在海曼沃特兩邊展開陣勢。象徵騎士團的最強騎士「海曼沃特」，其壓倒性存在感穩住了軍心。

「騎士團前進，把這些骯髒鼠輩徹底打倒!!」

摩頓將巨鎚如儀仗般舉起，在他的強力鼓舞下，朱兔騎士團轉守為攻。雖然入侵者仍有數量優勢，但考慮到朱兔騎士團的氣勢和統率度，就不能再輕敵了。

海曼沃特追過朱兔騎士團的加達托亞，率先衝鋒。特列斯塔爾送上了幾發法彈反擊，但都被外套型追加裝甲彈了開來。裝飾華麗的裝甲板四散掉落，本體沒受到什麼傷害，依舊勇往直前。海曼沃特雖不持盾，但它不愧是比加達托亞大上一號的重量機，擁有堅不可摧的裝甲，特列斯塔爾的火力再怎麼強大，也沒那麼簡單打倒它。

闖過法擊的海曼沃特一抵達敵陣，就揮起巨鎚，發出類似爆炸的巨響。目睹剛才被擊中的機體有什麼下場，敵方加達托亞紛紛不敢恭維地閃避。

「好，雜兵們讓開!!」

這反倒正中摩頓下懷。海曼沃特俐落收回巨鎚，再次舉鎚過頂，就這麼繼續前進。他的目標是敵人背後的特列斯塔爾。新型機固然珍貴，但絕不能就這麼落入敵人手中。既然在戰力上也構成阻礙，他打算一口氣衝過去將之破壞。

金屬巨鎚呼嘯著，襲向凱希爾駕駛的特列斯塔爾。她咒罵著拚命移動適應不良的機體，驚險躲過巨鎚。不過，摩頓的攻擊還有下一招，他一樣旋轉著收回巨鎚，再次攻擊。騎士團長這職位並非浪得虛名，他的看家本領正是熟練駕馭鐵鎚使出爆發般的連續攻擊。配合重裝甲、高動力的機體，足以把所有擋在眼前的敵人砸個粉身碎骨。

「嗚……這傢伙是隊長機!?真不是普通的強啊!!」

凱希爾在短暫的攻防間也漸漸適應了機體，不過在她充分掌握機體活動前，對方毫不留情的連續攻擊便將她逼入絕境。就在巨鎚即將揮下毀滅性的一擊時——

「隊長!!」

巨鎚還沒加速到足夠程度，另一架持盾的特列斯塔爾就擠進軌道上，它的行動根本談不上操縱技巧，只靠蠻力突擊，卻成功擋下加速到一半的巨鎚，只留下模糊的撞擊聲。

「礙事!!」

重量機海曼沃特靠著動力優勢壓過特列斯塔爾的盾。特列斯塔爾的體型與加達托亞不相上下，繩索型結晶肌肉的輸出功率卻足以與重量機匹敵。摩頓眼見與愛機勢均力敵的特列斯塔爾，驚愕地扭曲鬍子下的嘴角。

「哦，這就是新型機的力量啊，沒想到能比得上我的海曼沃特。雖然希望務必加入我騎士團的部署，不過現在只讓人覺得可恨!!」

落入敵方的新型機是如此棘手。與加達托亞同規格，卻擁有與海曼沃特同等的輸出動力，簡直像某種惡劣玩笑。此時，其他加達托亞穿梭其中，朝著纏鬥的他們斷斷續續發射法彈，衝進加達托亞之間持續混戰的戰場。此舉挫了朱兔騎士團的銳氣，使戰況再次陷入膠著。

「隊長，現在是好機會!!」

凱希爾對部下點點頭。她也明白現在是逃出要塞的最佳時機。海曼沃特太危險了，光靠動力輸出還能勉強打成平手，但一旦認真纏鬥，恐怕就是死路一條了。她根本無意開著一架還不熟悉的機體挑戰一團之長，也不曉得我方的加達托亞部隊在朱兔騎士團的猛攻下能撐到什麼時候。她已經放棄保全所有的特列斯塔爾了。

「沒辦法，還能動的傢伙跟我來!!」

比起靠數量優勢戰鬥，她優先選擇了確保機體完整。這可以說是「騎士」與「間諜」之間觀念的差異。他們的目的不是打倒敵人，戰鬥只不過是拖延時間、確保安全的手段罷了。她把所有留在戰場上的部下當成「牽制」手段，胡亂發射法擊繞過戰場，跑向沒有守衛的城門。

連續幾發法擊從內側破壞了城門，使它喪失要塞城門應有的功能。突破城門的凱希爾及部下們，駕駛著一共三架特列斯塔爾，就這麼進入夜幕中的街道，開始逃亡。

突破陷入一片混亂的要塞後，凱希爾等人的後方目前沒有追兵，接下來就是按照預定路線逃亡而已了。雖然沒把所有的新型機都搶過來，但他們成功帶出三架機體。相對的，大部分銅牙騎士團都留下來拖延時間，幾乎可說是全滅狀態，不過這還在他們的預料範圍內。

銅牙騎士團主要是接諜報任務的集團，幾乎沒有專業戰力。費盡心血從本國秘密運來的幾架幻晶騎士「溫德帕達拉」是他們僅有的直接戰力，必須以這些戰力在這個遙遠異國達成潛入要塞、奪取機體等困難目標，再考慮到特列斯塔爾難以駕馭等負面條件，「不過是」騎士團全滅就能達成任務，這還算是給他們撿到便宜了。

即使事情進展順利，感到百感交集的凱希爾，還是嘆了口混合安心、滿足、不滿和悔恨等複雜情緒的氣。她決定先不去想我軍的傷亡，搖搖頭想起下一個行動。要先和在亞奎爾森林待機的溫德帕達拉部隊會合。他們用力踩下踏板，命令特列斯塔爾奔跑，姿勢固然笨手笨腳，卻仍維持一定速度。

天上飄著薄薄的雲彩，一輪接近滿月的月亮照亮腳邊的路。三架特列斯塔爾一語不發地往前衝。路上只聽得見幻晶騎士的腳底剷起地面的聲音。這裡離他們會合的森林入口很近了。她剛放慢特列斯塔爾的腳步，就瞥見模糊的紅、白色影子。

今晚月色明亮，放眼望去可以看到距離相當遠的道路前方。即使沒有月光，她也受過許多夜間行動的訓練，因此立刻發現那個反射微弱光芒物體的真面目——是幻晶騎士。他們逃亡路線的前方，有兩架紅色和白色的幻晶騎士正朝著要塞而來。

（嘖！沒聽說有哪裡要派援軍來啊!!為什麼這種地方會有幻晶騎士!?）

既然破壞了卡札德修要塞的所有戰力，照理說應該拖住了他們的腳步才對，後頭應該不會有追兵。再者，各要塞之間都有段距離，就算火速派出傳令到其他要塞，等援軍趕來，入侵者們大概也不在弗雷梅維拉王國了吧。而且夜間行動本來就是危險重重，如果不像他們迫於情勢，一般都會避免才對。她實在想不出在這裡碰上幻晶騎士的理由。攔路殺出的致命追兵，令她心中的焦躁節節高升，也不曉得要塞裡的部下能幫她爭取多少時間，他們現在最缺少的就是時間了。

沒有瞞混的選擇，她當下決定排除擋路者。對兩名部下打了個信號後，他們沉默地點點頭，於是三架特列斯塔爾展開背面武裝，不由分說地襲向紅色和白色的幻晶騎士。

時間稍微往前回溯一些。

從萊西亞拉騎操士學園出發，載著老大和雙胞胎的馬車與古耶爾、厄爾坎伯兩機順利前進，卡札德修要塞就近在眼前了。一路上沒遇到什麼阻礙，加上目的地也近在眼前，一行人不免得意洋洋起來。

「跟上次比起來順利多了呢。」

「真是，害我們吃了不少苦頭。我可是不歡迎蚯蚓上門啊。」

「……應該沒有歡迎蚯蚓上門的時候吧。」

天色已黑。幸運的是，一行人還能藉由明亮月光慢慢前進。入夜後的移動原本是大忌，但他們仍試圖以強行軍方式抵達眼前的卡札德修要塞。因為他們這一團是行動輕便的小規模集團，即使有幻晶騎士護衛，他們也只有一輛馬車和一輛載貨馬車。

他們一邊閒聊，一邊在路上前進——忽然注意到前方的異常。從黑暗深處傳來連續的沉重金屬聲，以及尖銳的氣流嘶鳴，都是騎操士很耳熟的——幻晶騎士運轉聲。他們納悶著到底是誰這麼晚了還敢出來亂跑，而且沒有反省自己的意思。

腳步聲迅速變大，對方很快來到足以在月色下識別的距離。他們不由得屏息看著出現在眼前的幻晶騎士，因為那是他們建造，並由卡札德修要塞保管的新型機。不明白對方為什麼以全速衝刺的速度朝這邊過來，他們感到驚訝又困惑。

即便真的出了事，必須派出要塞戰力到某處支援，應該也不會特意挑上少數的新型機。更進一步來說，駐守要塞的騎操士們沒做過特列斯塔爾的機種轉換訓練，更教人想不透他們用特殊機體的原因。

「你認為是怎麼回事，迪？」

「不知道，只能先問了吧。」

他們決定確認情況，這樣的判斷可說再正確不過了。不過，事態發展卻遠遠超乎他們意料之外。接近的特列斯塔爾二話不說就架起背面武裝。坐在特列斯塔爾上的凱希爾等人不可能在此停下腳步，因此理所當然地準備排除眼前機體，試圖用背面武裝先發制人——這一招到目前為止都比纏鬥來得有效。

這讓艾德加和迪特里希大吃一驚，他們做夢也想不到居然會被我方陣營的特列斯塔爾攻擊。之所以對攻擊做出反應，全是因為對特列斯塔爾這種機體很熟悉，也知道背面武裝這種最新裝備的效果。

不說駕駛新型古耶爾的迪特里希，駕駛原有機型的艾德加也展現了出色的反應速度。古耶爾抽出雙劍，以犀利劍法打掉飛來的法彈；厄爾坎伯則架起盾，擋下古耶爾漏掉的法彈，保護他們身後的馬車。

見對方接下奇襲，凱希爾咂了咂舌，不得不停下來。厄爾坎伯保持著一定距離對峙，駕駛座上的艾德加打開了傳聲管的蓋子。

「……我們是萊西亞拉騎操士學園所屬的準騎士，有事找朱兔騎士團，正準備前往卡札德修要塞。然而，你們怎麼能不等報上姓名就貿然攻擊！若有正當理由請告訴我們!!」

聽了艾德加憤怒的宣告，特列斯塔爾依然不祥地保持沉默。凱希爾跟他們沒什麼好說的，不過，聽了剛才一席話，總算搞清楚紅色與白色幻晶騎士的來歷。由於對方不是專業騎士，這讓她大大鬆了口氣。原本應該盡量避免交戰，但對方不過是兩架學園實習機，於是，她打算藉由戰力優勢一口氣突破。此外，特列斯塔爾的強大動力對其他機體而言也是很大的威脅，就算不耍什麼花招，只要一頭撞過去，管他騎士團還是學園機體都不可能全身而退。他們漸漸適應了機體行動，絲毫不將對手放在心上，準備從正面進攻。

但他們沒想到的是——這些自己搶走的新型機究竟是誰做出來的。

「……艾德加。」

「我知道，交給你了。」

毋須懷疑，沉默地攻過來的特列斯塔爾肯定是敵人。舉劍揮砍自己辛苦做出來的機體雖然教人難過，但他們根本不打算乖乖挨打。兩人簡短交談幾句便果斷出擊。紅色幻晶騎士用力一個踏步衝向前，白色幻晶騎士也緊跟在後。

一架特列斯塔爾像是在迎戰古耶爾般，在踏步的同時揮劍。這揮劍動作雖然粗暴，卻有相當力道，應該很難擋下才對。不過古耶爾雙手各持一劍，將手中兩把劍疊合，一舉用力揮動，在力量上完全不輸人，正面擋下特列斯塔爾的劍。

古耶爾很快展開卸勁，讓彼此的劍偏向一旁。使勁揮下的一劍被打偏，讓特列斯塔爾的上半身失去平衡。銅牙騎士團員嚇得連忙想把手臂拉回來，但要收回伸直的手臂卻不是那麼容易。破綻百出的特列斯塔爾就這麼吃下古耶爾的二刀流攻擊，勢如流水的鋼鐵劍被吸向特列斯塔爾的右肘，將它持劍的手自關節斷開、騰空飛起。這對左手拿盾的特列斯塔爾來說，無異是失去了主要的近攻手段。

銅牙騎士團員的臉因驚訝而扭曲。如今他切身體會到摩頓剛才的感覺——沒想到對方的動力輸出跟自己不相上下。不過，或許該感到佩服一下這名士兵，他能存活至今不是沒有原因的——士兵硬是拉回搖搖欲墜的機體，啟動背面武裝試圖反擊。

「背面武裝的確很強，不過你的用法太單純啦！」

迪特里希大喊，搶先展開了古耶爾的背面武裝，狀似寬身短劍的魔導兵裝靜靜坐鎮於它雙肩上。駕駛座上的迪特里希透過幻象投影機上的瞄準器隨便瞄準，就扣下了操縱桿的扳機。

收到命令的魔導兵裝隨即將魔法投射出去。古耶爾的魔導兵裝「風之刃」並不是發射正統的爆炎魔法，而是射出真空斷層的刀刃，偏近距離用的裝備，而這正好命中對方準備發射法擊的背面武裝。真空斷層產生的衝擊波炸裂開來，摧毀了特列斯塔爾的魔導兵裝。原本重心不穩，上半身又承受猛烈衝擊，馬上被吹到後面倒下。這些都發生在雙方衝突後的短短數秒內。

在那架特列斯塔爾與古耶爾衝突時，厄爾坎伯擋到其他兩架面前。由於若在雙方纏鬥時介入，可能會波及同伴，因此其他兩架特列斯塔爾自然把矛頭指向厄爾坎伯。只不過，面對二對一的不利情況，敵方還是兩架新型機，艾德加的行動不管在誰看來都不是明智之舉。為了解決厄爾坎伯，凱希爾駕駛的特列斯塔爾舉起劍，另一人則架起背面武裝，展開匆促的聯手攻擊。

然而，與古耶爾相反——厄爾坎伯行進到一半突然停步，在一段距離外以魔導兵裝「火焰騎槍」朝地面射擊，射中地面的法彈引起爆炎和煙塵，利用臨時煙幕遮蔽了敵人的視野。

「就會使花招！」

凱希爾讓機體向後退，另一架發射的法彈沒打中厄爾坎伯，徒然穿過虛空。厄爾坎伯轉為後退，採取用盾專注防禦的架勢。這顯而易見的誘敵之勢讓凱希爾有了一絲遲疑。

這時，一旁有個東西發出轟鳴飛了出去。他們轉頭一看，只見古耶爾不慌不忙地出手，還有被他的攻擊直接命中而倒下的特列斯塔爾。她沒料到新型機居然這麼簡單就被學生機體擊敗，直到此刻，焦躁不已的她才想到某種可能性。

「這傢伙……該不會是新型機!?我沒聽說啊，原來還有嗎!?」

她不會知道，這架機體根本不在建造計畫之中；而且也更不會知道，帶著紅色騎士來到此地的，只不過是一對耍了小小任性的雙胞胎。

當她發現自己的對手是什麼東西時，也發現我方已陷入了困境。對方是和特列斯塔爾相同的新型機，再看看情況，操縱的顯然是十分熟練的騎操士。對尚未習慣操作的他們而言，碰上這樣能靈活運用新型機性能的對手，只能說是一場惡夢。他們徹底上了對方的當，白色機體擺明了就是誘餌。在它引開敵人，專心防禦的同時，強大的紅色機體負責狩獵敵人。就這麼大意中計，令她不禁咬牙切齒，但事態卻不會因此好轉。她能駕著無法隨意操縱的機體打退那台紅色機體嗎？連她自己也不會樂觀到相信這個可能性。

即使被逼得走投無路，他們還是看出了某個小破綻：紅色機體是新型機，但白色機體卻不是。這點從他們剛才的戰鬥模式來看也可想而知。既然如此，只要能困住紅色機體，就很有可能擊垮白色機體。接下來的行動對他們來說也算一場賭博。

就算夥伴被打倒也不見動搖，氣勢反而更勝以往——艾德加和迪特里希面對這般謹慎的敵人，小心翼翼地擺好架勢。雙方尋找彼此的破綻，戰況開始陷入膠著。

然而，若是命運之神真的存在，祂大概還沒放棄凱希爾吧。此時發生了一件在場沒有人預料得到的事。

「嗚喔喔喔喔喔喔喔喔喔喔喔喔喔喔喔喔喔喔喔喔喔喔喔喔!!」

被古耶爾打倒的機體發出一陣吶喊，坐了起來。幻晶騎士一旦倒下可是大事一樁，坐在高達十公尺的幻晶騎士駕駛座上，要是被猛地摜倒，騎操士也會遭受相當大的損傷。就算裡面的騎操士有幻晶騎士的強化系魔法保護，他受的傷應該也沒有輕到可以馬上動起來的程度才對。想到這裡，認定已經放倒對方的迪特里希完全被殺了個措手不及。

「什麼!?真難纏!!」

特列斯塔爾自側面而來的肩撞，讓閃躲不及的古耶爾和它撞成一團倒下。眼見情況劇烈變化，其他人不可能沒有反應。

「真是死纏爛打！迪！沒事吧!?」

「好，幹得好！」

厄爾坎伯採取防禦架勢。戰況再度回到二對一，何況對手還是特列斯塔爾。艾德加不得不優先自保。

凱希爾和部下毫不猶豫地朝「地面」發射背面武裝，回敬厄爾坎伯剛才的行動。只能依賴月光的黑暗夜路上，更為激烈的法擊揚起一片沙塵。艾德加退得更遠，要是對方繼續胡亂發射法擊也足夠具有威脅性了。他架起盾防禦，法擊卻沒再飛來，只聽到沙塵對面傳來逐漸遠去的沉重腳步聲。利用古耶爾被阻止的好機會，凱希爾選擇了逃亡。

「嗚……撤退得真乾脆，不過別想逃！」

晚了好幾步的厄爾坎伯跑了起來。雖然還搞不清楚他們的目的，也絕不能就這麼放過駕駛特列斯塔爾的那些人。

「慢著，艾德加!!嗚，你這傢伙，別妨礙我!!」

倒下時勉強滾地受身的迪特里希沒有昏過去，卻沒辦法讓古耶爾馬上動起來。撞上他的特列斯塔爾即使半毀，再怎麼說也是新型機。過於靠近的距離讓他無法活用駕駛技術的優勢，又因為動力相當，讓他整個人被牢牢壓制在地。

「咳！呼哈哈……學生啊，別急，再陪我玩玩吧……」

說著，他爬到焦急的迪特里希背上。艾德加身手再怎麼厲害，光靠一架厄爾坎伯的戰力明顯不足，不可能打得過兩架特列斯塔爾。

「喝！這很危險，不過顧不了那麼多了，給我滾開!!」

在極近距離下，迪特里希不顧自身安危，發射背面武裝「風之刃」。流入真空斷層的空氣捲起爆風，衝擊波襲向兩機。

在古耶爾、厄爾坎伯迎戰特列斯塔爾時，老大等人搭乘的馬車脫離了現場，疾駛向卡札德修要塞。萬一被捲入幻晶騎士之間的戰鬥，馬車大概連一秒鐘也撐不了吧。有特列斯塔爾跑出來，表示要塞也很有可能發生了異常事件，而他們也沒有其他該去的地方。

馬匹口吐白沫，拖著載貨馬車全速奔馳，覆蓋於載貨馬車上的布啪地一聲飛起，穿著鎧甲的人影彈開固定用的鋼索，從下面站了起來，是高度二・五公尺、體型怪異的——幻晶甲冑摩托比特。

當然，啟動的是奇德和亞蒂兩人。他們把裝在一起的武器——攜帶式大型弩砲夾在腋下，順便揹上一大堆補充彈匣，跳下貨架開始全力奔馳。如同「比馬還快」的形容一般，厚重的金屬鎧甲以驚人速度奔出。和艾爾一起做了這麼多訓練，平常也持續練習幻晶甲冑，對他們來說跑跑步可是易如反掌。

艾德加正追著逃跑的特列斯塔爾，注意到四周不知道什麼時候增加了腳步聲。厄爾坎伯兩旁出現比幻晶騎士還小的東西，他緩緩轉動機體的脖子，一發現不過幻晶騎士的膝蓋那麼高的幻晶甲冑跟在身邊跑著，氣到連現在什麼情況都忘了，怒吼道：

「什……你們兩個！到底在搞什麼!?」

「就像你看到的啊，艾德加學長。我們也一起追那個小偷。」

「對呀。他們有兩架，一架就由我們負責囉！」

追著鐵青色背影的兩人進入森林，在斷斷續續的月光下拚命跑著，一邊高聲回應。

「胡說什麼！管你們再厲害，對手可是幻晶騎士，人類最強的兵器哦!?太危險了，小偷就交給我，給我回去!!」

「可是這樣一來，艾德加學長就要對付兩架那種東西喔？」

艾德加呻吟一聲，不知如何回答。入侵者目前似乎因為不擅操縱而不願戰鬥，選擇逃走，一旦兩架一起攻過來，不利的可是艾德加自己。一本正經的他在這種時候不曉得怎麼應付，經常會變得啞口無言。

「不只艾德加學長，我們也很生氣。」

「那是大家一起做的哦？居然有人想把它搶走，絕對不能原諒他們!!」

艾德加雖然深有同感，但他的口才沒有好到能說服雙胞胎。他傷透腦筋，情況卻不容許他浪費時間，而且這兩人也不是那麼聽話的孩子。他下定決心，勉為其難地說：

「……絕對不准亂來，不准正面較量，要打也只能以掩護我為主，以自己的安全為最優先考量!!懂了嗎？」

「懂，我們絕對『不亂來』，艾德加學長！」

「嗯，我們『只會掩護』，艾德加學長！」

森林愈發茂密深邃，夜愈來愈深。這起新型幻晶騎士所引發的事件將各方人馬牽扯進來，正準備迎向最終局面。

第十七話　森林中一決勝負

艾德加駕著厄爾坎伯追擊特列斯塔爾，而在另一邊的卡札德修要塞，銅牙騎士團和朱兔騎士團的戰況進入高潮。地上到處是被打倒在地、筋疲力盡的幻晶騎士殘骸，魔導兵裝發射的火焰化為照亮戰場的燈火。

艾爾涅斯帝從殘破的工房中眺望激烈的戰場。如果是在平常，看著幻晶騎士戰鬥的他，臉上總是閃著喜悅的光芒，如今卻泛出顯而易見的懊悔。

「……破壞所有多餘的機體啊。做得真徹底。」

他背後有好幾架遭銅牙騎士團破壞的加達托亞倒在地上。他的視線在殘骸和戰場間不斷流連。

「幻晶騎士就在我眼前展開大規模戰鬥，而我身邊卻沒有機體。遺憾，實在遺憾。乾脆以血肉之軀闖進去吧。可是，沒有機體就加入機器人之間的戰鬥未免太不解風情！不能原諒……但是又沒有最重要的機體……」

艾爾抬頭仰天，嘆了口人生迄今最為懊悔的氣。在他為了機器人鞠躬盡瘁的一生中，實在不能原諒自己眼睜睜看著對抗敵對勢力的機器人大戰而什麼都不做，在沒有機器人的狀態下參戰卻也跟他的美學互相矛盾。

正因如此，他才會在戰鬥剛開始沒多久就衝進工房，但他在那裡看到的卻只有破爛不堪的殘骸。那時的他有多沮喪就不提了。

在他懊悔不已的同時，中庭的騎士仍一架接著一架倒下。這樣下去戰鬥就要結束了。他在焦躁驅使下，終於做出某個決定。

「……好，把啟動中的機體搶過來吧！只要去做，沒有做不到的事!!」

一做出決定，他的行動便十分迅速。他發射人類用的鋼索錨，躍上屋頂，從那裡仔細觀察戰場。就算艾爾有再高的本事，要搶奪正在行動的幻晶騎士也是比登天還難。他以蛇一般的執著心，鷹一般的敏銳，以及蜘蛛一般的寂靜等待時機到來。

這時，他注意到視野一角有什麼東西動了。不是在幻晶騎士戰鬥的中庭，而是剛才特列斯塔爾逃走時破壞的城門附近。定睛一瞧，有兩輛馬車正從城門殘骸底下匆忙鑽了進來。

不曉得是哪來的怪人，還特地跑來這戰況正酣的要塞參觀。艾爾的疑惑沒有持續多久，發現進來的馬車貨架上有著某個眼熟的「物體」。他有一瞬間瞠大眼，流露驚訝神色，又很快縱身躍入空中。只見那銀色光輝留下一道壓縮空氣的爆裂聲，在夜空中舞動。

「喂，不能再快點嗎!?」

「這是極限了，老大！再加速馬會跌倒啊!!」

有輛馬車正以非比尋常的速度在夜晚的石板道路上疾馳。從車廂探出頭的老大催促著駕車的學生加速。被迫全力奔馳的馬匹已經是口吐白沫、拚命奔跑的狀態了，這樣下去鐵定再過不久就會完全筋疲力竭吧。不過，一行人有不得不策馬趕路的理由。

就連這段期間，艾德加、迪特里希也正在跟半路攻擊他們的特列斯塔爾戰鬥著。老大他們得去要塞通報這件事才行。

可是，一行人剛抵達要塞附近，就一起看傻了眼。掌控亞奎爾森林的卡札德修要塞如今正因為各處竄起的火焰在黑暗中隱隱發光。

「喂、喂，那是什麼……」

幸運的是，他們在馬匹累壞前就抵達了卡札德修要塞。眼前卻是毀壞的城門、陷入火海的建築物，還有激烈戰鬥的幻晶騎士。他們根本搞不清楚狀況，只能不知所措地杵在原地。原本想進入要塞避難以免被捲入幻晶騎士間的戰鬥，可甚至不知道裡面安不安全。

一發銀色子彈落到困惑的他們面前。艾爾使用「反向噴射」展開大氣緩衝的魔法，從高處飛躍而下，意外平穩地停在他們面前。接連不斷的突發狀況嚇得眾人目瞪口呆，而剛飛下來的銀色子彈偏著頭問：

「還以為是誰呢，這不是老大嗎？你怎麼會在這裡？這裡現在是戰場喔。」

「欸，銀色少年!!這到底怎麼回事!?」

艾爾安撫了一下過於激動、幾乎要上前猛力揪住自己的老大，露出有些為難的曖昧笑容，解釋道：

「我也不是掌握得很清楚。聽說有小偷冒充朱兔騎士團的加達托亞襲擊要塞，還占領工房，搶走騎士團的幻晶騎士，才會造成這場災難。」

在他說明的同時，仍不斷有戰術級魔法的閃光和爆炸聲響起，混亂暫時沒有平息的跡象。

老大和學生們背對戰場，聽艾爾說明完之後突然臉色一變。

「……對了，是特列斯塔爾……我們到這裡來的途中遇見特列斯塔爾，他們卻二話不說就打過來!!艾德加和迪去迎擊了，可是不知道後來怎樣。是那些小偷搶走的嗎!?」

老大說著說著就火大地握緊拳頭，一旁的艾爾頻頻點頭，像是明白了什麼。

「原來如此，小偷的目標是特列斯塔爾……不對，是『新型機』的話就說得通了……這樣啊，『搶奪事件』啊，這真是盲點。就算是一種『慣例』，沒想到居然會降臨到我身上。」

幸好，艾爾這番喃喃自語的後半段被戰場上的噪音蓋了過去，沒傳到老大耳中。不曉得他們聽到了會作何感想，對此完全不知情的老大氣得怒火中燒，又突然想起什麼似地轉向艾爾。

「那你又在做什麼？」

「我在找幻晶騎士啦。我說過，小偷先占領了工房對吧？當時留下來的機體全被破壞了……害我只能在一邊咬著手指看幻晶騎士大戰在眼前上演。小偷的行動雖然合情合理，不過實在讓人很火大。我飛來飛去是想弄一架幻晶騎士，看能不能趁機找麻煩……還有呢……」

艾爾結束說明，看向老大他們身後。臉上掛著不祥的笑容指向貨物馬車。

「那個馬車上的鎧甲……是『我的摩托比特』吧？」

老大粗魯地順順鬍子。馬車上最後留下的貨物，就是只有艾爾才能操縱的、專屬於他的藍色鎧甲。

「噢，小傢伙們說順便就帶來了。對了，他們也去追特列斯塔爾了。」

「他們也來了？還去追逃跑的特列斯塔爾？真羨……咳咳，這太危險了，我得立刻去幫忙!!」

「喂，你是不是樂在其中啊……根本沒在聽。」

艾爾敷衍兩句，興沖沖地搭上摩托比特。他的身影逐漸消失在闔起的胸部裝甲中。魔力流貫全身，開始收縮的繩索型結晶肌肉帶動身軀慢慢站了起來。老大他們看不到鎧甲後方的艾爾，但裡面傳來某人愉悅至極的聲音，讓眾人能輕易想像他的表情。

「啟動完成……有了機體，一切……一切都不成問題。讓我們好好打一場吧。先把這裡解決了，再去幫助他們……吧!!」

台詞還沒說完，摩托比特就留下幾乎踏碎馬車的衝擊躍起。絞盤裝置的轉動聲與壓縮大氣的噴射重疊，伸長的鋼索錨破開夜空，引導摩托比特前往戰場。在月光照耀下，它的裝甲反射出的藍色光輝，絲毫不遜於將四周染成一片火紅的火焰。

老大有好一會兒用目光追逐摩托比特猛然躍上牆壁在屋頂上奔跑的背影，最後嘆了口飽含死心的氣，回過頭說：

「我看決鬥級魔獸也沒他那麼恐怖。哎，對小偷也不需要什麼同情……已經沒有我們能做的事了，逃吧。」

大伙兒聽他這麼一說回過神來，連忙跑向要塞入口。

注意到貓頭鷹像是心血來潮的叫聲，撥開樹下雜草前進的夜行性野獸抬起頭。清晰的明月下，一股嘈雜的爭鬥氣息如今正入侵平日安穩祥和的亞奎爾森林。

鋼鐵與結晶構成的巨大闖入者在樹林間穿梭。他們彈開不時卡住的枝條，踏平腳下的一切，撼動著大地。銅牙騎士團長凱希爾・歐塔康納苦著臉，於奔跑的幻晶騎士——特列斯塔爾的駕駛座上再次握緊操縱桿，並稍微放開踩到極限的踏板。

「嘖！再跑下去不妙。」

從卡札德修要塞到這裡，她已經駕著特列斯塔爾跑了相當長的距離。正因為如此，她注意到機體的奔走正逐漸失去原本的猛勁，一定是特列斯塔爾的魔力儲蓄量漸漸減少的徵兆。

要到她與溫德帕達拉預定會合的地方還有段距離。這樣下去，在抵達之前就會引起魔力用盡的現象，被迫停止動作吧。就算輸出動力再怎麼高——不，正是因為高輸出動力的緣故，新型機才會有魔力消耗的問題。何況目前的特列斯塔爾並沒有保留足夠的魔力儲蓄量，這唯一且最大的缺點至今仍未徹底解決。這部分雖然不關她的事，不過跟理論比起來，即將見底的魔力儲蓄量還比較重要。

「大概沒辦法繼續逃下去了……雖然不太想用這傢伙戰鬥。」

如果勉強繼續跑下去，很可能會在魔力枯竭時被追兵趕上。到了那一步，就算對手不是新型機，他們的敗北也是顯而易見的。她決定在那之前徹底排除追兵，逃走已經沒有勝算了。她咂咂舌，對部下打了信號後，停下特列斯塔爾，讓它掉頭。周遭只餘魔力轉換爐的低吟，森林裡一下子恢復了寂靜。她狠瞪著幻象投影機上那個有如在樹林間遊走，逐步接近的白色幻晶騎士。

純白幻晶騎士——厄爾坎伯的駕駛座上，艾德加看到放慢速度的特列斯塔爾，嘴角揚起微笑。

「……看樣子對方的魔力儲蓄量有危險了啊。」

兩架特列斯塔爾放棄逃亡，等在他前進的方向上。身為過去遇到相同問題的「過來人」，艾德加的推測大致上算是正確的。

「我們這邊的魔力存量充足，現在打起來應該會比較有利。我會從正面攻擊，你們的行動就以擾亂或支援優先。絕對不能闖進來!!」

跑在腳邊的雙胞胎駕駛的幻晶甲冑對艾德加草率地回了一個敬禮，消失在樹林深處。他不由得壓下一聲幾乎逸出口的嘆息，將注意力轉回特列斯塔爾上，試圖用樹林隱匿機體的動向慢慢晃動。緊接著，特列斯塔爾發射的法彈便穿過樹林，有好幾發擊中樹木引起大爆炸。不過，厄爾坎伯甚至不用舉盾防禦，更進一步縮短距離。

「嘖!完全看穿我們的打算了啊!!」

發現背面武裝的法擊只不過是在浪費魔力，凱希爾煩躁地大叫，將之恢復成收起的狀態。與朱兔騎士團的騎士相反，學生騎士雖然經驗尚淺，卻很熟悉特列斯塔爾。這個問題比她想得還要棘手許多。她想到的戰術多半都在對手的預測範圍內，並被一一化解。結果就算他們的機體性能明顯略勝一籌，還是被逼到這個地步。

「兵分兩路，夾擊那傢伙!」

最後，她決定從正面進攻，將數量差距發揮最大的效果。團員對她點點頭，立刻離開原地迎擊厄爾坎伯。

在愈發陰暗的森林中，想找出不時反射黯淡光芒的幻晶騎士也不是那麼困難。高度達十公尺的巨大身軀所放出的存在感，就連黑暗也很難完全遮掩。艾德加當下便察覺了特列斯塔爾的夾擊動作。他靈活操縱厄爾坎伯，不讓自己成為射靶，縮短與其中一名敵人——凱希爾駕駛的特列斯塔爾的距離。

特列斯塔爾也不可能杵在原地等他，隨厄爾坎伯的接近不停改變位置。厄爾坎伯則藉由樹林的阻礙避免同時對上兩架機體。銅牙騎士團員駕駛的特列斯塔爾加快移動速度，想繞到厄爾坎伯背後。三架幻晶騎士為了爭取彼此的最佳位置，一次也沒交鋒，就這麼在森林裡穿梭。

有某種東西以三架幻晶騎士所發出的嘈雜腳步聲作為掩護，在森林裡跑來跑去，是只有幻晶騎士四分之一大小的鎧甲——幻晶甲冑摩托比特。奇德和亞蒂避過敵人耳目，從背後悄悄接近。奇德在稍微偏離幻晶騎士的攻擊圈外側，隱身於樹後觀察情況，並安撫急促的呼吸和心跳。

（從這個角度看去，幻晶騎士果然很大啊……）

因為他陪著艾爾進出騎操士學系，經常有機會接觸幻晶騎士，也都看習慣了。可是，一旦成為敵人，它們的巨大和戰鬥能力就帶給奇德激烈的緊張感。畢竟幻晶騎士是人類操縱的最強戰力，反過來說，就代表在人類操縱的力量中不存在足以與幻晶騎士匹敵的事物。幻晶甲冑的能力雖然還是未知數，不過單就戰鬥能力來看，肯定比不上幻晶騎士。

（又強又巨大的敵人……艾爾跟陸皇龜戰鬥的時候，大概也是這種感覺吧。）

奇德深深吸了口氣，像是要斬斷心中的膽怯一般拔起他機體背上的劍。刀刃長度幾乎超過兩公尺，一把特大號的劍——雙手劍。因為沒有適合幻晶甲冑的武器，這是他出發前匆忙從倉庫挖出來的東西。人類難以駕馭的巨劍，拿在幻晶甲冑手上反而顯得剛好。

（那就不能逃走了吧。拿走特列斯塔爾的傢伙也讓人火大，在這裡退縮的話就永遠追不上師父了，鼓起勁上吧!!）

奇德又深深吸口氣，把雙手劍放在肩上扛著。此時，有人小聲叫了他。就在不遠處，他看到一樣躲起來的亞蒂機搖晃著攜帶式大型弩砲，於是揮了揮劍回應。

「好，上吧！」

奇德機鼓起勁舉起手臂的同時，鋼索錨也隨之發出小小的爆炸聲飛了出去。內置結晶肌肉的箭頭一直飛到附近樹林的頂部，猛地陷入狀似剪刀的變形樹木表面，將自己固定住。奇德機縱身躍入空中，留下絞盤裝置的咆哮聲。稍微慢了一步的亞蒂機接著從躲藏的樹後跳出來，穩穩舉起攜帶式大型弩砲。

「要好好『掩護』才行呢！」

「不要『太亂來』啊！」

抵達樹林上層的奇德機踢了踢樹幹衝出去，同時，亞蒂機也展開遠距離攻擊。像是要劈開戰場上漸趨混亂的空氣般，鋼鐵箭矢射了出去。

兩架特列斯塔爾聯手，將厄爾坎伯逐步逼入困境。厄爾坎伯還是難以彌補數量上的差距，已經被逼退了好幾步。狀況若持續沒有轉機，騎操士也會感到相對巨大的精神壓力。可是，身處這一不小心就會立即喪命的情況，駕駛座上的艾德加依舊緊繃著臉，展現滴水不漏的強大集中力。即使戰況對他壓倒性的不利，他仍不輕言放棄，靜待反擊的機會到來。那份驚人的執著甚至讓占有數量優勢的凱希爾他們感到焦躁。

就在這時，轉機降臨了。

這時，凱希爾與銅牙騎士團員的注意力全放在厄爾坎伯上，畢竟他們沒看到其他機影。團員機舉起劍，試圖從厄爾坎伯背後進行不曉得是第幾次的攻擊。縮短距離，將劍對準它的背。

剛踏出一步，有個東西冷不防從厄爾坎伯和特列斯塔爾之間掠過。在灑落樹林間的微弱月光中，那東西有一瞬間反射出猙獰的鐵色光芒。它帶著有力的飛行聲插到團員機前的樹上，伴隨一道沉重的打擊聲，猛烈的威力撼動了樹幹。

「是攻擊!?居然有敵方增援!!」

震驚的團員機將踏出的腳收回。這裡有除了他們以外的戰力，而且分明是針對特列斯塔爾而來。這事實帶給他們的衝擊絕對不小，因為他們正是有數量優勢才能如此從容地夾擊。敵人的其他戰力將會推翻這項前提。他們猶豫著不敢前進，轉而開始搜索看不見的敵人。

見狀，奇德和亞蒂在鎧甲後輕輕地笑了。剛才的攻擊暫時停止了團員機的動作，這才是他們原本的目的。在幻晶騎士頭上的高度不斷移動的奇德機接二連三地踢過樹木進一步加速，然後舉起雙手劍瞄準了特列斯塔爾的頭部。

「嗚嗚嗚喔啊啊啊啊啊!!」

團員機為了環顧四周而回過頭，有個以驚人速度飛過來的人型物體躍入它的視野中。意料之外的攻擊令它大吃一驚，試圖勉強扭過機體避開，卻無法從靜止佇立、轉過頭的不自然姿勢完全躲開。伸出的雙手劍刺入頭盔內部，發出刺耳噪音，並噴濺出火花。運用強化魔法的幻晶騎士裝甲的確堅固，這次攻擊不僅沒讓它受什麼損傷，眼球水晶也依然完好。不過，不自然的迴避動作倒是讓特列斯塔爾失去了平衡。

雙胞胎沒放過這個好機會，繼續攻擊。亞蒂駕駛的摩托比特在不遠處站穩腳跟，放低重心，拿好手上的攜帶式大型弩砲以免失了準頭，毫不客氣地全力發射。施力、彎曲，每當解放累積力量的沉重聲音響起，幾乎讓人錯看成長槍的巨大箭矢便射向空中。剛才的射擊已經大致鎖定了目標，槍矢暴雨狠狠襲向失去平衡、破綻百出的特列斯塔爾。

看見銅牙騎士團員駕駛的特列斯塔爾被幻晶甲冑的攻擊玩弄於掌心之中，艾德加一改之前的謹慎，一口氣縮短與凱希爾機的距離。他不知道雙胞胎能絆住團員機到什麼時候，只能充分利用這個機會，讓厄爾坎伯冒險逼近。

「覺悟吧！」

突如其來的伏兵，轉守為攻的學生，在在都讓凱希爾感到一股前所未有的焦躁。

「這些臭小鬼!!少瞧不起人啦!!」

與先前的不知所措比起來，特列斯塔爾的劍勢帶有驚人的犀利度與可怕的威力。差別至大，簡直令人難以置信。

面對這一擊，厄爾坎伯躲也不躲，從正面接下了它的劍。特列斯塔爾的動力和歷來的重裝型相當，正面交鋒肯定會輸在力量上，所以艾德加靠的不僅是臂力，他用力一踏步，將全身力量都壓到劍上，在一瞬間擋住特列斯塔爾的劍，雙方僵持不下。這是艾德加運用過去的經驗所研究出的對新型機用技巧，這招要是對方有了警戒就會失去效果，所以不能太常使用，可說是把雙刃劍。正因如此，艾德加選擇了在一開始就給對手「好看」。這樣的均衡只要特列斯塔爾使勁就會馬上被破壞，在那之前，厄爾坎伯硬壓下劍，帶著特列斯塔爾的劍一起揮下。

「這傢伙!?」

厄爾坎伯持盾的左手縮了回去，然後立刻朝特列斯塔爾猛力推出。這種名為鳶盾，狀似風箏的盾前端有稜角，雖然一點也不鋒利，但可以用來當作簡易的打擊武器。他瞄準的當然是手臂。畢竟手臂和攻擊能力息息相關，但更重要的是在構造、持久力上都較其他部位遜色。

扣嘰一聲，怪聲從特列斯塔爾遭到痛擊的手肘上傳來。艾德加腦中有一瞬間掠過追擊的想法，不過旋即退開了機體。下一秒，一陣背面武裝的法擊便打在厄爾坎伯原本所在的位置上。

「沒這麼順利啊……」

艾德加冷靜觀察對手，當他注意到某件事實，表情不由得苦澀地扭曲。對方沒有察覺他的驚訝，收起背面武裝的新型機沒有繼續追擊。剛才的攻擊沒造成致命傷，手臂似乎還能活動，劍也好好握在手上。特列斯塔爾那副平靜且不祥地沉默下來的樣子，令艾德加逐漸由驚訝轉為警戒。

「我要向你道歉，學生。」

特列斯塔爾突然出聲了。沒有情緒起伏、平鋪直敘的語氣讓艾德加更加警惕。

「說真的，我看你是學生就太小看你了呢。結果咧，沒想到你還挺有兩下子的嘛。」

特列斯塔爾的行動反而更為緩慢，它擺好架勢，其中不見之前的僵硬。即使對機體再怎麼不熟悉，跑了這麼長的距離也讓凱希爾大致掌握了機體特性。沒錯，她是銅牙騎士團長——儘管不代表正規騎士，這樣的稱號也不會賦予沒有實力的人。

「作為道歉，就讓你瞧瞧吧。最近可能有點生疏了……讓你瞧瞧『銅蛇之牙』!!」

話音未落，特列斯塔爾就用比最初的一擊更為犀利的動作攻了過來。這猛烈反擊來得突然，厄爾坎伯必須竭盡全力才能勉強接下。

「好強！果然不好對付啊!!」

厄爾坎伯謹慎衡量距離，架盾防禦，同時摸索著下一步該怎麼走。白色與鋼鐵色，兩架幻晶騎士同時出手，帶著咆哮似的運轉聲奔出。

遠遠聽著厄爾坎伯和特列斯塔爾的打鬥聲，銅牙騎士團員因為這出乎意料的狀況高聲怒吼：

「這些傢伙，鑽來鑽去的！」

他可以聽見敵人在附近踢樹木的聲音，這些聲音在森林裡迴盪，令人難以鎖定他們的位置。他氣急敗壞地胡亂揮舞著劍，結果連邊都擦不著。在這當下，森林深處又飛來另一支巨大槍矢，讓特列斯塔爾的外裝噴出火花。

這情況已經持續了好一段時間。敵方有兩人，一人使用近戰武器，在樹林間飛來飛去；另一人則從遠處發射有如長槍般的粗大箭矢，兩人合作無間。那默契絕佳的動作把團員機玩弄於鼓掌間。

敵人的體型遠比幻晶騎士小，不過這點在森林裡反倒發揮了出色的隱蔽性，成為神出鬼沒攻擊的主要原因之一。他們各自的攻擊沒什麼了不起的。幻晶騎士的鎧甲不只是一塊厚實的金屬，還運用了魔法強化，比外表看來更加堅固。可就算是幻晶騎士，萬一被打中關節部位也是非同小可的吧。

沒辦法一擊就造成致命傷，卻也不能完全無視他們的危險存在。不幸的是，他自以為敵人太小，只要攻擊命中就能馬上解決。當他瞄準空中飛舞的敵人時，一陣集中的槍矢攻擊卻落向它毫無防備的背後。

糟糕的是，他駕駛的特列斯塔爾——背上還有魔導兵裝的裝備，其內部精密的紋章術式和脆弱的持久性不可能承受得了連續飛來的槍矢。刺中數支槍矢後，紋章術式蒙受致命損傷的魔導兵裝就此喪失功能。

他發現情況不對，連忙展開防禦，可惜為時已晚，特列斯塔爾已經失去了它主要的優勢。在那之後雖然有意採取守勢，不過相對的，卻落入像這樣單方面遭受攻擊的處境。

駕駛座上的銅牙騎士團員神情有如被刺中屁股的猛獸般凶暴，他思考著如何打倒這些可恨的敵人。負責遠距離的敵人相當謹慎，總是保持著一定距離，一靠近就只會逃到其他地方。應該先解決近距離的敵人。不過，如果不想辦法停止他的動作，或至少捕捉到對手的身影，就什麼都別談了。他勉強運轉氣得幾乎要燒焦的腦子思考，期間敵人的攻擊仍在持續，而這只不過是給他的怒氣火上加油罷了。

突然間，一縷月光穿透林間，傳達到特列斯塔爾的眼球水晶上。團員看著幻象投影機捕捉到的影像，靈光乍現般地有了某個強烈主意。如今他的表情變得活像發現獵物的野獸，一副迫不及待要將之付諸行動的模樣。

不曉得第幾次的攻擊又被彈開，奇德已經快對幻晶騎士的堅硬程度死心了。基本上幻晶甲冑的攻擊力與人類差不了太多，光憑它依然不足以打敗幻晶騎士。儘管他試圖增強速度，並瞄準脆弱的關節處，特列斯塔爾也沒有愚蠢到讓他輕易得逞。

（艾德加學長說得沒錯，只能拖延時間。雖然這樣就夠了，還是不能接受啊——）

奇德機利用鋼索錨的擺盪原理加速，順勢跳出，接著拉下固定在在樹上的箭頭，整個人以衝撞般的力道停在下一棵樹上。他重新振作起有些鬆懈的精神，再次踢下樹幹加速，攻向為了抵禦亞蒂機發射的箭矢而轉過身的特列斯塔爾。瞄準肩關節的一擊結果還是被擋下，以失敗告終。

奇德機正準備脫離，身後的特列斯塔爾卻開始做出跟之前不同的舉動。它大概自暴自棄了起來，胡亂揮舞著劍。周圍聳立著許多繁茂的林木，這麼隨便的攻擊雖然不會打到奇德機，繩索型結晶肌肉強勁的力道卻把樹木和枝葉砍得到處都是。

「搞什麼啊，真危險——」

他以為靠力量到處亂揮就能打中嗎？奇德感到特列斯塔爾的駕駛被逼急了，輕笑一聲。他很明白對方的心情，因為自己也正因為打不倒你而不耐煩呢。攻擊動作不斷重複，多少砍倒了一些特列斯塔爾附近的林木，但不至於影響移動。加速的奇德機再次逼近特列斯塔爾。

沒錯，就如銅牙騎士團員所料，衝進樹林邊緣的幻晶甲冑反射出灑落的月光。它在昏暗的森林中燦然生輝，為警戒四周的團員清楚標示出位置。

「在那裡啊!!找到你了!!」

一直被耍著玩的團員機帶著千萬恨意，卯足全力揮下這一劍。對利用黑暗森林地形與小體型優勢的摩托比特來說是致命情況。他踢向下一棵樹試圖改變方向，但劍揮下的速度卻比他更快。諷刺的是，這飽含恨意的一擊化為威力遠勝以往的暴風之劍襲向他。

「奇德——！」

亞蒂瞠大眼尖叫。強烈遲疑著要不要採取行動，但即使用攜帶式大型弩砲射擊也來不及了。她懷著微小希望全力跑了出去。

奇德感覺全身血液都在逆流，瞪著以可怕速度迫近的巨人之劍，同時想起了某件事。是關於他的師父——艾爾的事。他的動作優勢在於身輕如燕，以及非比尋常的魔法能力。他不是有教過「在什麼都沒有的空中加速」的魔法嗎？

「嗚嗚喔喔喔喔喔喔喔啊！！！！」

幻晶甲冑是以結晶肌肉運作金屬製骨架的構造，而結晶肌肉是一種觸媒結晶，也能當作顯現魔法的觸媒使用。

奇德機以裂帛之勢伸出腳，將魔力一口氣輸入驅動腳部的結晶肌肉中，同時類似基礎式的極單純魔法以壯觀的規模顯現。顧不得分寸或控制，壓縮的一團大氣幾乎是以炸彈一般的氣勢爆炸開來。這種艾爾稱之為大氣壓縮推進的粗暴方式硬是扭轉了奇德機的方向。斜向劈砍的巨人之劍在千鈞一髮之際，帶著壓倒性破壞力掠過奇德機所在的空間。

「喔喔喔喔嗚哇——!?」

差點變成刀下亡魂的奇德在空中陷入失控狀態。他不像艾爾平時就習慣在空中飛舞，勉強使出不熟練的技能，無法完全掌握之後的動作。他賭上一線生機，在旋轉落下的狀態下強行射出鋼索錨。

幸運的是，鋼索錨成功嵌進了樹幹裡固定住，只要收回來就能恢復平衡。不過，拚了命的奇德在付諸行動前，就不幸地面臨手腕伸出的鋼索錨長度用盡的狀況。

「咳啊！」

被拉到極限的鋼索錨讓奇德機震了一下，強烈衝擊所施加的力道讓奇德機的行進轉向一旁。它就這麼固定在鋼索錨上，繞著一棵大樹不停在半空中打轉。在離心力拉扯的混亂思考中，他依然維持著相當速度，一看到地面逐漸接近，就大叫著拚命拉直機體，並從剛才的教訓中學到謹慎控制大氣壓縮推進減速，接著用大氣緩衝——這也是艾爾親授的魔法——把壓縮大氣團當作緩衝，吸收著地衝擊。眼看就要重重摔落地面的奇德總算成功緩慢著陸。

「嗚喔喔……剛才好險……真的好險……」

由於接連不斷地胡亂灌注大量魔力發動魔法，他嗆咳似地急促喘氣以補充減少的魔力，並安撫狂跳不已的心臟，搖搖晃晃地站了起來。想必不只是魔力減少的原因，死裡逃生的安心感也體現在他不停打顫的身體上。

然而，現狀甚至沒有給他喘息的機會。一陣搖晃地面的震動與龐然大物的腳步聲愈來愈近。當然，特列斯塔爾也看到了他剛才的動作。駕駛特列斯塔爾的銅牙騎士團員原本以為一般早就直接撞上地面摔死了，不過他認同奇德他們很棘手，除非親眼確認他死亡，否則不敢掉以輕心。因此走向奇德，準備親手給他最後一擊。

除了逃走，他別無選擇。奇德勉強做了一次深呼吸，等氣息平穩下來後，再次啟動了幻晶甲冑。他為了大幅度移動而使用鋼索錨，卻在看到機體手腕時愣住了。掉落時纏繞在樹上的錨已經壞得不可能再使用，拉扯也毫無反應。奇德咬咬牙，一把扯掉裝在手腕上的絞盤裝置，這個東西現在只會成為絆腳石。

他擠出最後一絲力氣奔跑，盡量與襲來的巨人拉開距離。

亞蒂機在森林中奔跑，腳下揚起塵土。她就這麼架著攜帶式大型弩砲，一個勁兒地朝追逐奇德機的特列斯塔爾發射槍矢。只不過，裝甲依然無情地彈開所有攻擊。別說困住特列斯塔爾了，甚至不見有什麼效果。在雙方都在動作的狀態下，除非驚人的運氣加上偶然，否則不能指望一擊生效。

亞蒂忍住心中節節升高的焦躁，還是不斷發射弩砲，只希望能拖住敵人腳步。特列斯塔爾猶如一隻發現虛弱獵物的飢餓野獸，舔著嘴唇一步步逼近奇德機。奇德機則是明顯消耗許多，怎麼看也不像逃得了的樣子。現在，能阻止特列斯塔爾，並幫助奇德的人就只有亞蒂了。她懷著祈禱的心情繼續攻擊。

然而，她的祈禱沒有應驗。

完全鎖定奇德機的特列斯塔爾重新舉起劍，為了給予致命一擊而加速，再前進幾步就能將奇德機納入劍的攻擊範圍內了。特列斯塔爾大大踏出最後一步。

當亞蒂的視野因淚水而朦朧，奇德機不再掙扎，銅牙騎士團員加深了臉上復仇的愉悅笑容時，發生了一件誰都難以預料的事。在逃跑的奇德機前，特列斯塔爾追殺的前進方向上有「某個東西」，那是奇德機截斷的鋼索。纏繞在林木間的鋼索被牢牢固定在幻晶甲冑的高度──也就是特列斯塔爾的腳邊。

完全沒注意到突如其來的攻擊──全力跨出這一步的特列斯塔爾被鋼索纏住腳踝，紋風不動的鋼索也不客氣地困住巨人的腳，令它停下腳步。這可說是和人類一樣用雙腳步行的幻晶騎士註定擁有的弱點。正準備移動重心時卻被絆住腳的特列斯塔爾，就這麼順勢往前栽倒。

駕駛座上的銅牙騎士團員或許也氣昏頭了，竟一時無法做出反應。特列斯塔爾以優美無比的姿勢往前栽倒，一頭撞上樹幹，還傳來「叩嘰」的一聲悶響。要是人類的話，頭被這麼一撞，恐怕會死吧？巨人頭部維持著這樣的角度倒下，揚起一片濃濃的煙塵與轟然巨響。

「……呃，這個、到底怎麼回事……？」

「奇德！奇德！你沒事吧!?還活著嗎!?」

奇德從頭到尾都張大了嘴，傻傻地看著自己背後狀況的事發經過。聲勢浩大地倒下並發出巨響的特列斯塔爾就此動也不動，在煙塵瀰漫中臥倒在地。

晚了一步的亞蒂跑向奇德身旁。確認奇德愣著杵在原地的樣子，才大大鬆了口氣。

「太好了，我還以為來不及了喔!!啊啊，真是的，太好了……!!可是，沒想到你逃走的時候還能準備這種陷阱……好厲害，幹得好啊奇德!!」

「嗯啊？……欸？啊啊，嗯？喔、喔，什麼啊？」

相較於撇開視線，發出乾笑聲的奇德，亞蒂則是滿臉笑容，用力揮舞著手臂表達喜悅。

「反正，先好好收拾這傢伙吧。」

語畢，奇德握緊了還有些發抖的手。

特列斯塔爾逐漸倒下。

途中撞到樹，在扭曲機體中一起被扭成一團的銅牙騎士團員因為不曉得發生了什麼事而陷入極度混亂。特列斯塔爾還來不及採取受身動作，就直接與地面衝撞。雖然因撞到樹而多少減緩了速度，猛烈跌倒的損害仍波及到駕駛座的騎操士身上。穿透背後而來的衝擊把肺裡的空氣都擠了出來，讓他激烈地猛咳幾下。幸好有固定帶，所以他只是在位子上晃了幾下就沒事了。如果不是這樣，搞不好會在座艙裡被甩成絞肉也說不定。

機體停止後，他搖搖頭，勉強振作模糊的意識拚命想掌握情況。機體頭部大概受到了致命損害，幻象投影機上的影像嚴重扭曲，眼看就要消失了。全身的損害嚴重到無法立即掌握全貌，他只能從座位下傳來的規律震動得知爐還完好。

無論如何，第一件要做的事就是讓機體重新站起來。他驅策著疼痛的身體，把手伸向操縱桿。這時，他聽到某種空氣噴出的尖銳聲音。顯示出扭曲景色的幻象投影機失去光芒，和裝甲一同打開。相對的，冰冷夜氣與真實的景象躍入視野中。

眼前是月亮。神志恍惚的他有段時間望出了神。接近正圓的月異常明亮，某個人的影子遮住月亮。他依舊無法集中思考，只能恍惚地想著那就是和他一直纏鬥到剛才的大型鎧甲騎士。

「吃我致命的懲罰之拳!!」

在聽到一聲異常年幼的尖銳嗓音的同時，視野被特大號的鐵拳填滿，他的記憶就此完全中斷了。

場景再次回到卡札德修要塞。

銅牙騎士團長凱希爾達成攻擊的主要目的——奪取新型機，並脫離之後，選擇留下的其餘團員仍繼續與朱兔騎士團戰鬥。畢竟朱兔騎士團對到處搞破壞的襲擊者抱著滿腔怒火，懷著徹底消滅他們的堅定意志進攻。背向他們的話，勢必會有無數劍刃戳過來吧。自殺行為也不過如此，銅牙騎士團沒有應戰以外的選擇。

不過教人意外的是，戰況居然呈現勢均力敵的局面。中心人物自然是留在現場的兩架新型機。雖然機體操縱極為困難，它的強大性能卻足以彌補缺點。這就是所謂「悍馬跑得也快」吧。面對這麼難纏的敵人，朱兔騎士團始終按耐不住焦躁。

就在這時，一陣風刮過爆炎盤繞的戰場，甚至彈開了紅色火焰。是鮮明的藍色旋風——幻晶甲冑摩托比特和艾爾涅斯的組合。他操縱鋼索錨在要塞外牆上四處飛躍，一邊觀察情況。從高處看，要分辨敵我雙方就簡單了。和特列斯塔爾站在一起的就是敵人。

他立即躍向附近的敵方加達托亞。幻晶甲冑的體型比人類大上一號沒錯，不過跟幻晶騎士比起來，則只有大約四分之一的程度。因此沒有被加達托亞發現，輕巧地降落在它肩上。

「晚安，小偷先生。讓你久等了，也算我一份吧。」

只顧著警戒朱兔騎士團的團員被突然出現在幻象投影機上的鎧甲騎士特寫給嚇了一大跳。他還來不及理解狀況，摩托比特被放大的手掌就蓋住了幻象投影機。對幻晶騎士而言，頭部是為了設置、保護「眼球水晶」而存在的部位。上面當然有頭盔和覆面等裝甲嚴密保護。

不過，比幻晶騎士更為嬌小的摩托比特居然從覆面盔甲的空隙間直接出手攻擊眼球水晶。距離近得無法對焦，模糊的掌心發出魔法現象特有的微弱光芒，顯現出火力凌駕爆炎球的中級魔法——爆炎砲擊。這下就算幻晶騎士裝備的鎧甲有多麼堅固，內部遭受直接攻擊也撐不了多久。火焰亂舞填滿了視野的每個角落，最終讓幻象投影機失去光芒——眼球水晶被破壞了。一旦失去光源，密閉的駕駛座立刻陷入一片黑暗中，完全超出想像的發展令銅牙騎士團員恐慌起來。

在陷入混亂的敵方加達托亞開始胡亂動作前，摩托比特就把鋼索錨掛到附近的特列斯塔爾上，擺盪著飛到空中。它藉由大氣壓縮推進魔法對前進方向進行微調，從背後朝著機體膝蓋衝了過去。等被盯上的特列斯塔爾注意到有異物纏上來時，摩托比特已經把好幾十發徹甲炎槍魔法準確射進它的膝窩，在裝甲較薄的關節處引發盛大爆炸，破壞了特列斯塔爾的膝蓋。摩托比特簡直像要給它最後一擊般用力踹了一腳，特列斯塔爾就此失去平衡倒下。

包含新型機在內的同伴突然一架接一架倒下，讓銅牙騎士團陷入了混亂。朱兔騎士團雖然也沒搞清楚狀況，但是他們看得見那台奇妙的藍色鎧甲正在大顯身手。

又一架加達托亞彎下膝蓋的時候，銅牙騎士團終於發現了自己身邊飛來飛去的全身鎧甲。他們匆忙舉起劍想排除敵人，不過藍色鎧甲卻比巨人的劍快一步，像是被什麼東西拉過去一樣從視野中消失了。摩托比特又暫時回到要塞外牆上，往上跑之後再度襲向另一架特列斯塔爾。它從頭上的死角運用大氣緩衝，猶如黑暗中冒出來的影子般降落到機體肩上。

這時，銅牙騎士團員為了牽制朱兔騎士團，啟動了背面武裝。艾爾臉上因此露出不懷好意的笑容。畢竟他可是背面武裝的「提案人」，沒人比他更瞭解那些功能和構造——艾爾有的是辦法可以利用這點來反將對方一軍。他一邊保持平衡，一邊迅速著手處理支撐魔導兵裝的輔助腕，只破壞相當於輔助腕的「手」的部分，連著裡面的銀線神經把魔導兵裝拉起來。艾爾熟練地操縱摩托比特，用全力把比幻晶甲冑還高的魔導兵裝轉了一圈，將尖端與另一支魔導兵裝連接起來，就這樣固定住。

銅牙騎士團員不會知道自己的機體上正在醞釀一樁大悲劇。他果斷扣下操縱桿的扳機。魔導兵裝接收到充足魔力，在前端顯現戰術級魔法。當然，經艾爾之手連結在一起的前端當下立刻爆炸，除了把自己炸得稀巴爛，還連帶掀起一股猛烈的衝擊波。引發大爆炸的特列斯塔爾甚至來不及理解發生了什麼事，就被反作用力撞飛出去，一頭栽倒在地，就此停止了動作。

「※玉——屋——」（譯註：燃放煙火時的吆喝聲。）

原本在它肩上的艾爾留下一句愉快的感想，同時做了個華麗的空翻，接著泰然自若地著地。如此這般，數量減少的銅牙騎士團沒多久便全軍覆沒了，之前的死鬥彷彿都像假的一樣，勝負就此底定。

摩頓實在忍不住這口飽含死心的嘆息。自己都應付不來的襲擊者，卻玩笑似地被人用亂七八糟的方法打敗了——況且還是個沒見過的小型幻晶騎士仿製品，這實在是只能用愚蠢來形容，除此之外他想不到什麼其他適合的形容詞了。勉強壓下煩躁的摩頓在看到結束戰鬥，從藍色鎧甲中出來的人物時，終於忍不住仰天長嘆。

「……啊——艾爾涅斯帝，是你啊。」

他要很努力才沒有讓聲音流露出倦色。艾爾打開幻晶甲冑摩托比特的裝甲。可怕的是，非常可怕的是，那張被火焰映紅的臉上露出一副大功告成的滿足表情。

「是，騎士團長。抱歉我來晚了，剛才一下子找不到機體。」

問題不在那裡。摩頓靠毅力把即將脫口而出的話吞了回去。

「……不，我要先感謝你幫我們應付棘手的敵人。雖然有很多事想問，還是之後再說吧。總之，既然這裡解決了，就得去追那些逃掉的傢伙……或許趕不上也說不定。」

摩頓撫著他自豪的整齊鬍子，一邊盤起胳膊說。自搶走特列斯塔爾的小偷逃走後已經過了好一段時間，八成早就逃到遙不可及的地方了，這麼想很正常吧。

「關於這點，我有件事要向您報告。從萊西亞拉來的學生們剛才偶然碰上逃走的特列斯塔爾。據說他們覺得可疑，上前盤問時遭到攻擊，雙方立即進入交戰狀態。這麼一來應該會耗費不少時間，小偷可能還沒有跑遠。」

雖然艾爾看不見，不過摩頓臉上又恢復了猛獸般凶惡的笑容，活脫脫就像是追捕獵物的獵人。海曼沃特轉向倖存的加達托亞下令：

「你們也聽到了，我接下來要去追逃走的賊，但也不能把被害如此嚴重的要塞放著不管。我命令你們留在這裡防衛。」

總是維持最多三個中隊的朱兔騎士團，如今只剩大約兩成戰力。摧毀敵人就等同減少我軍戰力——這是襲擊者的策略最可恨的部分。即使讓這裡數量少且受損的加達托亞出戰，也只會讓人感到不安。那麼，就讓它們留下來保護要塞，並由最強戰力，而且幾乎毫髮無傷的海曼沃特負責追擊。他們也完全沒時間猶豫了。

「好了，艾爾涅斯帝，如你所見，我們人手不太夠。我想拜託你和那個怪模怪樣的鎧甲帶路並協助我。」

「這是當然。不管帶路還是協助，我都會奉陪到底。」

他們把這裡交給回以敬禮的加達托亞部隊，海曼沃特和摩托比特以令人畏懼的氣勢朝大道狂奔而出。

從遠處傳來的微弱鋼鐵撞擊聲停止了。

迪特里希心裡湧上一股半是不安、半是期待的複雜感情，微微揚起端正的眉毛。他更用力踩下踏板，加快古耶爾的奔跑速度。在只能依賴月光行動的情況下依然繼續奔馳著，絲毫不放慢近乎等同自殺的高速。鋼鐵巨人敲響的腳步聲裡不時混進裝甲來回刮動、類似悲鳴的聲音。仔細一瞧，它的紅色鎧甲上四處可見扭曲，每動一步，互相摩擦的裝甲甚至在某些部位飛出火花。

古耶爾在進入森林以前跟特列斯塔爾扭打成一團，被拖住了腳步。氣昏頭的迪特里希甚至不顧自身損傷，也用了背面武裝，曾短暫地重獲自由。

教人傻眼的是，當時的特列斯塔爾即使處於半毀狀態，也不放棄困住古耶爾的腳步。無力抵抗仍勇往直前的那份執著，讓古耶爾多費了一番工夫才抽身。損傷本身沒什麼大礙，但一想到那些浪費的時間就覺得被對方得逞了。

即使過程一波三折，最後還是徹底制伏了特列斯塔爾。他接著開始追蹤逃走的特列斯塔爾與追趕在後的厄爾坎伯。亞奎爾森林裡處處可見類似幻晶騎士移動，以及舉劍對決過的粗暴痕跡，追蹤起來並不是那麼困難，而他只是全心全意地趕路。

這樣跑著跑著，古耶爾突然來到森林裡一個空曠的空間。不，仔細一看，那空間並非原本就這麼寬廣。樹上的劈砍痕跡和東倒西歪的慘狀，在在顯示出這裡曾發生過一場激烈戰鬥。迪特里希揮開爬上背脊的不祥預感，轉頭環顧四周。附近有的是黯淡的林木及樹下叢生的斑駁雜草。他輪流瞧著這些東西，幻象投影機充滿夜色的影像中映出了一抹在森林中顯得不太搭調的純白色。這個地方的純白色所代表的就只有一個東西。

「艾德加！我找了你好久，特列斯塔爾怎麼……」

愈靠近那顏色的主人，迪特里希的聲音就變得愈小。他一認出以靠在樹上的姿勢停止動作的巨大人影——幻晶騎士厄爾坎伯，就不由得倒抽一口氣。

純白無瑕的裝甲因激戰而扭曲，顏色變得黯淡又不起眼。肩頭大概還挨了斬擊，肩關節以下的整條右手臂都不見，連附近的胸部裝甲都被削了下來。無力垂下的左臂上掛著的盾牌留下明顯的爆炸和斬擊痕跡，現在也正搖搖晃晃地擺動著。儘管多少受了些損傷，仍維持原形的雙腳可說完好。這就是厄爾坎伯奮力抵抗到最後的證據。

然而，那把貫穿機體腹部，把它釘在樹上的劍卻也同時宣示著厄爾坎伯的敗北，更勝千言萬語。雙方恐怕是同時出手的吧。那把貫穿腹部的劍上還掛著一條從手肘以下被砍斷、像是屬於特列斯塔爾的腕部。仔細傾聽，可以聽見動也不動的機體中傳來喀啦喀啦的運轉聲。想來魔力轉換爐雖然不能說是正常，但也不是完全停止了機能。

見厄爾坎伯一動也不動，難掩焦躁的迪特里希連忙跑向他。

「……!?艾德加!!喂，回答我！你還好嗎!?」

有種難以形容的心情在迪特里希心中流竄。幻晶騎士的損傷雖然不一定會直接反應到騎操士身上，可是幻晶騎士擁有的「人型」卻怎麼都會讓人聯想到騎操士本身也受到同樣傷害。或許對迪特里希的叫喊有了反應，厄爾坎伯以生鏽一般的僵硬動作慢慢轉動脖子。保護頭部的覆面有一半被壓扁，眼球水晶不穩的視線從洞開的眼窩深處看了過來。

「……嗚，迪嗎？抱歉，我讓特列斯塔爾逃了……」

「啊、是啊，這樣啊。話說回來你還好吧!?等等，我現在就把你送到要塞……」

鬆口氣的迪特里希這麼提議，卻被艾德加高亢的聲音打斷了。

「迪！厄爾坎伯的爐雖然毀了，動彈不得，但是不會馬上自行毀壞。我只是有些撞傷，自己也沒事。更重要的是時間應該還沒過多久，你去追特列斯塔爾吧……!!」

迪特里希心中一時天人交戰。丟下受創嚴重的厄爾坎伯，就這麼去追沒關係嗎？艾德加說自己沒事，卻不能保證他真的沒事。眼見在騎操士學系長久以來不斷彼此競爭的朋友陷於困境，讓迪特里希遲疑著是否要追擊特列斯塔爾，不，甚至讓他不敢離開這個地方。

「迪，到了這一步絕不能放過他。就差一步了，拜託！」

「……好吧，交給我!!」

最後讓他下定決心的，果然還是朋友的話。迪特里希感受到話中的強烈意志，於是揮開心

中的迷惑。他沒辦法無視艾德加讓厄爾坎伯戰到嚴重毀壞的意志。他的朋友還沒放棄戰鬥。他讓古耶爾用力點點頭，立刻轉身追著特列斯塔爾，再度闖進森林裡去。

聽著古耶爾逐漸遠去的腳步聲，艾德加苦澀的表情上勉強擠出一個笑容。幻象投影機上扭曲的景色已經進不了他的視野。一邊傾聽著愈來愈小的腳步聲，想像友人奔跑離去的背影。

「拜託啦，迪。我要、休息一下……」

艾德加呼出一口氣，忍住呻吟，然後慢慢放鬆了身體的力量。甚至沒有餘力擦掉流下額頭的紅色水滴，他的意識就再度沉入黑暗中了。

紅色幻晶騎士在昏暗的森林中化身為旋風疾馳。迪特里希用怒氣壓抑住胸口湧起的焦躁，驅策愛機前進。古耶爾兩手上已經握好了拔出的劍，甚至展開背面武裝，擺出必殺的架勢。在發現特列斯塔爾的瞬間，因憤怒而熾熱的劍刃勢必會歡天喜地地對敵人下最後通牒吧。

一邊跑著，他也從森林四處留下的痕跡中看出特列斯塔爾的狀態非常惡劣。厄爾坎伯果然對特列斯塔爾造成了不小傷害，而古耶爾的任務就是攻擊敵方，置敵人於死地。

「這樣的傷勢應該逃不遠……！在哪!?」

這樣持續跑了一陣子之後，迪特里希在戰鬥中磨出的神經察覺到某種氣息。殘留在森林裡的痕跡前方，有東西在黑暗中蠢動著。

「那是……不對，不是特列斯塔爾嗎!?」

直覺告訴他，那氣息不是他所盼望的敵人。他感到這裡有其他——有「更多的」氣息。那些東西似乎也注意到古耶爾接近，低聲咆哮著從黑暗的遮蔽之下爬了出來。

——那些東西的真面目是「魔獸」。

從大小看來肯定是決鬥級魔獸，還是應該稱為「一群」的數量。特列斯塔爾逃走的痕跡就這麼延伸著消失在那群魔獸的正中央。

「什麼……這是、這是怎麼回事!?」

追蹤的痕跡竟被蠢動的魔獸踩得一蹋糊塗，已經很難辨識了。眼看只差一步就能將死對方時，卻因為意外的伏兵而功敗垂成。

迪特里希被憤怒沖昏頭，甚至有種眼前染紅成一片的錯覺。情緒超越頂點的他沒有注意到這情況有多不自然。

眼前是一群大量的，還是「複數種類」的魔獸。所謂魔獸只不過是統稱，其實裡面還包含了許多種類。本來要讓牠們集體行動幾乎是不可能的事，因為牠們還有地盤和巢穴等概念存在。換句話說，擋住他去路就是一種公認的「異常事態」。

幾隻魔獸壓低了身體朝古耶爾發出威嚇。牠們不只是聚在一起而已，每隻都異常激動，其中甚至有露出牙齒，互相恫嚇的個體。

這種情況下，如果有個渾身散發憤怒氣息的巨人靠近會發生什麼事？魔獸對環境變化是很敏感的。牠們依照本能反應，判定因憤怒與混亂杵在原地的巨人為敵人，發狂似地衝了過來。

暴露了致命空隙，迪特里希為自己的失敗懊悔得咬緊牙關，一邊面對衝來的魔獸擺好架勢。被熱血沖昏頭的他現在也稍微冷靜下來了。腦中殘存的冷靜讓他掌握情況，將憤怒順利轉化為攻擊衝動，讓戰鬥態勢已經很完美的古耶爾展現出更萬全的戰鬥能力。力道十足的斬擊讓躍過來的炎舞虎身首異處，使之斃命，晚到一步的另一隻則成了「風之刃」法彈下的亡魂。

他正在對付魔獸，卻因為注意到某個「事實」而皺起整張臉。追擊逃走的特列斯塔爾是他本來的任務，可沒時間應付這麼多魔獸，而唯一能指望的痕跡也早被踩踏得淡去了。即便他能強行突破這一群，之後大概也不太可能追上吧。那麼，乾脆繞過這群魔獸前進怎麼樣？只是魔獸數量一多，徘徊活動的範圍也愈大。究竟得繞多遠才能不被牠們發現？光想都覺得愚蠢。就算能避開與魔獸的戰鬥，他也會就此失去追蹤的線索。他沒有樂觀到認為在如此廣大的森林中像隻無頭蒼蠅亂找就能剛好碰上目標。

——被逃掉了嗎？迪特里希心中閃過冰冷的認知，同時體會到刺在胸口的某種東西騷動不安的感覺。他在心底詛咒魔獸群偏偏挑上這時候阻礙他的「偶然」。

迪特里希再怎麼火大，也不至於做出貿然衝進魔獸群裡的傻事，不過，情況卻擅自有了進展。他杵在原地的同時，剛才殺掉的魔獸流出的血腥味逐漸擴散開來，傳到其他魔獸那裡，更刺激了牠們的激動狀態，使其循著血腥味動了起來。

結果，血腥味的源頭就在紅色騎士那裡。

眼看魔獸接二連三地從森林深處冒出來，迪特里希不禁發出飽含詛咒的呻吟。即使懊悔得咬牙，還是讓古耶爾後退。不過，這樣的行動卻早已錯失良機，已經別無選擇了。逼近古耶爾的鎧熊和炎舞虎怎麼甩也甩不開。雖然必須找個地方戰鬥，但魔獸的數量太多，如果牠們一湧而上，就算是新型的古耶爾也會有危險。他一邊繼續後退，一邊謹慎衡量迎擊的時機。

用四足奔跑的魔獸行動自然快過古耶爾，終究還是進入牠的攻擊範圍內。眼看就要從背後撲上時，古耶爾停下腳步，有如旋風般轉過身使出斬擊。新型機源源不絕的動力把每一道斬擊都昇華為致命威力。古耶爾甚至看也不看在半空中被打落的炎舞虎一眼，直接集中發射「風之刃」牽制其後續行動。見魔獸在衝擊中扭成一團，開始混亂的樣子，古耶爾再次後退，打算爭取一點時間。

可是，一個突如其來的強烈力道扯住手腕，讓他不得不中止行動。一看，從旁接近的鈍龍正咬住左腕不放。這種魔獸力量強大，一般幻晶騎士只靠力量是比不過的。古耶爾是沒有輸在力量上沒錯，卻被迫停在原地。令人悔恨的失態。這時候，那些恢復的魔獸又靠了過來。迪特里希就像以前一樣發出了神經質的呻吟聲，煩惱著在對方逼近前能用魔導兵裝打倒幾隻。比起死心，他的嘆息中更多的是凶猛的戰意。

這時，某種東西高速飛過的呼嘯聲連續通過古耶爾頭上。

比起瞄準，更重視以量取勝的大型箭矢接二連三飛來，有如長槍一般扎上逼近的魔獸臉上，連帶貫穿了牠們的腳。看到幾隻魔獸痛苦得昏死過去，迪特里希趁機砍下咬住左腕不放的鈍龍首級。在危急時恢復自由的古耶爾，趁著短暫空檔發現樹上的高大鎧甲，在那裡的是兩架幻晶甲冑。在他的記憶中，能正常操縱那個的就只有三個人，跟他一起過來的則是其中兩人。

「迪學長！我們掩護你，所以請你先退下!!」

「魔獸怎麼這麼多!?啊——擋路！」

那兩人——奇德和亞蒂雙胞胎看到聚集而來的眾多魔獸，根本懶得掩飾厭煩的樣子，直接舉起攜帶式大型弩砲撒下一陣槍雨。被「槍矢襖」從頭刺中的魔獸痛苦得尖叫倒地，魔獸群倉皇潰逃。迪特里希終於得到比黃金還貴重的短暫空檔，只不過——

「啊——迪學長，抱歉，剛才那一下讓箭全部賣完了。請趁現在逃跑吧。」

「……足夠了，幫了我大忙。你們也先撤退吧。」

到了這時候，在與特列斯塔爾一戰中大顯身手的雙胞胎的物資所剩無幾，而終於在這最後的表演上見底了。迪特里希慢慢做了一次深呼吸。學弟妹們的掩護讓他過熱的情緒平靜下來，恢復足以綜觀現況的冷靜。古耶爾不敢大意地再次撤退，但在奇德眼裡看來，他似乎退得不夠快。

「不快一點會被追上喔！」

「是啊，我想也是。不過傷腦筋的是，我想到艾德加還倒在後面，太靠近的話會把他也捲進來。看樣子得在那之前把這些傢伙打倒才行。」

「艾德加學長嗎!?喂，那怎麼行！我們也來幫忙!!」

兩人幹勁十足，但他們手上的武器就只剩雙手劍。奇德機則是連鋼索錨都壞了。不管怎麼說，即使多了他們兩個，對上傾巢而出的魔獸群也起不了什麼作用。

「箭都用完了吧？多虧你們幫忙，魔獸散開不少。我一個人也會想辦法啦。」

迪特里希異常平靜地回答。語氣中既聽不出焦躁，也沒有憤怒的情緒。看來是不能輕易逃掉了，反正這些魔獸也是阻礙他追蹤的障礙物。既然只有戰鬥一途，也就沒什麼好煩惱的了。這下他反倒心情舒暢起來。

「所以，你們就帶著艾德加撤退吧。這沒什麼，交給我……」

「那麼，由我代替他們陪你吧。」

苦著臉的雙胞胎還沒開口，就有人從意想不到的方向回答了。緊接著，回答的人像是從他們頭上躍過一般現身，一抹熟悉的藍色影子毫不猶豫地擋到來襲的魔獸群正對面。迪特里希一發現他的真面目，腦中的感傷就一下子煙消雲散了。不只他忍不住上揚的嘴角，就連上面的奇德和亞蒂兩人都擊掌發出歡呼。

從背後飛過來的人——駕著藍色幻晶甲冑摩托比特的艾爾涅斯帝，望著逼進的魔獸群露出大膽的笑容。

「能順便請你說明一下嗎？逃走的獵物……咳，特列斯塔爾到哪裡去了？這些獵物……咳咳，魔獸群又是怎麼回事？」

在迪特里希的視野中，那副從現身的瞬間起就幹勁十足得有些過頭的模樣與過去的記憶重疊在一起。這名少年就連面對讓眾人絕望的巨大魔獸也能愉快地突擊。他在這裡一定也會隨心所欲地大鬧一場，這種程度的魔獸還阻止不了他。他在不知不覺間露出苦笑。

「我追著特列斯塔爾，然後就遇到這一群了。雖然腳印延伸到前面……不過已經被踏亂了，無法辨別。我不知道這裡怎麼會有魔獸。就是這些讓人火大的傢伙把特列斯塔爾的腳印踩亂的。還有，因為艾德加倒在後面，我是想在這裡攔下牠們啦。」

「原來如此，也就是說可以先拿牠們開刀的意思囉？」

「啊啊，嗯，先這麼做吧。要請你跟陸皇龜那時一樣全力以赴了。」

「我明白了。」

藍色幻晶甲冑根本沒把魔獸進逼的沉重壓力放在眼裡，它果斷飛奔而出，朝魔獸群正中央前進。與幻晶甲冑比起來，決鬥級魔獸更顯得無比巨大，何況還是成群如同海嘯般洶湧而來。

嬌小得無從比較的藍色鎧甲看起來就像即將被吞沒一樣束手無策。

但在那之前，一道爆炸聲與腳步聲重疊，摩托比特一下子急遽加速了。它以子彈般的速度衝進魔獸之間的空隙，當然不是只有衝進敵陣，在擦身而過的同時閃現魔法光芒，顯現的炎彈一一擊中魔獸顏面，使鼻尖被灼燒的魔獸痛苦得扭動身軀，橫衝直撞。群體在轉眼間便陷入混亂的漩渦之中。

即使明白沒有餘裕，迪特里希還是有種忍不住想扶額望天的衝動。他就知道艾爾會這麼做，而艾爾也不負眾望地大鬧了一場。此時，他注意到某個事實，摩托比特的確是所向無敵地把魔獸群耍得團團轉，可是反過來說，頂多也只能起到擾亂敵人的作用。畢竟它不具備打倒決鬥級魔獸的攻擊力。

古耶爾催動背面武裝，舉起兩把劍。既然如此，給予最後一擊就是他的任務了。不能放過這個好機會。幾隻脫離混亂的魔獸朝著紅色騎士跑過來。他正準備迎擊，卻有一陣狂風搶先穿過他身旁。

「唔嗚嗚嗚嗚喝啊!!」

一個帶著轟鳴聲甩過來的金屬塊發出猛獸咆哮似的吼聲，敲進魔獸的身體裡。這不只力量，還加上質量與速度的必殺一擊把那隻魔獸砸成了爛泥，並把它送回了森林裡。

不顧目瞪口呆的迪特里希，海曼沃特再次舉起了鎚子，以同樣的步驟把緊接著來襲的魔獸一起轟成爛泥，送去跟牠的同類作伴。

「唔，聽說追捕新型機的是一名學生，可沒想到面對這麼多魔獸竟然一步也不退！你的志氣令人佩服。就讓我略盡棉薄之力相助吧！」

沒錯，海曼沃特一邊談笑風生，仍照常驅使巨鎚將魔獸一隻隻砸成絞肉。儘管並非新型號機體，海曼沃特的堅固裝甲在這場混戰中仍發揮絕佳效果。又因為是重量機，媲美新型機的動力更輕易把魔獸一腳踢開。眼見強力幫手登場，古耶爾也不是在一旁呆呆看著而已。利用海曼沃特引發的暴風圈為盾，採取游擊方式對魔獸各個擊破。

這時，魔獸群的數量來到數十隻，超越了襲擊達涅村的規模。眾人對此並不在意，艾爾、奇德和亞蒂操縱幻晶甲冑大肆擾亂，分離的小集團則由海曼沃特和古耶爾收拾。即使他們的氣勢銳不可擋，但要殲滅這樣的數量還是需要相當的時間。等到戰鬥結束時，東方天際已開始泛白了。

艾爾打開摩托比特的裝甲，環顧四周。曾為戰場的森林中是一片悽慘光景。樹木斷裂、倒下，地面荒蕪，到處是巨大野獸的屍體。打倒無數魔獸的海曼沃特和古耶爾，其全身裝甲到裝備也無一不是消耗到了極限。

「……回要塞吧。」

艾爾對著即使在這種狀態下仍沒解除戰鬥模式的古耶爾，平靜地宣告結束。

「……還是不行嗎？」

「就算要追，我們也花太多時間了。而且看這副慘狀，怎麼也不可能看出小偷往哪個方向逃了。我們也累積相當大的疲勞，就算現在去追，要找到人也是難如登天。」

「雖然不甘心，那就從別的地方請求支援……」

對迪特里希像是求情一般的說法，艾爾仍搖頭否定。

「卡札德修要塞本身的災情也很嚴重，還不曉得能不能馬上派出足夠人手。再說，手段如此周詳的小偷，我不認為他只會逃跑而已。如果再佈下什麼偽裝的話就應付不來了。我們會試著請求支援，但不保證……」

聽他這麼說，迪特里希強迫自己僵硬的手放開操縱桿，靜靜地讓它倒回去。古耶爾的背面武裝一邊發出悲傷的音調，一邊收回。紅色騎士收起雙手上的劍，慢慢舉步走向要塞。

過了既混亂又激動的一夜，天就要亮了。陽光吹散森林裡的黑暗，連帶地暴露亞奎爾森林各處留下的破壞痕跡。參與事件的人莫不感到筋疲力盡，得到的卻只有呈現毀滅狀態的要塞與大量犧牲。卡札德修要塞僅存的幾架加達托亞鞭策疲憊至極的身體進行作業。幸好要塞本身是石造建築，火焰沒有延燒至內部，讓一時間陷入火海的卡札德修要塞仍保有一定程度的機能。

只不過，戰力方面幾乎是全滅了。不管是人或幻晶騎士的損耗都面臨極限。

克努特・迪斯寇德公爵坐在上級作戰會議室的椅子上，年老仍不失敏銳的表情上增加了皺紋。為了這起長達一整晚的事件，卡札德修要塞裡的人多半都是徹夜未眠。對過了壯年，即將邁入老年的他而言，熬夜作業理當會造成不小負擔，可他的樣子、聲音都讓人感覺不到任何虛弱的跡象。

「要塞包含城門在內，一共損失了兩成設備。人員傷亡也相當慘重，不過幻晶騎士只差一步就全滅才是最嚴重的問題。」

總結部下的報告，確認要塞被害狀況的克努特像是無法忍住嘆息的樣子。事實上，要塞只過了一晚就面臨即將崩潰的危機。

（……「小偷」啊。不曉得是哪方人馬，真可恨……不過，我方也有疏忽大意的地方……）

就克努特所知，弗雷梅維拉王國內這一百多年來，都還沒發生過投入幻晶騎士的要塞攻擊行動。除了毫無利益可言外，名為歐比涅山地的這道天然屏障也讓其他國家幾乎無法出手干預。

在政治方面，國內情勢安定，完全沒有發生動亂的跡象，因此近年來各領地皆致力發展對抗魔獸的措施。這次的事件中，相關經驗的不足成了破綻，導致自我毀滅。人類的智慧有時比魔獸更恐怖。跟學到的教訓比起來，他們所付出的代價要大得多了。

摩頓敲了敲門進入屋裡。沉默著簡單行了一禮後，他省掉開場白，直接開口道：

「失禮了，閣下。關於新型機……被搶走的機體中，有四架被我方奪回或摧毀，不過還有一架甩掉追擊，消失了蹤影。」

「……逃掉了嗎？」

「追擊中，因諸多原因與我方會合的萊西亞拉學生也加入了……可是在途中發生一件怪事。」

克努特只用眼神催他講下去。

「是魔獸。由於逃亡機體的逃亡路線上出現大量魔獸，令我等不得不放棄追擊。」

克努特的表情上又添了一道更深的皺紋。有魔獸出現一事不足為奇，可是出現的時機會那麼巧，擋住他們的去路嗎？魔獸雖然會出於一時的心血來潮行動，不過還是遵循著牠們自己的規則活動。克努特從中嗅到人為操作的味道。

「我也認為事有蹊蹺，因此詳細調查過了……」

摩頓那張公認勇敢無畏的臉上混進極為苦澀的東西，包含了嫌惡、憤怒，以及侮蔑等混濁情緒。他以不屑的口吻啐道：

「我在魔獸出現的地方……找到『咒餌』的殘骸。」

剎那間，原本靜靜思索報告內容的克努特，因驚愕和憤怒瞠大眼睛。「咒餌」——是一種以吸引魔獸為目的，調配特別藥劑做出的餌。這東西的原理是散發出魔獸喜愛的特定氣味，只要一用，就能立刻引誘附近的魔獸聚集過來，讓那個地方擠滿魔獸。只不過，那些聚集而來的魔獸同時會進入興奮狀態，也經確認會提昇凶暴性。

聽到這件事，克努特激動得踢開椅子站了起來。

「荒唐……你說咒餌!?難不成『只為了逃走』就用那種東西!?他們瘋了嗎!!既然如此……不，果然……」

在這個弗雷梅維拉王國用了那種東西會造成什麼後果，結果就如各位所知。它會局部性地引發重大魔獸災害，在弗雷梅維拉王國被視為最大禁忌。製作方法當然也是封鎖得滴水不漏。在國內別說製造、持有了，只要稍微經手，就會處以相當於極刑的刑罰。除了法律上的問題，在倫理、感情方面也為人所不容。在魔獸泛濫，上至騎士下至平民，都是日以繼夜地與之戰鬥的這個國家，還特地做出這種事，自然是讓人憤恨難耐，而這項事實同時也暴露了賊人的來歷。

「我想，賊人會不會是他國人馬……」

克努特點頭，摩頓的說法與他的另一項推測不謀而合。撇開咒餌一事不說，他想不出國內有誰會有動機引發這次的事件。他從很早以前就考慮過這個可能性，而這個事實成了最後的一塊拼圖。他沉思片刻。這起事件牽連廣大，必須整理狀況，解開糾纏的疑點才行。

「……摩頓，你接著在可能範圍內蒐集情報。要塞復原工作適可而止就好。我必須覲見陛下……盡快前往坎庫寧。把馬車拉出來！」

第十八話　銀鳳展翅時

轉眼進入深秋，滲進空氣中的冷冽一天多過一天。這天也吹起讓人自體內發顫的寒風，唯獨豁然開朗的晴空所灑下的明媚陽光稍微緩了緩冬天的到訪。

這裡是一間附設於萊西亞拉騎操士學園的醫務室。在房間中僅有的一張床鋪上，艾德加緩緩睜開眼睛。這是個別無長物、乾淨整潔的房間。隨著太陽傾斜的角度，光線穿越輕薄的蕾絲窗簾爬進室內，給予他的雙頰些許溫暖，並柔和地刺激他微微睜開的眼眸。或許是睡了頗長一段時間的關係，他的意識沒能馬上集中，有那麼一會兒，他的視線茫然地遊走。接著被罩上一層濃霧、模糊不清的意識才緩緩恢復清明。同時他也回想起自己失去意識前的狀況，在陷入幾許混亂的同時他掙扎地想要起身。

「唔唔……唔……」

全身各處都對他回報沉悶的痛楚，他旋即打消起身的念頭。在混亂紛雜的思緒中，他比對了目前自己的狀態以及能回想起來的最後一刻記憶。這是激烈的撞擊以及零件飛散造成的傷勢。性命似乎無虞，但也不是一般的輕傷。他如此判斷之後就接著放鬆力氣，重新讓身體陷進床墊中。

疼痛使他無法入睡，只能這麼靜靜躺著。這時，耳邊傳來病房門口處小心翼翼的敲門聲。艾德加試圖回答，但喉嚨嚴重的乾渴奪走了他的聲音。使盡力氣流洩出來的是不成聲的呻吟，而早在呻吟傳達過去之前，門就被打開了。

「……艾德加！你恢復意識了嗎？」

推門而入的女子——海薇雙目圓睜，小跑步地靠近他躺臥的病床。她的手上握著水瓶。

「太好了……那之後你整整睡了三天，我好擔心。」

她的眼角閃動著晶瑩的水珠。艾德加對三天這個字眼感到驚訝，同時試著道謝以表達自己的歉意與感激，然而喉頭發出的只有嘶啞聲。察覺這點的海薇緩緩地將手中的水瓶吸管遞進他的嘴裡。喉嚨得到滋潤，稍微喘了一口氣的艾德加接著用他那依舊有些嘶啞的聲音探問：

「……對不起，海薇。那之後……我失去意識之後，事情變、變得怎樣了……？」

都這時候了，艾德加還是這麼認真，海薇為此稍微聳了聳肩膀，挪了張椅子坐到病床旁。

「是，我會好好說明給你聽。時間很充裕，你就先別急了。」

她自己也喝了一口水之後，歪著頭說：

「嗯，首先就從……」

這裡是弗雷梅維拉王國的王都坎庫寧。聳立於其中心的王城・雪勒貝爾城，在通往謁見國王大廳的走廊上有幾名人影。

其一是弗雷梅維拉王國的國王安布羅斯・塔哈沃・弗雷梅維拉。如今貴為一國之君並且步入老年的他，在年少時曾是一名騎士，也有擔任將領的經驗。從那時起就鍛鍊不懈的身子骨仍十分強健，像獅子一樣豪氣賁張的白髮與鬍鬚也相互映襯，未見衰滅的魄力滲透周圍。落在他幾步之後的是迪斯寇德公爵克努特・迪斯寇德。與國王對照之下，他身材細瘦，全身給人一種如刀似刃的銳利印象。然而，他那張臉現今被疲勞和焦躁籠罩，斂起以往的鋒芒。

「嗯，賊人費心闖進卡札德修要塞，強搶了新型幻晶騎士，是嗎？」

「是。被惡賊搶走的新型幻晶騎士已奪回大半，只是其中被逃了一架。雖然已在各處碉堡張貼布告，進行搜索，但至今仍未追捕到蹤跡。如此重大的失職，微臣實在無話可為自己辯解。既然事已至此，臣已有覺悟，願接受任何懲治……」

「克努特，別急著妄下裁定。現在比起懲罰你，朕還有更多事要你去做。真想負起責任的話，就傾注更多心力在往後的工作上，想想該怎麼挽回吧。」

以克努特這股拚命的認真勁，若非兩人正在行走，恐怕他早就自己當場跪地磕頭了，但面對他的自白告罪，安布羅斯只是輕輕一擺手就將其拋諸腦後。

「只是關於此次賊人的真實身分……你強烈懷疑是來自他國嗎？」

「是。這個推論應當錯不了。現在正在審問抓到的惡賊，從中獲取情報，只是這些傢伙看起來都經過特殊訓練，口風相當緊。想判別出其真實身分，恐還需一些時日。」

「無論如何，只要賊人還留在國內，就不必心急，遲早能將他誘逼出來。否則，他的逃命路線就只剩陷進博庫斯大樹海中或翻越山巒了。他會走哪一條路，自然無需多做揣測。」

「博庫斯大樹海」。這片森林廣布在弗雷梅維拉王國的東部，如今是無數魔獸棲息的魔境。不久前的陸皇龜來襲依然讓人記憶猶新，搞不好那裡還存在著比牠更強大的魔獸，從這個可能性來看，就可以輕易想像往那邊潛逃該是一個多麼愚不可及的選擇。

相反地，在弗雷梅維拉王國西邊則是由人類國家——「西方諸國」割據坐擁，想往那一頭去必須先翻越歐比涅山脈。崇山峻嶺連綿不絕的這座山脈自古以來就以交通險惡難行而聞名。雖是這麼說，但也絕非無路可通。其中也有數條容易通過的山路，全被整備成街道，且設有通關處。

問題是除此之外的路徑。雖然很難用於平時的往來，其中卻也不乏絕對不能算是完全無法通行的路段，賊黨極有可能早已安排好這類逃跑路線。這個世界並沒有雷達這種便利裝置。雖然沿著山脈的監視狀態不至於粗劣到只是擺個門面，但也絕非滴水不漏，這點安布羅斯亦有相當充足的認知。

「真是，事情可棘手了。最近和他國交涉已經是多久以前的事了啊？」

邊境處於這種狀態也一直未曾出問題的原因，主要還是牽扯到這個國家的地理位置。介於魔獸地盤博庫斯大樹海，以及名為歐比涅山脈的「城牆」之間的防衛陣地——如果要形容弗雷梅維拉王國，這句描述可是剛好完全符合。對西方諸國而言，這國家的存在相當有利又方便，一直以來都自主性地幫忙處理麻煩問題。所以也沒必要做出多餘的事，讓這層關係出現裂縫。各國合打如意算盤得出的結果就是不加干涉，這段算是某種「睜一隻眼閉一隻眼」的歷史背景，也可說是弗雷梅維拉王國鬆懈了對他國的警戒的最大要因。

「被偷走的是與過去完全不同、劃時代的新型幻晶騎士。這麼一來，一旦在外界曝了光，想要把這件事壓下去不使其廣為流傳，終究也是不可能了。執著於這部分也已經為時已晚。我們必須選擇為了我們存在的道路。」

為了他們存在的道路。這時兩人腦海裡不約而同地浮現出一模一樣的想法。

雪勒貝爾城的國王謁見廳實在是一間寬廣的大廳。這也是理所當然，因為這個場所被打造成不只有人類，就連幻晶騎士都能進入的規模。在此舉行典禮時，就能見到排列得井然有序的幻晶騎士在謁見廳上展露其英勇雄壯的風采。

現在來到這大廳的並非幻晶騎士，而是一大群年輕人。不用多說，他們自然是萊西亞拉騎操士學園騎操士學系的學生，另外還有三名較年幼的少年少女。平息了卡札德修要塞發生的騷動後，留在萊西亞拉的人也被喚來，隸屬於騎操士學系的學生幾乎在此全員到齊。

學生們在如此雄偉壯闊的空間中，一面感受一股奇特的威嚴，一面等待著，片刻之後，國王駕到。

「行了，各位平身。」

安布羅斯看到所有人屈膝請安的模樣，便語氣輕鬆地下令免禮，然後豪邁地往王座用力一坐。萊西亞拉的學生們儘管得赦抬起了頭，卻無人不是緊張到身體僵直。這也難怪，他們光是與位居公爵的人會面就已經很緊張了，遑論突然被領到國王的跟前。其中有一個小個子少年站在最前排中心位置，態度完全不卑不亢。安布羅斯只在瞬間對那少年艾爾涅斯帝掃了一眼，臉頰浮現淡淡的笑容。下一刻，他的臉色就轉為嚴肅，用充滿威嚴的聲音從寶座上對所有人發話。

「首先，眾位學子呀。關於這次新型機的開發，辛苦各位了。原本應該是尚未成熟，仍在學習之途的諸君能創下我國有史以來前所未見的成果，朕也覺得甚感欣慰。」

安布羅斯的話讓大多數學生都因情緒亢奮而滿臉紅暈。其中甚至已經有人露出受寵若驚的模樣。

「但遺憾的是，卻有粗魯無禮的暴徒從旁干擾。雖然我們正盡全力追捕中，可至今賊人依然尚未落網。我們得做最壞的打算，認為已經被他們逃出去了。」

學生們的表情頓時烏雲密布。他們因為受到國王讚賞而一時雀躍狂喜的心，如今在回想起冰冷的現實後旋即跌到谷底。

「無需如此悲觀。雖然被奪走一架，但並不代表他們從我們手中把新型機的一切都奪走了。只是一旦暴露在外，今後以這架新型機為中心，各國之間必然會掀起一場競爭。屆時，我們又怎麼能夠落於人後！據說，我方的新型機其實也還未真正完成。之所以傳喚諸君至此，不為其他，就是為了將其完成。事不宜遲，艾爾涅斯帝啊，想完成新型機還需要些什麼呢？」

聽見國王的徵詢，艾爾暫時思考片刻後才開口。

「有兩個問題，其中之一無論如何，都得再花上一段時間。另一個問題的解決方法則是……需要國立機操開發研究院的協助。」

艾爾的回答與在場絕大多數人的推測完全不同。他們原本認為新型機將會由艾爾本身，或者由艾爾與學生們想辦法去完成。安布羅斯本也只是打算問出這麼做需要哪些東西而已。然而艾爾開口回答的答案既不是設備也不是材料，而是一個組織名稱。

「新型機還有很大的課題尚待解決，其中之一是操作性。國機研在這方面的調整技術已經臻至純熟，借用他們的技術來進行，我想可以更有效率。另外，如果早晚要採用新型機為制式幻晶騎士的話，其生產性在今後也會很重要吧。因此，以這國家擁有機體數最多的加達托亞為跳板，逐漸發展成新型的做法應該是最恰當的。關於這點，由對加達托亞知之甚深的他們來協助進行，應該也不失為上策吧。」

艾爾像是事前就已經準備好這些答案，口若懸河地把話說完，相對之下，安布羅斯似乎有些掃興地雙臂交叉抱在胸前。

「你的意思是，接下來要把開發移交給國機研嗎？」

「我知道這麼做並不能解決問題。必須向國機研的人員充分說明新型機的內容。不過，這點也已經有了對策。幸得迪斯寇德公爵的舉薦，在場這些萊西亞拉騎操士學園的前輩們都已確定將進入國機研。他們每個人都是從頭參與了特列斯塔爾開發的一員。只要兩方的知識與經驗能夠互相配合，肯定能將新型機完成。」

安布羅斯瞇起眼睛，緩緩撫弄他的鬍子。這個少年還真是在特別的地方思慮周全。當他這麼忖度時，突然有種異樣的不協調感向他襲來。他直覺自己漏掉了某件事。為了找出究竟是什麼，他重新審視尚且落在他視野中心的少年，得出答案。

「嗯，言之有理。就這麼辦，朕會下一道詔令給國機研。關於完成新型機這件事，就期待今後各位更加用心盡力……只是，剛剛的說明中怎麼沒有你的名字呢？」

「是。我才快要升上國中部二年級，距離畢業還很早。」

此時，在場的人內心因為「都這時候了，還提它做什麼啊」以及「啊，這麼說來也是」的兩道聲音合而為一。連安布羅斯也不加掩飾他臉上的驚訝。

「……身為國王，朕說出這種話可能不太合適，但你啊，都到這時候了還有必要在學園中學習嗎？」

聽到這番話，艾爾背後的阿奇德和亞黛爾楚身體微微一震。如果國王親自下令命艾爾離開學園的話，他們就找不到任何方法阻止這件事發生。驅策他們趕到卡札德修的話在這時湧到喉頭，卻無法在謁見大廳貿然出口，又重新被他們吞了回去。兩人只能俯首握拳，靜靜聆聽。

兩人沒有發現——艾爾稍微回頭瞥了他們一眼。

「這是……有原因的。陛下，這次我能發起『新型機』的製造案，並且真的製作完成，我認為是因為受到世間罕有的幸運眷顧罷了。」

每當身材矮小的艾爾向安布羅斯開口時，總得抬頭往上看。安布羅斯看著少年眼底閃爍著堅定意志，筆直地凝視自己的模樣，嘴角改成一個微笑，回答他：

「喔，你的意思是那麼驚人的創舉不是因為自己的才能，只是單純運氣好嗎？」

「如您所知，我才剛滿十二歲。不論我想到什麼點子，或是利用什麼手段，只要沒人把它當作一回事，就不會有任何成就。之所以有如今的成就，完全是因為騎操士學系的前輩們沒有把我的話當作小孩子的戲言一笑置之，反而認真看待。能夠做出相同舉動的人，我想並不多。」

「你功績出眾，朕以為並不能夠就這麼視若無睹。而且奉朕旨意的話，想必國機研的人也不敢把朕的話不當一回事才對，既然如此，情況不就一樣了嗎？」

艾爾垂下目光，緩緩地搖了搖頭。

「如此一來將會產生沒有必要的嫌隙。今後備受期待的新型機需要長時間且堅忍不懈地去開發。若是將多餘的因素帶入其中，只怕原本能完成的事也會變得無法完成。」

這句台詞完全說中安布羅斯內心的擔憂。國立機操開發研究院——是從弗雷梅維拉王國建國之後就成立的組織，長年下來開發、支撐了有關幻晶騎士的技術研究。裡面的研究員具備傑出的能力以及高人一等的自尊心。人的自尊心是個麻煩的東西，無論對方多麼優秀、留下怎樣出色的成果，也不表示研究院就能容得下他。特別是這種年齡差距如此懸殊的情況，根本不用想就知道結果會怎樣。

以艾爾的精明和處事作風來看，一點小事應該不會打倒他，安布羅斯是這麼想的。他也考慮過其中只要再給他們這些學生一點「保障」，應該多少就能解決摩擦。把預想到的各種問題一一拿來扣分後，強行將艾爾送進研究院還是利多於弊。然而，正如艾爾所言，這麼一來最後的完成是否真的能夠在國機研進行就不得而知了。

關於這「最終調整」，沒有他們的技術確實無法做到。而且，完成的新型機將會由國機研公告全國，以結果來看，這麼做不會損及他們的自尊心，可說是理想的解決方法吧，除了一點之外——安布羅斯思考這一點，眉間又添了幾道皺紋。艾爾瞧見他臉上浮現的懊惱時，表情立刻轉為笑臉。

「請放心，我並沒有忘記和陛下之間的約定。我不會放棄製作出最好的幻晶騎士這個目標。因此……我會在畢業之前完成下一個機體的設計，敬請期待。」

「……等等，所以你還是會做嗎？」

謁見大廳中突然有種骨頭散掉無力的喀啦聲傳響於全體之間。事實上也真的有幾個人抱頭露出苦笑。

「俗話說的好，欲速則不達。這次我會正襟危坐，慢工出細活地描繪出完美、匠心獨具的設計！」

「所以說慢著！問題並不在這裡啊。」

在旁邊待命的克努特撫著額頭，嘴上呻吟：「……是那個啊……」安布羅斯瞥了他一眼，拚命忍住笑意。

「而且，新型機的完成固然很重要……但大家不會想去構思更新的機體嗎？」

艾爾的模樣稍微有點像在鬧脾氣，在場所有人這時都理解了——這傢伙，只是想把費事的調整完全丟給別人而已。安布羅斯再也忍俊不住。和這個少年在一起，他就覺得他變得愈來愈像過去的自己——那個愛惡作劇的小毛頭的血在竄動。

「原來如此、原來如此，不愧是興趣的化身。國機研的人們也會因為久違的大工程而幹勁十足吧，那些人的技術可是掛有保證的，一定會做出超出期待的成果。」

安布羅斯一陣大笑之後，突然又轉回認真的表情。

「這樣好嗎？我也可以在下一種機體時又借用他們的力量去做喔？」

「這次特列斯塔爾的開發只是所謂的試作實驗品。藉此我得到各式各樣的經驗和知識，做出來的機型有足夠的潛力去成為未來發展的基礎。只是，弗雷梅維拉的量產機追求的是沒有毛病的完美性和萬能性——但我接下來打算做的機體並不合乎這兩點。」

克努特神情複雜地僵在原地，安布羅斯不予理會，逕自思索。這個因「興趣」改寫了幻晶騎士開發史的少年所追求的「下一步」。一方面是因為他被挑起了好奇心，同時也因為他不能就這麼忽略其重要性。只是「試作」就撼動了歷史，而進行到「下一步」的話，他屆時究竟該重視量產機的完成，還是……？

而且，要實現「下一步」就只能仰仗這位少年。國機研雖然的確是個有能力的集團，但無法期望他們能帶來如此戲劇性的進步。光憑這點，他該做出的選擇可以說早已有了答案。問題是該用什麼方法來實現。這時，他的腦海裡像是有流星造訪似地靈光一閃。同時為了達成某種企圖的他突然坐挺身子。

「你的說法，朕可以認同。只是朕無法同意。」

克努特就在這時候從安布羅斯的側臉瞥見了過去的夢魘。

「朕不能讓你以學生身分恣意妄為。現在提到的下一代機體也不用再等，盡早做出來給朕瞧瞧。」

艾爾背後傳來的輕聲嘆息就只有他聽見。即使是艾爾也無能為力，不能將他兒時玩伴們的任性心思就這麼直接呈報上去。當艾爾還在乖巧的表情之下摸索下一個手段時，安布羅斯已繼續道：

「話說克努特，艾爾涅斯帝表示他還要接著進行幻晶騎士的製作的話，他的生命安全可就成了一個問題啊。」

「陛下所言極是。」

「我的生命嗎？怎麼樣的問題？」

「想想看吧，這次賊人的目的雖然只是『實物』，但總有一天倘若又發生同樣的事，誰都不能保證整件事的源頭——你的性命不受威脅。畢竟說不定你又會再發明下一種機體。若是把目標放在一代又一代的機體上，敵人也會覺得沒完沒了。因此我們有必要保護你的人身安全。」

「果然還是該派護衛跟著他。」

「也就是說，需要的人馬是能夠實現你之想法的鐵匠、保護你之性命的騎士。」

安布羅斯放鬆看起來像是他佯裝的嚴肅面孔，再次恢復毫無擔憂的笑容。

「而且這些人還必須不帶一絲輕蔑地容納你。能夠符合這些條件的人，心中有沒有譜啊？艾爾涅斯帝？怎麼？答案不是顯而易見嘛，根本就無須思考嘛。」

有那麼一會兒，艾爾涅斯帝・埃切貝里亞像是被攻其不備似地睜大雙眼僵在原地，之後他才終於有了動作，緩緩地回頭一望。果不其然，萊西亞拉騎操士學園騎操士學系所有學生的視線不約而同全都集中在他身上。連迪特里希和達維等人也以熾熱的視線回望他。包含了千言萬語的寂靜漫溢在雙方之間。

「沒錯。萊西亞拉的學生們。各位都擁有製作新型機的經驗。我要再次期待你們的表現。朕在此下旨，創設新的騎士團。成員有艾爾涅斯帝，以及和你一同製作、操縱新幻晶騎士作戰的人們！」

「騎士團……我們嗎？」

臉上總是掛著笑容的艾爾如今也不禁嘴角感到抽搐。對照之下，安布羅斯的笑意卻是愈來愈深。

「那麼，既然創立了，就得命個名才行吶。規模並不算大，也不能編進藍色吧？不對，有鑑於你們的職責，應該要歸屬於一個不同的類別。喔喔，對了，你熟悉的『銀』就很適合。對吧，艾爾涅斯帝？再來就由朕親贈各位『鳳』字。『銀鳳騎士團』，這就是各位該報上的封號。」

這個名字，隨著眾人低語聲，像浪花一樣擴散開來。無須花上太多時間，就在現場所有人——「前」萊西亞拉騎操士學園騎操士學系的學生們，和艾爾涅斯帝他們的腦袋中渲染開來。

「啊，對了，雖說是騎士團，但事發突然，要準備出可以當作據點的場所得花點時間吧。在此之前得需要個暫時據點。克努特呀，有什麼適合的提案嗎？」

「是。在這裡的所有人都是萊西亞拉的關係者。既然學生為多數，不妨就暫且借用學園的設備如何？」

「嗯。是個妥善的安排。反正在艾爾涅斯帝畢業時定能準備好正式的場所，各位且安心。」

艾爾根本不會反對或對這項安排多置喙，反而想大喊萬萬歲——只是撇開這點不說，他心裡有幾分不痛快也是事實。沒錯，完全是心情問題。無論這解決方案多麼了不起，他也絕不會忘記要多少做點反擊，讓對方見識一下自己的不滿。

「可是，陛下，這麼一來不會妨礙到把開發讓渡給國機研一事嗎？」

儘管這只是嘴上說說，但事實上的確會造成問題。也是安布羅斯原本感到煩惱的地方。

「喔喔，對了、對了，這件事得想個辦法解決啊。那麼，朕就對你和銀鳳騎士團下達第一道命令吧。『狠狠打扁國立機操開發研究院人員自負的鼻子吧』。讓我看看，你們怎麼利用做出來的幻晶騎士來讓他們嚇得屁滾尿流；怎麼教會他們年齡不過是件芝麻蒜皮的小事，進而讓

他們順從聽話……你做得到吧？」

艾爾再度轉向背後。他所看到的每張臉都充滿決心——環視過每張臉，見到他們無言地點了點頭的模樣，艾爾便拿定主意。

「謹遵御旨……我們會盡人事去執行這項任務。」

「……所以，事情就是這樣囉。」

不知不覺間，陽光的照射角度已經傾斜，斜射進病房的夕陽開始顯得燦爛刺眼，海薇描述完畢後喝口水歇了歇。艾德加一直到中途都以嚴肅的表情聆聽著，但經過這段曲折離奇的演變之後，如今他的表情也轉為僵硬的笑容。他的臉上清清楚楚地寫著「實在是聽到了一件荒謬怪誕的奇事」。

「我稍微確認一下，那個銀鳳騎士團什麼的……我也包含在內嗎？」

是害怕，還是期待自己也被算進去呢？總之，從他略帶僵硬的表情中，讓人無法看出他真正的心境。

「是啊，不過並非強制，你也可以選擇辭退這項任命。也不用擔心辭退後有何影響，畢業後一樣還是可以加入某個騎士團唷。」

「……順帶一提，至今有誰辭退了嗎？」

答案他其實早就心知肚明，只是忍不住想確認。海薇瞇起那對讓人聯想到貓的杏眼，笑得開懷，回答出如他預料的答案。

「沒有，一個人也沒有！」

聽到這回答之後，艾德加臉上浮現苦笑，整個人深深埋進病床裡。

一時半晌，兩人之間流動著沉默。冷不防地，他想起喪失意識之前看到的一項重大事實。他的表情轉為嚴肅，稍微思索措辭之後下定決心，開口提起某件事：

「……海薇，我有件事必須先告訴妳。」

看著海薇依舊保持微笑側頭傾聽的模樣，他一時憋住嘴裡的話，但最後還是沒有停下，繼續把話說完。

「有關特列斯塔爾的事。我最後對戰的機體、被奪走的機體是……『一號機』。那是妳的……」

艾德加的話無法再接著說下去。因為海薇的手指按在他的唇上。

「我知道。我確認過剩下來的所有新型機。」

海薇垂著目光，一想到她與「一號機」的淵源，她的這副反應鎮定得令人感到意外，不過艾德加從中發現幾絲她真正的心情。

光是這樣就足以讓他下定決心。

「是嗎。那麼，海薇，我跟妳保證。」

海薇抬起頭。艾德加用力握住她的手。

「總有一天——我和厄爾坎伯一定會把它奪回來，或者徹底破壞掉。我不會讓賊人任意蹂躪我們的心血結晶——妳的搭檔。」

他堅決的承諾讓海薇一時感到驚訝，茫然地眨著眼睛，隨即笑顏逐開。

「嗯，我很期待……謝謝你。」

她回握艾德加的手，同時如此輕聲喃喃低語。

接續《魔法&騎士3》

輕小說

騎士&魔法 2

（原著名：ナイツ&マジック2）

作者：天酒之瓢

插畫：黑銀

譯者：郭蕙寧

日本主婦之友社正式授權繁體中文版

【發行人】范萬楠
【出　版】東立出版社有限公司
台北市承德路二段81號10樓　TEL：(02)2558-7277
【劃撥帳號】1085042-7
【戶　名】東立出版社有限公司
【劃撥專線】(02)2558-7277　總機0
【美術總監】林雲連
【文字編輯】廖晟翔
【美術編輯】彭裕芳
【印　刷】勁達印刷廠
【裝　訂】台興印刷裝訂股份有限公司
【版　次】2015年01月24日第一刷發行
2017年06月14日第二刷發行

 ISBN　978-986-348-382-553-1